抚摸美丽汉语

黎　荔　著

漓江出版社
·桂林·

图书在版编目（CIP）数据

抚摸美丽汉语 / 黎荔著 . -- 桂林 : 漓江出版社 ,
2025. 5. -- ISBN 978-7-5801-0048-1
Ⅰ . I267
中国国家版本馆 CIP 数据核字第 2024YA6545 号

FUMO MEILI HANYU
抚摸美丽汉语
黎　荔　著

出 版 人　梁　志
出版统筹　文龙玉
责任编辑　宗珊珊
书籍设计　汇文书联
责任监印　黄菲菲

出版发行　漓江出版社有限公司
社址　广西桂林市南环路 22 号
邮编　541002
发行电话　010-85891290　0773-2582200
邮购热线　0773-2582200
网址　www.lijiangbooks.com
微信公众号　lijiangpress

印制　武汉鑫佳捷印务有限公司
开本　710 mm × 1000 mm　1/16
印张　16.75
字数　223 千字
版次　2025 年 5 月第 1 版
印次　2025 年 5 月第 1 次印刷
书号　ISBN 978-7-5801-0048-1
定价　88.00 元

前　言

当你盯住一个局部，并把它放大来看时，你会全神贯注地专注于此，不断深入挖掘并思考，此时，你往往会跳出以往的思维惯性，有了对这个世界的重新审视与发现。

比如，春天里，树荫下，草丛中，一丛丛深褐色枯叶中，一棵棵娇嫩欲滴的鲜蕨肆意生长，好似半握着的一只只粉嫩拳头，高高地举在头顶。天地之间，回荡着我们人类听不见的，蕨类植物们惊心动魄的呐喊。瞧那一根根酷似蒜薹的蕨芽，其色青中透紫，密布灰白茸毛，顶芽蜷曲如微缩圆盘。盯住那蕨芽看了又看，你会发现它实在美极了，宛如法老手中装饰着华丽花纹的神圣权杖。

比如，你盯住一个个汉字长时间地看，细细领会品味，会发现一幅幅活灵活现的图画，渐渐地在你眼前浮现出来。“旦”字是一轮红日跃出地平线，“夕”字是黄昏时天际依稀模糊的一弯新月，“采”字是一只手垂放在郁郁草木之上，“休”字就是一个人靠在树边休息……随便一个字都能找到古人对行为和自然最原始的理解。一个汉字就是一幅图画，桃柳松榆，梅樱椿橘，枇杷梧桐，樟桂柞榛……你不必清楚地知道它们都是何种树木，这些字排列在一起，你的眼前仿佛蔚然成林。我还发现汉字是有脸的，“笑”就是笑脸，“哭”就是哭脸。很多字都给人一种人格化的特征，如“死”字总给我一种雄赳赳的感觉，但绝不是慷慨前往的，那开步走的姿态很生硬、很憋屈，有一种痛苦的痉挛在其中弥漫。一个个汉字，或密不透风，或疏可走马，或静如处子，或动如脱兔，或闲庭信步，或疾风骤雨，实在是变化万千。古老而美丽的汉字，在历史的漫漫变迁中，从甲骨文、钟鼎文、篆书、隶书，一直发展到现在的简化字，依然蕴含着文字的某种原始形态，包括它的滋味、色彩和特质，世界的一切，似乎都包蕴其中。

我想到当我们凝视一朵花，不断贴近再贴近，近到与这朵花面对面的地步。花朵被放大到特写的局部，使人不得不仔细端详它，我们便可以发现许多未曾注意到的细节和精妙之处。有一位美国女画家叫乔治亚·欧姬芙（Georgia Totto O'Keeffe），一生专注于创作巨大的花卉作品。不管是曼陀罗、康乃馨，还是玫瑰、蜀葵、罂粟、牵牛花、木槿花、鸢尾花，在她的画作中，这些花朵，都是被放大了的。有时她呈现的，甚至只是一朵花的局部，用微妙的曲线和渐层色，组成神秘又具有生命力的构图。于是，画作呈现在我们面前的花，大得像一座山，我们在感受花瓣细腻质感的同时，又有一种不可思议的广袤感。在欧姬芙的画笔下，有的花充满了欲望，有的花野性而凶猛，有的花有一股子静气，观之可以清心。欧姬芙的每一朵花，传递出的感觉都不一样，仿佛它们自成一个独立的小世界。她说："如果将一朵花拿在手里，认真地看着它，你会发现，片刻间，整个世界完全属于你。"她给我们提供了一个看待事物的新角度，不是向外看，而是向内看，往细微处不断深入。

当你盯住一个局部，并把它放大，就是把它的边缘逐一拧上螺丝，不让其滑脱，就是把一个观看对象牢牢地固定住，并企图让它因你的凝视，展开折叠的全部内涵与外延、时间与空间。事物依旧是那个事物，但换一种观看方式，也许就会获得别有洞天的发现。

基于此，在这本小书中，我想通过轻轻抚摸一个个美丽的汉字，放在手心仔细观察，细细感受其颜色、形态、气味、声响、触感，在声色光影之中，辗转缠绵、纵横交织，领略其中蕴含的无穷滋味。记得当年，我读台湾地区作家余光中的散文名篇《听听那冷雨》，那是一篇充满了独特感受的文章，蕴含着鲜明的民族文化气质，需要我们运用视觉、听觉、嗅觉、触觉、味觉去感受那文字中的“雨”。这冷雨可以“听、看、嗅、舔”，唤起我们直觉式的联想。“先是料料峭峭，继而雨季开始，时而淋淋漓漓，时而淅淅沥沥，天潮潮地湿湿”——无意闯入这篇充满诗意的散文中，就像一个茫然无知的小孩子突然进到了一座异彩纷呈的秘密花园，奇石林立、满目绚烂。眼前的景象如梦如幻，你听听、看看、嗅嗅、闻闻、舔舔，身体里所有的器官好像突然有了感觉，可以听到、看到、闻到，甚至品尝到跳动四溅的雨珠，一切变得水灵滋润、曲折灵动。

每一个汉字都负载着古人的情感、古人的灵魂，你可以想见他们的喜怒哀乐，想见他们的天真、他们的好奇、他们的流连。一个汉字就是一幅画，一道符咒，一首诗，包含着前人对某一事物的认识过程，包含着他们对世界的隐喻式体验，而这种体验和联想也是属于我的，因为我也在透过生生不息的汉字认识世界，并留下相关的思维印记。我多么想用一种“立象尽意”的全身心沉浸方式，温柔地抚摸触动过我的一个个美丽汉字，盯住一个局部，并把它放大，在其中流连忘返、浮想联翩，创造一个个生活情景。

回顾中国历史传统，生活在礼教习俗中的中国人，人与人之间的情感沟通固然含蓄节制，但并不代表我们是一个粗线条的民族。中国人的深情，从青春相伴到白头偕老，成长、相爱、别离、团聚，日子过在食物香气里，在平淡无奇的锅碗瓢盆里，在细水长流的柴米油盐里。这样的情感，平淡如水，却又绚丽如花。比山高比海深的情感，却只如月光般细碎地流露，如鹅毛般轻盈地落下。中国式的浪漫都是内敛而隐晦的。那些字里行间的韵味，那些生活肌理中的情深，得去细细品尝，静静领会。

抚摸一个个美丽的汉字，看看、摸摸、闻闻、听听、舔舔，身体里所有的器官都打开，如此，才能看到、摸到、闻到、听到，甚至品尝到一个个汉字中蕴藏和跃动的生命力。我觉得人的灵魂是被封印在身体里的，就像有很多开关，每次被触动，都会打开一个，有时候被震撼，就会同时打开好几个。有时候顿悟，灵光乍现，一瞬间所有开关都通了。视觉、听觉、触觉、嗅觉、味觉、第六感，我是一个有太多开关的人。如果有一天，我不在这个世界上了，经年收藏在我身体之中、琳琅满目宛如博物馆或大仓库的万千感知，也将与我一同沉入黑暗，归于寂灭。这天终必到来，想来未免伤心。谨以此书，来做一留存与记录吧！

目录

一　汉字篇

二 数字篇

三　抚摸美丽汉语

一 汉字篇

品藻“枉然”二字

什么是枉然？就是得不到任何收获，徒劳无功，浪费时间。

计划虽然好，但不付诸实施，就是枉然。

如果文不对题，纵使文章写得再好，也是枉然。

光有卷土重来的决心，却不付诸行动，亦是枉然。

如果方向错了，一切努力，尽是枉然。

上述这些表述，是我们平常对于“枉然”二字的使用。我细细玩味“枉然”这个词，“枉”字的“ang”韵，是一个带有回音效果的后鼻音，仿佛雨巷中的回音，更增添了寂寥惆怅之感。“然”字的“an”韵则是前鼻音，因为两字韵母比较接近，“枉”与“然”组合在一起，能够形成一种反复、重叠的感觉。因此，当我们轻轻读出“枉然”的音节，那回环往复的调子，似乎细腻而传神地暗示了一种低回而迷茫的心境。

记得当年读明代戏剧家汤显祖的《牡丹亭》时，其中最为引人入胜的部分，当属全剧的第十出《惊梦》。这是《牡丹亭》中最脍炙人口的一出戏。昆剧演出本将此出分为两折，自【绕池游】至【隔尾】称为《游园》，自【山坡羊】以下称为《惊梦》。大致剧情说的是：大家闺秀杜丽娘深受封建礼教的束缚，一日，背着父母和塾师，和丫鬟春香到后花园游春。园子本没去过，父母也从未说起，进去后她就惊呆了，因为这似乎是她的“心园”：花团锦簇之外，还有些败落。春天来得那么汹涌，也根本按捺不住。看到“姹紫嫣红开遍”的美景，杜丽娘不禁发出“似这般都付与断井颓垣”“良辰美景奈何天，赏心乐事谁家院”的感叹。花香鸟语，触景伤情，游倦之后，杜丽娘回房休息。南柯一梦，在梦中，她与书生柳梦梅在花园中相会，并有许多花神一起来为他们做媒。杜丽娘的母亲来到床前将女儿唤醒，母亲看见女儿神情恍惚，嘱咐她以后少去后花园。杜丽娘虽然应允，但心里仍在追恋梦境，不久竟抑郁而亡。

《牡丹亭·游园》的结束部分，唱词如下：

【好姐姐】（旦）遍青山啼红了杜鹃，荼蘼外烟丝醉软。春香呵，牡丹虽好，他春归怎占的先。（贴）成对儿莺燕呵！（合）闲凝眄，生生燕语明如剪，呖呖莺歌溜的圆。

（旦）去罢。（贴）这园子委是观之不足也。（旦）提他怎的！（行介）

【隔尾】观之不足由他缱，便赏遍了十二亭台是枉然。倒不如兴尽回家闲过遣。

这段唱词文辞优美，婉转典雅，意味深长，情景交融，是历来为人们所称道的伤春佳作。妙龄少女被禁锢在小庭深院，不是百无聊赖的沉睡，就是炷尽沉烟，抛残绣线。黄莺的歌声唤醒了少女的春梦，春意缭乱，春情难遣。可是，看着满园子的春光缠绵，由他去吧，杜丽娘已没有兴致玩赏了。即便是赏遍了十二处亭台，也不能解决她的问题——这顾影自怜的少女的怀春心绪。

《牡丹亭·游园》这一部分，由六支曲子组成，先写杜丽娘孤锁深院，韶华虚度，春光撩人，再写对镜梳妆，欲行又止，顾影自怜，情思摇漾，从思春、迎春到伤春，感情回旋，把杜丽娘内心的迂回曲折生动地描绘出来。在《牡丹亭·游园》结尾部分，杜丽娘感叹“便赏遍了十二亭台是枉然”，良辰美景虚设，赏心乐事全无，她发出了“不如兴尽回家闲过遣”

的慨叹，为后面的惊梦做了感情上的铺垫。“枉然”二字，正是《游园》余音绕梁的注脚。

园子里的风景自然是绝好的，除了“朝飞暮卷，云霞翠轩；雨丝风片，烟波画船”，也有许多花开，“遍青山啼红了杜鹃，荼蘼外烟丝醉软”，更有许多鸟儿在飞、在鸣叫，“生生燕语明如剪，呖呖莺歌溜的圆”。可就在观景最热闹的此时，一点铺垫也没有，杜丽娘却煞住，对春香说：“去罢。”丫鬟春香有些不甘心：“这园子委是观之不足也。”她赏景未足，想要继续。杜丽娘却不耐烦：“提他怎的！”前面正新来乍到，景色春色都无边，杜丽娘突然说出“去罢”，此二字一出，如云过雨收，燕子掠空，真突兀，像一幕放给观众的华丽电影突然断了，到此放完，她决定不再观赏了，结束了……是什么让杜丽娘触动了愁肠，无心再观景，心思已懒，去意已决？因为一切皆“枉然”。也是这两个字，把跟随观赏的读者忽然留在原地，从美好景色中顿醒，跌入了杜丽娘的哀怨中。“枉然”这两个字虽轻，杜丽娘的无限春愁，却都在其中。前面所有的铺排，也几乎都是为了这两个字而来。

为何“枉然”？因为在《牡丹亭》中，杜丽娘看到的春天，原也是她的青春；唱的“袅晴丝”，原也是她的情丝（思）。姹紫嫣红与断井残垣的强烈对比，是杜丽娘触目伤情的原因，她从这美好与破败中联想到自己，“物伤其类”。黄莺燕子在春天成双作对，飞翔嬉戏，也加倍让她感到自己孑孑一人，园子不能待了。所以，杜丽娘在赏春的热极之处，会忽然用冷极的“去罢”转折，并用“枉然”猛地收煞。青春期的女孩子，情感懵懂，但人生的顿悟往往在刹那芳华中。深锁闺阁的杜丽娘刹那悟破，顿感人生的虚度与徒劳。在后世的流传中，亦有一个书中的女子，同领这“枉然”之意，她就是《红楼梦》中的林黛玉。

《红楼梦》第二十三回，梨香院里正在唱戏，管弦笛乐之声传来，素来不大喜欢戏文的黛玉，一开始没在意，缓缓地在路上走着。“原来姹紫嫣红开遍，似这般都付与断井颓垣……”猝不及防，一句清清楚楚的戏文入耳，黛玉心一动，停住了脚步。这来自汤显祖的《牡丹亭》的戏词，幽幽地沁入心底。万紫千红，却无人欣赏；良辰美景，也只能空自流逝。有时候，猝不及防入心的，恰恰是压在心底最深的感慨与心伤。“良辰美景奈何天，赏心乐事谁家院。”林黛玉其人，才思敏捷，慧巧灵动，刹那之际，她领略了其中的人生况味。“则为你如花美眷，似水流年。”黛玉听得心神动摇，如痴如醉，如失魂般，就着墙角，坐在了一块山子石上，清风拂面，天色渐暗，却浑然不觉。她因联想到自己寄人篱下的境遇，此时此地，此境此情，所谓的痴，就是人陷入一种情绪中，无法自拔。

在《红楼梦》的《贾宝玉神游太虚境　警幻仙曲演红楼梦》这一回中，曹雪芹将《红楼梦十二支曲》和《金陵十二钗正册判词》这两组结构完整的组诗，作为“金陵十二钗”形象塑造的提纲。其中，《枉凝眉》这首曲子是写宝黛爱情破灭、黛玉泪尽而逝的。其中唱词如下：

一个是阆苑仙葩，一个是美玉无瑕。
若说没奇缘，今生偏又遇着他；
若说有奇缘，如何心事终虚化？
一个枉自嗟呀，一个空劳牵挂。
一个是水中月，一个是镜中花。
想眼中能有多少泪珠儿，
怎经得秋流到冬尽，
春流到夏！

曲名《枉凝眉》，意思是悲愁有何用，也即曲中所说的“枉自嗟呀”；凝眉，皱眉、悲愁的样子。因为黛玉是寄人篱下，她的梦想、未来如何，自己一点都把握不了，和宝玉终成眷属，这个愿望是那么渺茫，一切眼泪思忆，尽是枉然。枉然也就是空，如镜花水月一样不能成为现实。宝玉常慨叹月不常圆，花不常开。水中月、镜中花，都是虚幻的景象，虚无缥缈，终是一场空。这首《枉凝眉》道出了贾宝玉和林黛玉之间缠绵悱恻的爱情悲剧。八七版电视剧《红楼梦》把它作为主题曲，因为这支曲子唱尽了宝黛爱情终究破灭的“红楼”主线。

从杜丽娘到林黛玉，从牡丹亭到大观园，这一缕“枉然”的悲叹，流转后世，婉转回旋，让人心旌摇动，摄魂荡魄。枉然啊！杜丽娘与柳梦梅相识于游园惊梦，未见已钟情，情不知所起一往而深，却天人相隔。林黛玉与贾宝玉，第一次见面，就恍若相识，然后两小无猜，知己生情，她赢得了爱情，但是婚姻呢？古时候的婚姻，讲究父母之命，媒妁之言。可怜她父母双亡，寄人篱下，犹如漂荡在茫茫大海上的一叶孤舟，无人做主，又如何去摆脱“落花有意，流水无情，如花美眷，似水流年”的命运？《牡丹亭》的一段唱词，犹如一面明镜，猝不及防地让黛玉见到了另一个自己。一个少女的幽闺自怜，叩响了另一个少女的心扉，也如湖水漫溢一般，荡起圈圈涟漪，在后世经久不散。

品藻“枉然”二字的滋味，此刻真希望来一场淋漓的大雨，让天地的悲意尽情倾泻，让雨的触角在玻璃窗上乱抓着，仿佛虚无地在给人世签字画押。不过，细想来，杜丽娘与柳梦梅的生死之恋，林黛玉与贾宝玉的木石盟约，他们的心贴得这样近，走过这凉薄人世，固然有诸多遗憾，但他们的坎坷情缘，也不能说尽是枉然。当爱的人不再愿意在一起，当彼此相处已勉为其难，无论做什么来挽救都是错，哭闹是错，静默是错。当爱崩坏时，情缘才是徒然。那两对相爱的恋人，四目相对，两情相悦，共同生活在同一时代，时间漫长，空间无限，没有早一步，也没有晚一步，在时间无涯的旷野上彼此遇见，即使没有圆满的结局，也不算是白白浪费啊！所谓世间有你，不枉来此一遭。没有电光石火，彼此遇见，才是万般精彩皆枉然。

这世界，至少有朵云
很专注地为你白过一回
这秋天，至少有辆车
钴蓝色地为你停过一次

甚至有个人，特别是为了你
痛彻且枉然地枯坐过一阵子

你想象不出
我心里到底有多大一块石头
为此落地了

——张子选《在人间》

品味“萧萧”二字

不知为什么，我很喜欢“萧萧”这个古汉语中常用的形容词。萧萧，马嘶鸣声、风声、草木摇落声、流水声，也形容凄清冷落、没有生气或者头发花白稀疏的样子。

杜甫《登高》里的名句“无边落木萧萧下，不尽长江滚滚来”，诗中的“萧萧”就是指草木摇落声。“萧萧”用在此处，是象声词，指草木被秋风吹袭的声音。公元767年重阳节，杜甫登临长江之滨的白帝城外的高台。夔州向来以猿多著称，峡口更以风大闻名。“风急天高猿啸哀，渚清沙白鸟飞回。”诗人在猎猎风中登上高处，峡中不断传来“高猿长啸”之声，俯瞰江水洲渚，但见水清沙白，鸥鹭点点，低空回翔。风之凄急、猿之哀鸣、鸟之回旋，好像都受着无形的秋气的控制，仿佛万物都对秋气的来临惶然无主。风急天高，猿啸极哀，渚清沙白，江鸟旋飞。这首联的景象写得比较繁密，是从细致处着眼；接下来的颔联，杜甫转而从宏大处落笔，以拓出一番新境。于是，“精光万丈”的千古名句“无边落木萧萧下，不尽长江滚滚来”排沓而来，汹涌而来的更有诗人那壮烈悲恸的情怀。

“无边落木萧萧下”（平平仄仄平平仄），“不尽长江滚滚来”（仄仄平平仄仄平）。这一联堪称七言对联的典范。可以看出杜甫所选的声律字是多么严谨，而在所选字的含义上又是如此精练达意。“无边”对“不尽”，“萧萧”对“滚滚”，对仗工整而精巧。不用“落叶”而用“落木”，皆因“落木”的气度更沉厚一些。杜甫显然继承了屈原《九歌》中的“袅袅兮秋风，洞庭波兮木叶下”，以及南朝庾信的《哀江南赋》中的词句“辞洞庭兮落木，去涔阳兮极浦”。仰望茫无边际、萧萧而下的木叶，俯视奔流不息、滚滚而来的江水。前一句仰视，后一句俯视，极有疏宕之气。“无边”放大了落叶的阵势，“萧萧下”又加快了飘落的速度，再加上长江滚滚东去的磅礴气势，境界非常壮阔，对人们的触动不限于岁暮的感伤，同时让人想到生命的消逝与有限，宇宙的无穷与永恒。与人生短短百年对比，无论萧萧落木，还是汤汤秋水，皆浩渺无尽，秋凋万年落未已，长江亘古流无尽，人走世间却只是弹指一瞬！何其短暂！“萧萧”在这里是形容草木摇落声，但化用在极繁杂的外界意象和内心思想间，又让诗意加上一层零落感、痛楚感，无形中传达出韶光易逝、壮志难酬的感怆。“萧萧”二字，沉郁顿挫，委实无可更替。

“无边落木萧萧下，不尽长江滚滚来”这一千古名句，曾被著名诗人余光中看作无法翻译的诗句。“无边落木，‘木’后面是‘萧萧’，是草字头，草也算木；不尽长江，‘江’后面是‘滚滚’，也是三点水。这种字形，视觉上的冲击，无论你是怎样的翻译高手都没有办法的。”余光中先生大概不知道，这句诗已经有“高手”合力翻译过了，他们完成了这个“不可能的任务”：“The boundless forest sheds its leaves shower by shower; The endless river rolls its waves hour after hour.”“萧萧下”是著名诗人卞之琳翻译的，三个字被译成“shower by shower（一阵又一阵、纷纷洒落）”；而其余部分是他的学生、翻译界泰斗许渊冲完成的，他以“hour after hour（时时刻刻）”结尾，和卞译合辙押韵、珠联璧合。卞译真令人击节赞叹，“萧萧”的两个“草字头”，用重复 sh（sheds，shower）的译法，音义双绝，实在妙不可言。

只要一看到“萧萧”“滚滚”，我立刻就会联想到杜甫诗中的落木窸窣之声，长江汹涌之状。唯有急风才可能造成“无边落木萧萧下”的景象，唯有“艰难苦恨繁霜鬓”的杜甫才与苍茫秋景浑然一体。因为，“萧萧”也形容头发花白稀疏的样子，站在无边落木之中的，是白发萧疏、多愁多病的诗人。他萧萧肃肃，四顾茫茫，因为对古今、对生命的观照而难以释怀。在时光迅疾流经的生命两岸，有的人正芳草如茵，有的人已落木萧萧。杜甫所极力描写的萧瑟秋景，又何尝不是他自身——一个离乡万里、潦倒不堪、拖着残躯独自登上高台的老人。萧萧者不仅是指外在的摇落草木，也是指在国运和自身命运中飘摇的人。杜甫的诗表达的是对这混乱人世的思考，一个生命体独临萧瑟西风的深沉感受。

他仿佛湍流中的一条鱼，又仿佛秋风中的一只鸟，季节迁徙的声音是萧萧的潮声和风声。谁的名字最终成了大而亮的孤星，高悬于千年中国文学史的天空中？而鱼在水中吐出的那些泡沫，鸟在空中画出的那些弧线，至今还是，没有尽头的萧萧，萧萧，萧萧。

登高　杜甫

风急天高猿啸哀，渚清沙白鸟飞回。
无边落木萧萧下，不尽长江滚滚来。
万里悲秋常作客，百年多病独登台。
艰难苦恨繁霜鬓，潦倒新停浊酒杯。

玩味一个“浸”字

汉语之中，我特别喜欢一个“浸”字。

什么是“浸”？是打开一切的感觉开关，静静地、安然地、喜悦地沉浸在生命中最深切、最感动的时空……

朝露浸着草花，溪流浸着月光，人浸在花光树影里。女人沉浸在无边的思念之中，演员沉浸在一个角色里，怀旧者沉浸在时光的阴影之处，失恋者沉浸在痛苦中难以自拔，一大堆野草野花间，有一个小孩子，无忧无虑地沉浸于嬉戏……

浸，是一种交融，是一种消融。沉浸，是深入，是体验。每一份“浸”时光，都是人生的良辰。从窗外涌进来的阳光，充沛而明亮，在她的眼睛上方闪耀，她把脸沉浸在其中，感受着光影温暖的游移，脸上有轻微的痒痒的感觉，带着阳光的味道。他读一部厚厚的俄罗斯小说，沉浸在一个曲折流离的故事中，被一场纷纷扬扬的阅读的“大雪”覆盖得脸色苍白。

前几天，光线还刺激得人心神恍惚，我们沉浸在夏日那漫漫时光中。倏忽之间，已经立秋，转而代替的是细雨绵绵。阳气渐渐衰退，阴气逐渐上升，一早一晚，能明显感受到一丝凉意，于是，我们开始沉浸在早晚之际那微沁的清凉中。

沉浸，一个多么美妙的词。沉浸的本质是什么？是迷狂不知所终，是混沌不知所以。

喝茶时沉浸于喝茶，一杯清茶，是被春雨洗过的嫩芽，以山泉水三滚煮沸冲泡，香气随热力沁入心脾，又迅即在舌边回甘。一段幽兰香气拓荡开去，人一时无语，心缓缓下沉，肺腑之间嘘一口长气，思绪与焦虑仿佛落了地一般。一杯饮罢，但觉天地灵气都在胸臆，心地返回原本的柔软与灵敏。

跑步时沉浸于跑步的距离，一公里两公里三公里，沉醉在数字的增加中，很单纯，很纯粹。只觉天高地迥，前路无尽，放下了心里的一切。意识之中，只有伴随着的呼吸和颠簸，以及从奔跑的身体两边快速掠过的沿途风景。

下雨天时沉浸于雨，淅淅沥沥的雨，无边无际的雨。雨若是一直下，雨丝飘逸，在衣襟、在额角停留，人便沉浸在湮开的时光里，忘记今夕何夕，此处何处。每到雨意深浓，感觉自己的存在都缥缈了，宛如铅笔画过的痕迹。只有情绪流淌，没有之后，也没有去向。

读书时沉浸于读书，书间如梦，一樽还酹明月。书读进去了，就会沉醉其中，废寝忘食，乐而忘忧。书读进去了，骄阳似火的盛夏时节，也可以被一场阅读的大雪覆盖得遍体寒意，如同置身于北国隆冬的白桦林中。书读进去了，人就忽略了年岁，不知今夕何夕，此处何处，人与书就会融为一体，在生活和艺术中迷失了边界。

诗酒茶花、琴棋书画、笔墨纸砚、温酒养宠、印章檀香、等等，中国传统士人生活的文化情感总是沉浸于此，这既是俗常的生活享受，又是对中国文化精神的自然理解与精细品味。艺术与生活在这个文化层次上融合无间，它深入骨髓。所谓气质、风格、情调、韵味，等等，往往就是被这样一些具有文化渗透性的家常琐屑浸染而成。在多年收藏的古董、字画以及所有的摆设、玩意儿之间，他们沉浸在一个由传统文化材料构筑的，既过于精神性又过于物质性的世界中。他们对生命快乐的沉酣和痴情，能够达到惊心动魄、死生与共的程度，而有痴迷、钟情处，就有了人性的深，生命的深。你乐此不疲的那个东西，就是你的命运。无论千山万水，无论曲折流离，你都会踏上这一命运。你不厌其烦的地方，你沉浸忘返的地方，正是你的天分所在。

沉浸，是意鼻眼耳身的开关全面打开，声色香触，丝丝缕缕，全渗入心田。生命的感动就是如此打开的，生活的美丽就是这样展现的，要体验生命之美的人，就是要以高度的敏感敞开自己，打开一切的感觉开关，静静地、安然地沉浸入生命中最深切、最感动的时空……

当沉浸到某个事物里面的时候，感觉就像是和其跳了一支舞，随着音乐的节拍和鼓点，轻轻柔柔地舞动，那种幸福感是由内而外的。沉浸，意味着你和这个世界镶嵌得天衣无缝，甚至环绕在你身边的一缕微风，也与你的心跳在同频共振。沉浸，这种持续的、投入的、酣畅淋漓的感觉，值得被我们好好存放。在某些时刻，我们曾陶醉在某件事情里。当下那一刻未曾察觉，过后却能久久回味。之后再回头看，就会发现原来这样的经历，温柔地滋养了我们自己。

夜晚是我一天中最期待到来的时段，因为可以沉浸在写作带来的慰藉中。当生活辜负了我，我还有那些美丽的文字。在一个个召唤而来的文字面前，可以袒露自己的脆弱，激励自己的灵魂，隔离世界的杂音，远远避开世间的忧愁，被稠密的思想和感性所包围，透过笔下逐一出现的文字，静静地与自己交谈。没有任何野心，我告诉自己不要有文字以外的任何杂念，那些都属于《心经》里说的“颠倒梦想”，是要远离的。每个人只要能够每天晚上沉浸这么一段纯粹的心灵时光，就已弥足珍贵了——这不就是最好的回报吗？

所有人都沉浸在时间之中，而且终将被流逝的时光卷走。我打算做这么一个人，读书，也阅世；阅世，也读书。在纸上智慧与人间烟火中往返，沉浸于那些黄金一样的书，也浸入丰满多汁的生活。

“枕”字作为动词

一个“枕”字，可以搭配很多美好的字，无论怎么组合，都带一点慵懒，带一点柔情缱绻。

有一本日本古典文学名著叫《枕草子》，是日本平安时期女作家清少纳言创作的随笔集，大约成书于 1001 年。“夏天是夜里最好。有月亮的时候，这是不必说了，就是暗夜，有萤火到处飞着，也是很有趣味的……”这本来自宫廷女官的生活随笔，与同时代的另一部日本文学经典《源氏物语》，被喻为日本平安时代文学的双璧。《枕草子》这一书名并非清少纳言自己所取，而是后人添题。中文的“枕草子”三字，读起来予人以美的遐想，但其实在日语中，这原是普通的名词。“草子”乃是“册子”所取的汉字谐音，亦有“草纸”“双子”“双纸”等音变。而“枕”字一意尚未有定论。枕草子，大概就是枕边书之意。我反复品味，这“枕”字实在用得美妙，体现了清少纳言超然自在的生活态度和优婉纤细的审美情趣。

在汉语中，“枕”字作为动词搭配其他字，其组合丰富多样：枕木、枕书、枕簟、枕弓、枕戈、枕甲、枕月、枕草、枕琴、枕河、枕水、枕经籍书、枕典席文、枕石寝绳、枕山栖谷、枕山臂江、枕山负海、枕山襟海……

我喜欢那些不同寻常的搭配。枕河、枕江、枕水、枕流——水边人家，轻轻躺下，耳边只有潺潺的水声，梦中如走进湍急的河水中，淹没了自己。想起我经过的那些江南古镇，小桥、流水、人家的布局极具婉约的水乡风貌和吴侬软语的江南风情。青瓦民居，小家碧玉，因水而灵秀，且临河的街巷都有长廊，充满烟雨江南的韵味。漫步古镇之中，眼前尽是木格窗、朱漆门、白墙黛瓦、小巷蜿蜒，还有那亭阁玉立、流水依依。“人家尽枕河，水巷小桥多”，烟雨长廊是古镇独有的一道风景线，漫步其中，曲曲折折、兜兜转转，看古桥，看轻舟，乏了就靠一靠，渴了泡一壶茶，看河上乌篷船来去，听屋檐上雨滴滑落。古镇的特点，它的韵味全在“水”上，水是古镇的“眼眸”，水是古镇的“魂灵”，正因为有了水，古镇才有了生机与灵气。整个古镇都是枕在水上的，古街一半在岸上，一半在河中，人们枕水而居，生活在水上轻轻摇漾。

除了枕水，枕石亦极美。一说到枕石，我就会想到《红楼梦》中的史湘云，史湘云醉卧芍药裀，是大家公认的《红楼梦》里最美的场景之一。在宝玉的生辰宴上，史湘云被多罚了两杯酒，喝醉了，图凉快，躲到山石僻静之处纳凉，竟不觉睡着了，待众人寻见她时，看到的那场景却是绝美极了。“果见湘云卧于山石僻处一个石凳子上，业经香梦沉酣，四面芍药花飞了一身，满头脸衣襟上皆是红香散乱，手中的扇子在地下，也半被落花埋了，一群蜂蝶闹穰穰的围着他，又用鲛帕包了一包芍药花瓣枕着。”湘云不光枕石，还枕花。在所有盛放都没法挽回的暮春，她走进花园深处，在花雨缤纷中沉沉入睡。大自然多么奇怪，有时美丽，大部分时间都难以捉摸，又常常让人心生幻影，如果你也枕在这样的花园青石上，睡过一个暮春下午的迷糊觉，醒来时分，一定会模糊了梦与现实的差异。

说到枕石，还有一个与此有关的美丽的错误。南朝宋刘义庆《世说新语·排调》记载了一个故事：晋代有个叫孙楚的人，想要隐退山水之间，就告诉他的好友王济说自己将“漱流枕石”，但在表达时误说成“漱石枕流”。王济听后，问：“水流可以枕着，石头可以用来漱口吗?”孙楚解释说：“之所以枕流水是想要洗干净自己的耳朵，之所以漱石头是想要磨砺自己的牙齿。”其实这就是个口误，孙楚将错就错，曲解其意反而成了经典。用水洗耳朵，出自关于尧的一个故事。尧多次想把帝位传给许由，许由听后，说尧的话“污染了自己的耳朵”，便去颍水之滨洗耳朵。孙楚用这个典故把自己的话圆得恰到好处。孙楚认为归隐一定要做到枕流洗耳，一去俗尘；漱石砺齿，远离人间污浊。后世遂用枕流漱石、枕流、漱石、枕石、漱流、漱流枕石等借写隐居或闲逸生活，或称品质的高洁无尘。

日本作家夏目漱石，原名夏目金之助，“漱石”是他的笔名，正是从这个典故而来。夏目漱石是一个深受中国古典文化影响的日本文人，“漱石枕流”是夏目一生的写照：性格坚韧、才华横溢，但又特立独行，哪怕与世相违，也不改其心、不移其志。“漱石枕流”的价值理念，也在某种程度上意味着成为不被理解的少数人。不得不说，夏目漱石的名字真好听，他的学生芥川龙之介的名字也好听，听着就有山水之趣。

现在的我，是枕冬，枕着冬天。在有暖气的北方，枕冬意味着走在户外，天寒地冻，瑟缩成一团，一呼一吸间直让人打寒战，但一走入室内，就温暖如春。家中一口暖锅冒着腾腾的热气端上来，锅中万物在沸水里咕嘟翻滚，起落浮沉，等待被挑选而食，仅看热气蒸腾就已让人心满意足。枕冬，是备齐了一个温暖的被窝，一个想靠近又不能靠太近的火炉，一杯冒着热气有点烫嘴的热茶，一场在窗外漫天飘散的飞雪，然后睡得香甜。

夜深了，枕冬的我，即将枕着星光入睡了。

什么是岸？
波涛休息的枕头。
什么是失眠？
枕头之上无尽的流浪。

什么是往事？
午夜梦回的一枕清霜。
窗前流淌的歌，枕上开过的花，
岁月的风带它去了哪？

“暝色”这个词

暝色，指昏暗的天色，同“暮色”。2014 年 8 月 31 日中央一套《中国汉字听写大会》中出现过“暝色”一词，出自李白的《菩萨蛮》之二：

平林漠漠烟如织，寒山一带伤心碧。暝色入高楼，有人楼上愁。

玉阶空伫立，宿鸟归飞急。何处是归程？长亭更短亭。

远处舒展的树林烟雾缥缈，好像纺织物一般，秋寒的山色宛如衣带，触目伤心的碧绿。暮色进了高高的闺楼，有人正在楼上独自忧愁。玉石台阶上，徒然侍立盼望。那回巢的鸟儿，在归心催促下急急飞翔。哪里是返回的路程啊？过了长亭接着短亭。

这首词选择的时间，是一个暮霭沉沉、烟云茫茫的黄昏，季节是秋冬之交。开头两句为远景，“平林漠漠烟如织”传达出一种空寞惆怅的情绪，它起到笼罩全篇的作用。如烟如织，扯也扯不开，割也割不断。就连那远处碧绿的山色也使人着恼，叫人伤感。“暝色入高楼，有人楼上愁”为近景，用一“人”字由远而近，从全景式的平林远山拉到楼上思妇的特写镜头，突出了楼上人这一人物主体。一个“人”字使整个画面波动起来，由远及近，完成由客观到主观、由物到人的过渡。我喜欢这里渲染的“暝色”，烟如织，伤心碧，皆暝色也。从暝色转到楼上人，逼出“愁”字，唤醒全篇。

之所以觉寒山伤心，以愁之故，之所以愁，乃因有人不归。鸟归人不归，所以才说“玉阶空伫立”。但见归程，不见归人，只有暝色入高楼，夕阳隐落，光线愈来愈暗，愈来愈暗。

平林有恨，寒烟如织，急急振翅远去的宿鸟，消融在沉绛的暝色里，留给身后的楼上人的，却是无法消融的惆怅。她依然长久地，独自凭栏，静静地侧耳倾听，连天的暝色移动的潜息。暝色，是日色与夜色之间的过渡。从金光到橙黄，从淡粉到紫红，从蓝灰到烟灰，天空中不断变幻色彩，变幻之间是一个长长的芬芳的叹息……暝色退去之后，深蓝色的夜落在世上。在天涯的某处，也有同样的暝色连天地，迎来送往的驿亭，行旅人还在赶路。高飞的鸟儿也有回巢的时候，而他，只有漫漫人生路的长亭连短亭，落魄无依。她与他，隔着那么远的距离，都浸染在天地之间的暝色烟霭之中。

李白究竟是不是这首词的作者，是历来聚讼不决的问题。迄今为止，虽然没有确切不移的证据断定这首词必属李白之作，但也没有可取信的证据，断定确非李白所作。总之，在这首李白的《菩萨蛮》之后，“暝色”这个词于我，别有一番凄黯、惆怅、落寞的气氛。想起“暝色”，眼前所浮现的，就是如织的烟色，令人伤心的寒山，平林漠漠，远树含烟，宿鸟急飞，长亭短亭，处处都传达出一种离愁别绪。当年李白写下这首《菩萨蛮》的时候，他是否知道因自己不经意的路过，将彻底改变一个词的命运走向？此后漫漫千年流传，“暝色”这个词都烙下了他无法磨灭的印记。

“柔和”这个词

历史上称之为过渡期的时代，从来就不是柔和的时代。

“柔和”的反义词是猛烈、剧烈、激烈，在这样一种暴躁凌厉的时代风气中，想找到“柔和”的观念——具体表现为风俗中的柔和，政策上的温和，教育上的耐心，思想上的容忍，人与人交往中的友善、慷慨、宽厚，等等，也许并不容易。因为，很多时代并不相信并热爱柔和这一价值。

什么是柔和？柔和如水，温如春光。与“柔和”有关的词是爱人的、人性的。柔和是坚信人类最需要的是爱与自由，最理想的生活是如行云在天，如流水在地，如春天万物欣欣向荣、各得其所。想知道什么是柔和？想想你坠入爱河之时，那些人生中美丽的时刻，如同黎明和黄昏，沐浴在柔和金光中的一切景物都变美了，包括那个你深情凝望的人。恋爱中的人以为恋人是光源，其实她或他，也是被一道柔光所照亮的景物。那道柔光，是你心中涌流的爱意。

柔和的姿态是风雨过后的平静从容。生活中，你一定碰见过那种相处起来很舒服的人，这样的人就是柔和的。柔和并不是没有主见、个性模糊、唯唯诺诺，而是历经世事后显示出来的一种包容。他们身上有一种过来人的谅解和洞察。他们知道每个人都有自己的个性，也有自己的不容易，“横看成岭侧成峰，远近高低各不同”，懂得每个人看世界的立场和角度有所不同，所以愿意给这种“人性”或者“宽厚”赋予一种个性色彩：让每个人都按照自己的心意去生活，任鸢飞鱼跃、柳绿花红。

有些人，岁数越大，性子越柔和，他们也是从倔强的年代走过来的，但后来渐渐老去，看人看事便从“都很傻”转变成了“都不容易”。记得木心先生在一首诗中写过：“不知原谅什么，诚觉世事尽可原谅。”他这样写来，不可谓不通达。可我一想到木心先生受过的苦，心下便凄然无言。这一句诗，这种心境，是多么柔和啊！在人生暮年，强劲的阳光已经退下，天色变得暗沉和柔软，在一切柔和的底色中，在周遭的一切变得温柔之时，心灵终于平和无比，当夕阳一寸一寸地向下沉，回首崎岖的一生，突然就这样觉得：“不知原谅什么，诚觉世事尽可原谅。”

也有另一些人，上了点年纪，因为生活还是别的什么原因，反而扭曲变形得厉害，他们从年轻时的清纯柔和如春日滟滟之湖水，变得老练、沧桑、憔悴、狡猾、固执、霸道。相由心生，眼神更凌厉、嘴唇更刻薄，神情中也多了咄咄逼人的精明与强悍，日渐姿态凌厉、张牙舞爪，哪怕是保养良好、红光满面，也让人感觉比较凛冽。岁月最可怕的，从不是躯体的老化和无孔不入的皱纹的强势馈赠，而是将一颗曾经柔软的内心，变得枯萎、萧索，甚至狰狞。人生暮年，就如夕阳西下之时，来到了万川入海的地方，每个人的表情不都应该柔和起来吗？当黄昏降临，海面上撒满了夕阳的金粉，此时海水的颜色也显得温暖。大海可以装得下所有人的烦恼，一切不快都可以被海浪带走，只留下生命的本真。在我们身边老去的人中，为什么总是少见面容柔和而洁净的呢？

一想到“柔和”这个词，我就想到一丛丛秋天的芦荻。在煦阳下，那一处水岸或山坡上，芦花渐渐白了头，将白色的轻柔和飘逸揉成大片大片的美景，揉成一片季节的悠远明净。阳光洒下，微风吹拂，一条条银波从芦花枝头荡漾不歇、此起彼伏。凝望这样的芦花，心里会一片软和。秋天深了，在这个世界上，该得到的尚未得到，该丧失的却早已丧失。此时没有什么不能放下和原谅。一切不过是水岸山坡的一簇芦花，风一吹来，随即飘去。

在并不柔和的社会环境中，今晚我只想写一写柔和。不论是谁，都渴望更柔和的生活方式，不是吗？这个世界要透过爱与被爱，柔和如水、软如轻纱的爱，才有光有色有声有美，否则，只不过是个平凡的、为求生存的尘世。

抬头看啊！亘古不变的星空下，一轮柔和的月亮，以其甜蜜的柔光，照在或安宁或挣扎的人们身上。月色茫茫，那样含蕴柔情，照着一代代人的生前和身后。

“一颗”这个词

我发现“一颗”是一个特别可爱的词，这世间，有那么多的一颗，又一颗。

江边平凡的卵石，一颗颗堆叠着，没有经过任何的人工雕琢，却色泽坚定、光润如玉，每一颗都有独特而流畅的曲线，那是时间和江水磨砺的痕迹。

春草之间，夏荷之上，秋叶边缘，一颗凝结日月精华的露珠在滴落，那一声铮然之音，幽秘而清凉。

秋冬时节，松林中，夜深有暴雨一般的松涛声，破晓之际是一地的枯黄，小路上落满了一颗颗盛夏过后干裂的松球，在寒风中来回滚动。

旷野风大，在下落并翻滚的石头上，一颗白色的无名头颅，被疯长的绿色吞噬。

第一次吻上她的唇，她宛如一朵花为他而绽放，而他，则聆听到了片刻内心中那敲响一颗星星的声音。他那不可言喻的憧憬与她易于消逝的呼吸，从此永远连接在一起了。

一颗春心，一颗童心，一颗炙热敏感的心，一颗荒漠凛冽的心，一颗平静淡泊的心，一颗善变不羁的心，一颗孤单而破碎的心，一颗花儿一样温柔的心，一颗在生活的斗争中已经疲倦了的心……

每个人都有一颗心。人不能为别人眼中的自己而活，要为自己眼中的自己而活。一颗心放在什么位置最舒服，只有自己知道。不管这具皮囊是什么质地的，它包裹着一颗心。人生或许就是一具皮囊打包携带着一颗心的羁旅。但是，风的女儿来了，在掠过长街的时候，逐个打开人们的胸膛，在一些人体内找到一颗心，而在一些人体内却发现空无一物。她们继续打开他们的胸膛，有时掀开一颗心，在那颗心里，有一朵鲜嫩的玫瑰吐着幽香；有时掀开一颗心，发现那么坚硬粗犷的人居然有一颗最最柔软的心。

一颗小小的尘埃，一颗落地不死的种子，一颗无声坠落的眼泪，一颗甜甜的薄荷糖，一颗掉了的纽扣，一颗隐约的指痕，一颗水灵灵的葡萄，一颗坚硬的小石头，一颗被拧紧的螺丝钉，一颗被掩埋的珍珠，一颗直捣老巢的棋子，一颗窒息在锈迹斑斑的枪筒里的子弹，一颗闪爆升空形成巨大蘑菇云的原子弹，一颗美丽的星球——第一次飞向太空的人类，从上帝的视角，他们看到了一颗脆弱的，被云雾、海洋和绿色植物所笼罩的蓝色星球，我们的地球家园。

一颗又一颗，一颗又一颗，那么多，多得如恒河沙数。可是，从一颗心到另一颗心，究竟要走多远？此刻抬头望，天上有一颗多么昏黄的月亮，飘得那么高，那么远。

“忐忑”这个词

记得当年歌唱家龚琳娜的一首《忐忑》曾经红遍大江南北，被广大网友们冠上“神曲”之名。歌词只有“嗯、啊、唉、哟”等和一些听不清听不懂的“哪个嘀哪个咚”之类，变幻的唱腔，快速的旋律，融合老旦、老生、黑头、花旦等各种音色，极具力量感和爆发感的唱风，可以把人听得全身都起鸡皮疙瘩。这里无贬义，因为我认为，这是一首带有浓厚探索意味的艺术歌曲，在民歌现代化的道路上迈出了勇敢的一步，属于严肃音乐范畴。之所以听得一身鸡皮疙瘩，是因为这首歌“含笑半步癫”的那种感觉。龚琳娜唱歌的时候，眼睛一会儿瞪得圆溜溜的，一会儿又眯成一条线，时而惊讶、时而喜悦、时而沉思、时而横眉怒目，一款款夸张表情快速切换，还不时用力甩头、扭腰，辅以奔放不羁的手部动作，使得这首歌特别有一种戏剧化的感觉。

这首歌的作曲为龚琳娜前夫老锣（Robert Zollitsch，直译为罗伯特·佐里奇），他写这首歌的时候，只是想要突破传统的概念，想给人听着有一种灵活的感觉。一开始就没有歌词，就是个单纯的曲子，后来为什么命名为《忐忑》呢？据说龚琳娜在试唱的时候就感觉到忐忑不安，于是为这首歌取名《忐忑》。曲名定位神奇的准确，你一听就是那种忐忑劲儿。什么是忐忑？就是心神不安，它的近义词是“惶惶不安、坐立不安”。《忐忑》很神奇，人们听这首歌的时候，可以被激发不同的心情：很多网友被《忐忑》唱得前仰后合，笑得无法直腰，也有人被唱得泪眼婆娑，忧心忡忡，还有人被唱得惴惴不安，就像激发了听者的抑郁症基因；让人烦躁不安。

这首以“挤眉弄眼”的神态即兴演唱的、绝大多数人都不太能欣赏得了的跨界民歌，当年掀起了一场大型的网络狂欢，成为火爆一时的网络神曲。按说这种风格的音乐，不是古典音乐，不是民族音乐，不是美声音乐，而是一种小众的跨界民歌、有点神经兮兮的先锋音乐，为什么居然借由视频网站流行于大众了呢？我觉得，在于《忐忑》神奇地迎合了听众的忐忑心情，《忐忑》神奇地迎合了忐忑的生活环境，这首歌曲虽然无具体歌词，但它为听者创造了一个巨大的想象空间，让种种难以描述的情绪，在听似毫无意义的“咿呀”中，被挥发和宣泄得淋漓尽致。

据说用网络神曲《忐忑》来干扰对方球员罚篮的情况在赛季的 CBA 联赛中多次出现“啊——哦，啊——哦，呔咯豆呔咯豆呔咯豆”等这样的音乐，让不少队员觉得崩溃。以至于后来篮协发布通知，明确规定：“一些赛区频繁出现音乐主持人（主队 DJ）使用刺耳音乐（如歌曲《忐忑》等）或噪音影响客队罚篮和进攻的现象。此做法是严重违反联赛推广工作规定、是被严格禁止的行为。”某种程度上说，听着能起鸡皮疙瘩的都是好声音，说明音乐直接对听者产生了无法阻挡的生理反应。这首《忐忑》听完了之后可以让听者更加忐忑。

人类社会其实是一个系统，近年来，从科技进步到生态危机，从国际格局到经济周期，总让人感觉这个系统在进行重大更新，以至于你对未来的不确定性充满了忐忑。你忐忑是因为未来的不可控，但讽刺的是，好像你觉得当下可控一样。如果说忐忑不安的反面是安然自适，那么，现在有几个人能真正做到安然自适？很多人都只是表面“佛系”而已，他们并没有自己估计的那么超脱，那么淡定。他们不过是不愿承认，拉出面具挡住忐忑的内心，这种虚假的信心一旦遇到更咄咄逼人的真实，便立即溃不成军。

目前的氛围是什么？是忐忑不安，是寻欢作乐，是戏谑恶搞。我们所乘坐的好像是一列没有刹车的列车，它总是用汽笛嘲笑忐忑不安的乘客；总是以一副勇往直前的神情迈着大步；总是认为历史只有一条规律——随便我们怎么走终归是进步。忐忑不安的乘客们无可奈何，也无法描述自己的心境，正如作者和演唱者都无法解释《忐忑》表达的含义，那种混沌错杂也许就是忐忑，那种华洋结合、夸张神奇，也许就是忐忑。生活就像《忐忑》，没有准确的歌词，却惊心动魄。

什么强制拆迁、摇号上学、安全事故、全面涨价、P2P 爆雷、保健品骗局、大学生就业压力、挪用灾区重建基金……看着这些让人忐忑不安的新闻，一会儿“黑天鹅”，一会儿“灰犀牛”，一会儿防范这个，一会儿化解那个，草木皆兵、捕风捉影……无论多么忐忑，生命依旧要健康成长。要是多一些理性，少一些功利；多一些超脱，少一些现实；多一些高贵，少一些世俗……也许就没那么多惶恐和忐忑不安。

“碧落”这个词

“上穷碧落下黄泉”，这一句是《长恨歌》中我最喜欢的。

穷：穷尽、遍及。碧落：道家所称的东方第一层天，因碧霞满空而叫作“碧落”，这里泛指天上。黄泉：在中国道家文化中是指人死后所往之地，亦是九狱九泉之一。这在当时是写唐玄宗命方士从天上到地下苦苦寻觅杨贵妃，渺渺茫茫，遍寻无着，表现了唐玄宗对杨贵妃深深的思念之情。在这里，可以把碧落和黄泉理解为两个尽头、极处，这句诗代表的是一种决心和无奈，找遍九天之上，寻遍九地之下，却还是茫茫不见、所寻不得。传说在杨贵妃死后多年，唐玄宗还日日夜夜怀念杨贵妃，思念之情无一日减退。梨园弟子弹一下《霓裳羽衣曲》，他就心生不悦、神色黯然，可见他内心的痛苦。

白居易《长恨歌》借历史人物和传说，创造了一个回旋宛转的动人故事，并通过塑造的艺术形象，再现了现实生活的真实。从“临邛道士鸿都客”一句至诗的末尾，写道士帮助唐玄宗寻找杨贵妃，诗人采用的是浪漫主义的手法。临邛道士正客居长安，据说他能以法术招来贵妃魂魄。君王思念贵妃的情意令他感动。于是道士接受皇命，不敢怠慢，殷勤地寻找。八面御风，驾驭云气入空中，横来直去如闪电，升天入地，遍寻都毫无结果。后来，偶然听说海上有一座被白云围绕的仙山。玲珑剔透楼台阁，五彩祥云承托起。天仙神女数之不尽，个个风姿绰约。这才在海上虚无缥缈的仙山上找到了杨贵妃，她以“玉容寂寞泪阑干，梨花一枝春带雨”的形象在仙境中再现，殷勤迎接使者，含情脉脉，托物寄词，重申前誓。现实生活中找不到，到梦中去找；梦中找不到，又到仙境中去找。如此跌宕回环，层层渲染，使一个有爱欲、有苦恼、有错误、有缺点的人情味十足的情种君王，感情回旋上升、百转千回，达到了最大的抒情效果。诗歌的末尾用“天长地久有时尽，此恨绵绵无绝期”结笔——天长地久也终有穷尽的一天，而这不能再相聚的遗恨却绵绵不绝，无有终止，余音袅袅。

因为“上穷碧落下黄泉，两处茫茫皆不见”传遍天下，受其影响，许多后世作品将黄泉和碧落联系在一起，用以形容天人相隔。想起张爱玲小说《茉莉香片》中，有一个女子叫冯碧落。二十年前，聂传庆的母亲冯碧落和言丹朱的父亲言子夜有意。但是门不当户不对，冯碧落家看不上言子夜的出身和仕途。相爱的人往往爱闹意见，反而是莫不相干的人能够互相容忍。适逢言子夜年轻气盛，不甘家族受辱；而冯碧落因为年龄小，只能以家族为重，二人生生错过。二十年后，两人各自的孩子丹朱和传庆成了同学和朋友。传庆生在聂家，没有选择的权利，也没有爱的滋养。他跟着父亲生活二十年，因生父把对生母的憎恨迁怒于他，这二十年无名的磨人的忧郁，制造了一个精神残疾的聂传庆。对于一生无爱的母亲，聂传庆是充满同情的，这里有一段张爱玲很有名的比喻：“她不是笼子里的鸟。笼子里的鸟，开了笼，还会飞出来。她是绣在屏风上的鸟——悒郁的紫色缎子屏风上，织金云朵里的一只白鸟。年深月久了，羽毛暗了，霉了，给虫蛀了，死也还死在屏风上。”同情的同时，聂传庆更多的却是怨恨之情，怨恨母亲没有嫁给爱情，怨恨母亲在他四岁时去世了，把他放在这样一个没有爱的家庭里面，让他生活在像古墓一样幽暗的房子里面。他觉得自己如此悲惨的命运都是母亲造成的，如果她再勇敢一点，如果她跟了言子夜……

在《茉莉香片》中，冯碧落是一个已经死去多年的女子，她在天上，她在黄泉，她不在人间。她的一生是清醒的牺牲，因为她委顺地嫁给了不爱的男人，为了家族的利益，为了媒妁之言，为了门当户对，嫁到了聂家。她的牺牲是清醒的，但又是被动的，她无法决定自己的命运。她是被绣在屏风上的鸟，被永远囚禁。在这里，张爱玲对冯碧落的悲剧命运作了象征和比喻的艺术概括。根据张爱玲熟读《红楼梦》，并且自觉师承红楼笔法，我觉得“冯碧落”应该有深意。在《红楼梦》中人名常常谐音有含义，比如《红楼梦》中的香菱，本名甄英莲，谐音“真应怜”，本生在官宦人家，却从小被拐卖，又被金桂加害，一生命运实在坎坷，让人可怜。霍启，谐音“祸起”，甄士隐的家仆，是他将小香菱弄丢，彻底改变了香菱一生的命运。冯渊，谐音“逢冤”，为了甄英莲，被薛蟠活活打死，其冤深似海。那么，极有可能，冯碧落，谐音“逢碧落”，她被比喻为“鸟”，联系到“碧落”是天空之意，就是鸟遇到了天空。当一个女子遇到了动心的人，却又不得不嫁给了不爱的人，屈服于做不了主的命运，被困在了婚姻的笼子里，最后成了悒郁紫屏风上的白色死鸟，年深月久，羽毛暗了，霉了，给虫蛀了。张爱玲以一种凄凉和阴森的气氛，写出了女性失去了本性不得自由飞翔而又悲苦凄怆的命运困境。张爱玲曾在《天才梦》里说过，她自己经常对某些文字的表达方式相当敏感，对于古典文学作品中一些极富机趣的修辞方式也有着某种特殊的审美感觉。我觉得“冯碧落”这个名字就极其精妙，充满了悲苦、凄美、惘然、孤绝的意味，让人油然想到“上穷碧落下黄泉，两处茫茫皆不见”的绵绵长恨。

冯碧落与言子夜的错过，不但让她与他人结婚后还念念不忘致使自己香消玉殒，还充分体现在他们的后代身上。聂传庆的父亲因为知道冯碧落不爱自己，便将怒火发泄在了孩子传庆身上，加上继母的挑拨，聂传庆总是被二人辱骂，身处水火之中。相反，丹朱则特别快乐，讨人喜欢，人缘也好，她的父亲言子夜娶了南国女郎，移居香港，事业有成。张爱玲将亡人冯碧落道不尽的遗憾，借儿子传庆的孤僻抑郁、心理扭曲表达出来，真是“天长地久有时尽，此恨绵绵无绝期”，遗憾延伸到了下一代身上，这错过所造成的伤害有多深。而在言子夜那边呢？张爱玲残忍地写道："他还记得冯碧落吗？记也许记得，可是他是见多识广的男子，一生的恋爱并不止这一次，而碧落只爱过他一个人……从前的女人，一点点小事便放在心上，辗转，辗转，辗转思想着，在黄昏的窗前，在雨夜，在惨淡的黎明。呵，从前的人……"

"上穷碧落下黄泉，两处茫茫皆不见。"死生契阔，黄泉碧落。把一份儿女之情，放置在碧落与黄泉两个尽头之间，在我看来，是生逢乱世不得所爱却偏偏要爱到地老天荒的心中誓愿。可最后，去到了碧落，去到了黄泉，走到了天地穷尽之处的，往往是女人而不是男人。她们就像鸟儿一样，本性是渴望飞翔、向往爱与自由的，她们拍着一双翅膀飘飘摇摇，却也常常飘忽不定，无法把握自己的命运。

“穿过”这个词

今晚，有一个词穿过我的脑海，这个词就是“穿过”。

穿过，指从一个地方经过另一个地方到达第三个地方。这个充满了动感的词，戏剧性地串连起一系列变动的地点和事件。

微风穿过房间，鸽群穿过广场，爱丽丝穿过花园的一条小径，骑士策马从一条崎岖小道穿过山谷。穿过之后，留下的是背影，是事件引发的余波，如一圈圈的涟漪荡开。穿过之后，一切都改变了，因为移动的不仅仅是位置，还有时间。人不能两次踏进同一条河流。当你穿过了暴风雨，你就不再是原来的那个人了。运动导致万事万物都是流变的，所以一个事物此时和彼时并不相同。一切物体都由粒子构成，一个粒子在任何时刻都只能处于一个特定的位置，它的全部“历史”，在三维空间和一维时间组成的“四维时空”中是一条连续的曲线，这就是“世界线”。“世界线”意味着所有粒子的历史已经给定，无论我们再做什么都不会重新改变。

有些穿过，在极其巨大的空间尺度中。因为宇宙辽阔无垠，那些我们所熟悉的适用于地球的量度单位——米、公里等已经没有意义了。我们用光速来量度距离。一束光从太阳传播到地球约用 8 分钟的时间，因此我们可以说，太阳离我们约 8 光分。一束光在一年之内约穿过 10 万亿公里的空间，这个长度单位——光在一年里所通过的距离——称为一光年。光年不是度量时间的单位，而是度量距离的极大单位。站在繁星点点的寂静苍穹下，你看那些璀璨的星光，穿过跃过无法计数的时空，飘落在我们的眼前，投射在我们的双眼。那些天体事件其实已经发生了数亿年，可它们的光到现在才抵达地球。每一缕星光都属于遥远的过去，当时的宇宙更加年轻。穿过无尽浩渺来到我们眼眸的星辉，都是一束束已经很老很老的过去的光。

有些穿过，在异常细微的空间尺度中。比如阅读本是孤独的经验，只是一个人静静地读。可是有些东西从书页穿过眼睛进到身体里喧嚣，就像《百年孤独》里阴魂不散的黄蝴蝶，在无数时空里齐齐振翅。开始时几不可闻，最终化为风暴。可那场看不见的风暴，也只有你一人能够领略，感到血液在无形地穿过纤细的血管和动脉流淌，在情感的跌宕中穿过惊涛骇浪。

还有，你是否有过那种刹那出神、灵魂出窍、陷入白日梦的经历？漫长的白昼，有时，在一恍惚间，你会进入一个时间停滞的微型黑洞，完全被吸进去、被俘获。在霍金和他的同事罗杰·彭罗斯的宇宙模型里，宇宙大爆炸是真实存在的。宇宙大爆炸是一切的起点，开启了时间，而时间的终点则在黑洞。但是，黑洞真的是时间的终点吗？有科学上的猜测，自转的黑洞会坍缩成一个由压缩物质组成的环，而不是一个点。如果从这个环中间穿过去，可能会经历时间倒流，甚至穿行到另一个宇宙。每次在恍惚出神之后，重新回归现实，我总会觉得，刚才的我经历了一次小小的灵态飞行，从一个微型黑洞中穿过去了，然后我又回到原来的世界中。

我还经历过这样一种穿过。在夜深时分，有什么东西，无以名之的某物，轻轻挪动，盲目地穿过我，在夜间，在肝和胃之间。来到心脏这儿，犹疑不定，徘徊思量，又继续深入，寻找过往在我体内留下的残迹。于是，我穿过盛夏的风和燎烈的光阴，看到了一座带阁楼的二层岭南民居，爬满密密麻麻藤蔓的院墙，绿色树荫下摆着桌椅，桌子上的白瓷盘，堆满了熟透的红紫李子。这是我儿时的院子，家里点着灯，传出了一老一少两个人的笑声：一个是我的声音，另一个则是我去世的祖母的声音。其实那院子早被拆迁了，消失了。没想到穿过我的身体，在身体里遥远的某个地方，那院子还在那儿，一切都保存得好好的，从风景到气味和声音，如同少年的我从未离开过。

从一个地方经过另一个地方到达第三个地方，“穿过”真是一个美妙的词。

每一天，当太阳以新的姿态升起，我们走出家门，穿过走廊，穿过街巷，穿过人群，穿过雾与风。太阳移动的光线缓缓延伸着，像海草那样轻易地穿过城市中无数的栅栏和门窗，逐渐西斜，滑向天边。直到黄昏来临，当我们仰视，它已在那里，穿过群星之网到来。月亮从天边升起，散发紫色光晕，穿过枝丫的缝隙，静籁倾泻。

每一天，食物穿过我们的身体，光阴穿过我们的皮肤。有时要穿过兵荒马乱，有时要穿过生死分离。但无论如何，当我们透过透明的空气、黑水晶一样透明的夜空，看到微弱而温暖的星光穿过无法计数的时空投射到双眼，我们就依然确信，世界如此美好，生命如此值得。

“清脆”这个词

一说到“清脆”这个词，我就想到了春天的鸟鸣。

残雪消了，大地醒了，所有的生灵都在春天忙碌起来。空旷的田野散发出鸟鸣，清脆声摇晃着张扬的树梢。不知何时起，田野上已开遍了细碎的野花，河里淙淙地流淌着清亮的水，蒹葭翠绿，柳丝飘拂，不时在树林深处传来小鸟悠扬的鸣啭，那么富有韵律。春天的日子，就是在清脆的鸟鸣中开启了朝气蓬勃的每一天。

如果穿越三千年回到《诗经》时代，那些采摘的女子，此时已三五成群漫游在山间泽畔，赤着白嫩的足，采薇，采葛，采桑，采萧，采艾，采苓，采蘩，采蕨，采蘋，采芑，采蓫，采葍，采荼，采采荇菜，采采卷耳，采采芣苢。她们嬉笑着，追逐着，让和煦的风儿飘拂起长长的裙带。她们挎着竹篮，且歌且行，唱着心里对即将到来的爱情的祈望，远远地传来一串又一串银铃般的笑声……

清脆，还是春日明媚，坐在窗前书桌旁，桌上有书，微风飘起米色窗纱，书页在桌上啪啪清脆作响。一边看书，一边手冲一杯咖啡。多加方糖，很浓，很甜，茶匙碰击茶杯发出清脆的响声，就像一首美妙的音乐。

如果下一场春雨，也能听到清脆的声音。不过，不是所有雨声都是清脆的。打在瓦上的雨声是低沉舒缓的，像是故交重逢；打在玻璃上的雨声是戛然而止的，像是心碎的恋人；打在土地上的雨声，要认真地听，很轻很淡，像是一对老夫老妻，不需要什么言语，彼此那么熟稔地融为一体；

而打在铁皮上的雨声，才是清脆热烈的，像是新交的朋友，你来我往，叮叮当当，如珠落玉盘。

很快，藏在大自然中的珍馐美味就将悄悄爬上餐桌了。在舌尖上体会春天的滋味，脆嫩的春笋，尖尖的芦蒿，新鲜的马兰头，翠绿的荠菜，鲜嫩的香椿芽儿……一口吃下一个春天，那是童年清脆的呼喊，穿过日月的轮回，在我们和世界之间一声声传来呀！

“微微”这个词

发现张爱玲很喜欢用一个词“微微”——

“敝旧的太阳弥漫在空气里像金的灰尘，微微呛人的金灰，揉进眼睛里去，昏昏的。”

“我一个人在黄昏的阳台上，骤然看到远处的一个高楼，边缘上附着一大块胭脂红，还当是玻璃窗上落日的反光，再一看，却是元宵的月亮，红红地升起来了。我想着：‘这是乱世。’晚烟里，上海的边疆微微起伏，虽没有山也像是层峦叠嶂。我想到许多人的命运，连我在内的；有一种郁郁苍苍的身世之感。”

“他终于微笑着向她微微一点头。但是他实在不知道说什么好，再也找不出一句话来，脑子里空得像洗过了一样，两人默默相对，只觉得那似水流年在那里滔滔地流着。”

“楼梯上的电灯，可巧又坏了。两人只得摸着黑，挨呀挨的，一步一步相偎相傍走下去。幸喜每一家门上都镶着一块长方形的玻璃，玻璃上也有糊着油绿描金花纸的，也有的罩着粉荷色绉褶纱幕，微微透出灯光，照出脚下仿云母石的砖地。”

…………

为什么张爱玲喜欢用“微微”？我觉得也许因为她是一个高度敏感的

人，细腻到一根根的神经纤维在身中战栗，一阵风吹过，树微微地颤抖，旁人或许不会在意，而她却会敏感地留意在心。她就像那种凤尾草，叶子闻风而动，一阵风吹过，那轻纤的叶片就零零落落一片颤动。她的那些美丽句子，就像薄薄的红嘴唇微微下垂，有一种奇异的令人不安的美，总让人看后有微微地疼。

我也好想用“微微”来写句子。微微的风景，微微的情绪，微微的状态，蕴秀含蓄，设色淡雅，意味无穷，回味隽永。皆似，又皆非，难以形容。就像500年来，人们对蒙娜丽莎若隐若现的微笑一直莫衷一是。当人们直接观看时，她嘴角的倾斜角度无疑是向下的，不过，当人们将目光转移到她其他面部特征的时候，蒙娜丽莎的嘴角则似乎微微上扬，形成一抹无法被直接欣赏的微微含笑。这一抹“不可捕捉的微笑”，这种模棱两可的暧昧效果，是达·芬奇通过“晕涂法”刻意为之，为的是达到这种“微微”的效果。一个艺术家要做到这么细微精微，难度是很大的。可是如果一旦达到了，那种感觉又是如此迷人。

淡淡的黄月洒满了一身，微微的凉风吹拂着衣裙。窗外一地微微晃动的迷离树影，远处湖面微微泛起了涟漪波光。我敲打着这些文字，想象着某个城，某条街，某一扇临水的窗，一位沉静似水的女子，微微斜依在窗畔。水边柳丝如烟处，有几座粉墙黛瓦的小屋。屋旁几枝桃花嫣然一片，紫燕在空中轻灵地掠过。她用雾霭般的迷离眼眸，望穿水的那一方，聆听河上桨声呢喃。她想到千山之外，海水正蓝，那个人刚刚走过海风的吹拂，来自海滩的风吹乱了他的发梢，吹起他风衣的下摆，如同鸟儿的翅膀般微微振动……她的心脏，好像也在微微鼓动。那些刻骨的气息，微微一个摇晃就会溢出来。夜来，阁楼微微灯光，陪伴她的只有无言的、安静的、微微发凉的月亮。重重帘幕后，她入睡了，没有和谁道晚安。她在睡眠时微微转侧，因为做着梦。

终于过瘾了，写了这么一大段的“微微”，不免处在微微的晕眩中。

“细细”这个词

前面我写过“微微”，那么今晚就写一篇“细细”。

别问我为什么，只因此刻，这个词突然叩响我，轻轻地穿过了我的身体。

清风徐来，风细细地把一缕幽香吹进屋子里。此刻窗外，掩映在青翠枝叶下的金黄桂花，正散发着细细的清香，暗香浮动，随风远播。那么细细碎碎的花，如同小小的芳心，在叶底下隐藏。过不了几天，一阵阵秋风刮过，它们就将簌簌作响地飘落地上，密密一片，像一场淅淅沥沥的雨！这一季的繁盛也就结束了，仲秋自此过完。

细细地观赏桂花，是秋天的事。而在春天，则是观赏一堤烟柳。作为春日里最早苏醒的植物，柳梢头一抹似有似无的烟绿，总是格外引人关注。这种感觉缥缈如纱，轻轻触碰，朦朦胧胧的，随着风的摆动把春的气息弥漫开来。若是要细细端详一番，却又如河面上的雾一般迷蒙。

每天都看见步履匆匆的人群，他们疲惫的身影，呆滞麻木的表情，匆忙的身影里，有一颗焦灼浮躁的心。快餐时代里，人们在追逐声名和财富的路途中疲于奔命。有多少个假日，忙得没有时间陪伴父母家人，没有时间静静读一本好书，没有闲情品一杯香茗。有多少个夜晚，不曾抬头看看天上一弯新月；有多少个日子，没有细细聆听春之鸟鸣、夏之蝉声、秋之虫声、冬之雪声。人们已没有耐心去慢慢品、细细嚼了。“细细”，原来在俗世红尘中，也是一个很奢侈的词啊！

想起日本诗人松尾芭蕉那首著名的俳句：“当我细细看，呵！一棵荠花，开在篱墙边。”一朵细小的白色荠花，在一条偏远的乡村小路上，在一处无人注意的篱墙边，悠悠然地绽放着自己的天性之花。一朵野花，就是一个宇宙。在爱与好奇的目光注视之下，一朵小小的荠花，会变得越来越大，越来越大，而隐藏在荠花内部的整个自然，其中的美丽和庄严，都会一一被呈现出来。当一位诗人俯下身来，细细地打量这朵小花，他发现了这个美妙的小宇宙。他也许会在它身边坐一会儿，或者一整天，向它倾诉，或者听听它有什么要说的。这朵洁白的荠花用了数百万年时间进化成现在这个形态，也许还会这么延续数百万年，相比之下，难道不是人的一生更加短暂和脆弱？

人在年轻的时候很少会留意到花，因为他们的生命中有太多比花更重要的事情，比如爱情、事业、房子，但一旦有了年纪和阅历，曾经的雄心壮志多多少少受过了挫败与打压，才会渐渐有了耐心和兴致来观察这些草木花朵、琐碎微物，从它们的枯荣中感应到某种类似天命的东西，或者窥见某种更广阔的天地，而曾经的那些挫败、疯狂、失望，都显得不值一提了。这既是来自自然的疗愈，也是因为细细品味每一棵树、每一块山石、每一处溪流，人便打开了一切感觉的开关，静静地、安然地、喜悦地沉浸入生命中最深切、最本然的时空……

今晚，我的细细品味，属于窗外隐约的桂花香。在夜深如海时分，细细地闻，深深地嗅，幽幽一缕香，若断若续，渗透过秋天夜晚的空旷。在这朵更细小的花里，我也发现了一个静默、奢侈的宇宙——这是最后一季迟桂花，过完中秋，农历八月已在倒计时，仲秋就快过完了。时间会继续，生活会继续，而且绝不为任何事情停留。花香如幻，此身如梦。我领悟到生命短暂，自己只是一个过客，所以要珍惜眼前的美，而万物的韵味，需要细细品味方能知晓。

“突然”这个词

“突然”是个有意思的词，好像一切意料之外、措手不及都能归咎于突然。

突然心血来潮，突然面临考验，突然发愤图强，突然发生意外，突然夏天就过去了，突然就没有暑假了，突然就得到了，突然就失去了，突然谁住进你生命里了，突然你又弄丢谁了，突然在网上蹿红，突然在关键处失控，突然半生财富化为乌有，突然面对生死变故，突然扔下一切扬长而去，突然发现好时光已一去不复返。——仿佛任何的变故都是突然发生的。

叶芝用诗意的语言记录下他第一次见到茅德·冈的情形：“她伫立窗畔，身旁盛开着一大团苹果花；她光彩夺目，仿佛自身就是洒满了阳光的花瓣。”爱情突然降临，刹那间的相遇，即是一生的执着爱恋。叶芝写道：“我一生的麻烦开始了。”他连续三年向她表白，却连续遭到拒绝。1903年，茅德·冈嫁给了一位爱尔兰民族运动政治家，并对叶芝说此生她不会成为他的妻子。极尽悲伤的叶芝，写下一首《深沉的誓言》：

因你未守那深沉的誓言，
别人便与我相恋，
但每每，
在我面对死神的时候，
在我睡到最酣的时候，

在我纵酒狂欢的时候，
总会突然遇到你的脸。

记得网上有一段话："爱是突然有了软肋，也突然有了铠甲。爱是什么都介意，却又可以妥协。爱是突然觉得，可以不用征服世界，不用出人头地，不用功成名就，不用腰缠万贯，也能感觉到幸福。"爱情是奇迹，是一种莽撞无礼地突然闯入生命的东西，它是不可知的，超然于意识之外，与理智毫无干系。爱是突然从他或她的身上，发现这种从来没有过的感觉，一种美丽得无法抗拒的感觉。或许因他大笑时露出的洁白牙齿，或许因她刷子般的长睫毛……可能有人说，也有那种青梅竹马、日久生情，慢慢相处出来的爱，但这样的爱总归是缺少激情这一成分，情感的烈度、浓度、速度、纯度总归是有所欠缺的。很多时候，所谓人生遗憾就是缺那么一点火星，一生都过得温温吞吞、模模糊糊的。有些人从未体会过真正突如其来的奇妙激情，如同夜空中爆出的一朵绚丽花火，让人体验到前所未有的狂喜和欢悦，整个世界仿佛突然变得无比明亮。

当然，爱的到来往往是一刹那，爱的消失往往也是一刹那。在对方完美光洁的脸上，我们突然发现了一个疵点，尽管它也许微不足道，可某种异样的感觉，却刹那间从我们从未意识到的某个角落冒出来，旋即将我们爱慕的对象投入一个平庸的世界……

什么是突然？就是一件事、一个人，某一天骤然到来，连一点点迹象都没有，也没有预感与征兆，没有敲门，没有提醒你的咳嗽，而是唐突地降临到你的跟前。

村上春树说，年轻时有一天他坐在棒球场的看台上，一只球正在飞过来，突然间一个念头从天而降，他决心当一个小说家。

法国作家普鲁斯特在小说《追忆逝水年华》中，写一个小男孩久久地凝视着一棵李子树，突然发现它的繁花中有着这世界的全部真理。

作家白先勇初到美国，完全不能写作，因为环境遽变，方寸大乱，无从下笔。年底圣诞节，他一个人住在密歇根湖边一家小旅馆里。有一天黄昏，走到湖边，天上飘着雪，上下苍茫，湖上一片浩瀚，沿岸摩天大楼万家灯火，四周响着圣诞福音，到处都是残年急景。白先勇立在堤岸上，心里突然起了一阵奇异的感动，那种感觉似悲似喜，是一种天地悠悠之念，顷刻间，混沌的心景竟澄明清澈起来，蓦然回首，二十五岁的那个自己，变成了一团模糊，逐渐消隐。他就这样感到脱胎换骨，骤然间，心里增添了许多岁月。在领悟到去国离乡、文化漂泊的沧桑之后，白先勇重新写作，那一晚独处的沉默，让他突然触摸到了灵魂的存在。

一切都是突然发生的，没有理由，没有预料。正是春风得意、意气风发，命运的轨迹突然急转直下，将一个人送入暗不见底的深渊时；春节返乡，在接近家门口的地方迷了路，当我们对于熟悉的世界突然感到不可理解时；发现爱早已消失不见，当你对于一个曾经深爱过的人的面孔突然感到陌生时；当一个曾经坐拥千万花红、人人称羡的精英，突然变成难堪的过街老鼠时；当你一生笃定一个信仰，坚守一个行业和手艺，可是突然有一天，生活信仰瞬间崩塌，行业消失和被取代时——荒诞感就产生了。如果变化来得如上游的洪水，一寸一寸上涨，那么你还可以做某些搏击努力；可是，如果变化来得如地震、海啸、龙卷风、泥石流，你只能感慨这个世界的不可理喻。这种荒诞本质上是一种分裂，它不存在于对立的两种因素的任何一方，它产生于它们之间的对立。

突然是某种状态的切换，来得没有一点过渡，如港片《大内密探零零发》里的场景一般，夫妻俩吵架正酣，刘嘉玲突然抬头问周星驰：你饿不饿，我煮碗面给你吃啊？就如我此刻，前一秒还在目光炯炯地奋笔疾书，下一秒，可能就突然掉入睡眠的深渊，被抛出这个世界。

“分水岭”这个词

今晚，突然想到了“分水岭”这个词。人之一生，的确有着许多大大小小的分水岭。

你的童年里有那么一瞬间，是你人生的分水岭——你的父母把怀抱中的你放到地上，那一次之后，他们再也不抱着你代替你行走了。那一年，你两岁、三岁还是四岁？

都说小学三年级是孩子教育的分水岭，此前就像水泥的浇筑期，并没有完全凝固，而此后就进入了水泥的凝固期，性格与习惯逐渐固化。记得在我的童年，九岁那年的确是我的分水岭。之前我特别喜欢画画，常年背着画板在山间水畔写生，梦想着把自己眼中见到、梦中浮现的一切画下来。小学三年级那一年，父亲将我送到一个正规的绘画班，代课老师毕业于美术学院，工作是在当地电影院绘制巨幅海报，是我们当地有口皆碑的美术老师。在上绘画班之前，我凭感觉画画，常把复杂的物体概括成简单的线条，画得非常自由，也拿过许多市级画展的奖项，被身边人认为是有天赋的。九岁，是我从感性绘画过渡到理性绘画的分水岭。以前的绘画听任天性、信马由缰，虽然幼稚，却像毛茸茸的小鸡，非常可爱。但在正规绘画班中，我被要求开始更理性地绘画。这个分水岭时期的我，成人的绘画还没有开始，儿童画可爱的造型已经消失，像大公鸡漂亮的羽毛尚未长出来，淡黄色的茸毛已褪尽的半大小鸡。我没有顺利度过这个“秃毛鸡时期”，对自己失去了信心，怀疑自己的能力，渐渐对绘画失去了兴趣。我在这个时期的画，没人称赞，自己也羞于参加画展。没有了成就感又得不到鼓励的孩子，最容易自我怀疑与放弃。这个艰难的蜕变时期，也许要持续三年或者更长的时间，假如当时老师或父母能给予我更多的鼓励，假如当时我能有机会饱览中外美术作品千姿百态的风格，也许能越过这个关卡，继续行进在绘画的道路上，而不是一个转身，充满伤痛与遗憾地告别了曾日夜厮磨的多彩画笔。

不知你是不是也有过同样的经历？在你九岁那年，一次下腰时的意外扭伤，让父母大惊失色，替你做出决定，让你放弃了练习多年的舞蹈；一次校园霸凌，让你对踏入校门充满恐惧，从此成绩下滑，不再充满上进心，泯然成了班里最没有存在感的普通学生。还有很多很多，在小学三年级这道分水岭，孩子身上的巨大改变悄无声息地发生着！

然后，还有一道道分水岭，不动声色地在前方等待着我们走近。

高考制度的存在，让我们的十八岁必然成为人生分水岭。一场高考将我们抛向了远方，我们的人生迎来了生活空间的巨大变动。曾经亲密的少年伙伴，从此天各一方。如果日后偶然在某处碰到了，也不知说些什么才好，因为彼此已经没有生活的链接了，而共享的旧日记忆，又已在岁月中渐渐模糊，无论如何都回不去了。

三十而立，三十岁是道分水岭，青春的飞扬从此写在记忆中。三十岁之前可以横冲直撞，可以试错，可以跌倒重来，但年龄到了，以前的路走不通了，三十岁之后必须要找到一条更合适的路。背负太多的责任，人生再也禁不起折腾。三十岁之前你可以自称是少年郎，率性随意，追求新鲜事物；三十岁之后要慢慢向现实低头了，收敛年轻时的暴躁脾气，要努力照顾好自己和家人。生活即使很不如意，也要砥砺前行。就算你不往前，时间也还是不停地走。三十岁是道坎，是一道很大的坎，怎么样都得迈过去。破茧不一定成蝶，也可能成蛾。但无论如何，都不再是一身刺的毛毛虫。

四十不惑，人活到被时间撵着跑的年纪，一定经受过“生命不能承受之重”。四十岁像条分水岭，男人经历种种后变得不惑，敏感细腻的女人则更遍尝情感的苦辣酸甜。

五十岁到来，不管你服不服老，身体都会或多或少显露出一些健康隐患。在这个从中年向老年过渡的阶段，通常会呈现出人们所说的“中年危机”。人到中年，曾经热切追求的目标已然实现，开始意识到死亡的不可避免，于是出现了茫然和恐惧的“信仰危机”。稳定和一成不变的生活让人感到沮丧，一种失望的气息侵袭生活的方方面面。开始在半夜里惊醒，开始觉得烦，开始觉得人生缺乏意义，开始觉得衰老……进而为了避开这种对自我的不满，开始把不满发泄到身边人的身上，道歉，后悔，再接着又闷，又惊醒，又烦，又不满，循环往复，无比纠结。生活的静水之下，涌动着一种无法突围的空虚感。有的中年男性会借沉溺于飙车、不当穿着以及交往年轻女友来逃避衰老，因为体力、原始冲动都在下降，很多微妙的快乐和痛苦都在消失，他们想再度体验兴奋，他们渴望蓬勃的生命力。但是，当这些欲望得到满足之后，他们依然衰老将至又疲于奔命——从家庭到事业，责任重重，无法逃离。或者，这些打鸡血般的全新生活方式，并不能成为希望的避难所，甚至显现为危险的陷阱。这些在“中年危机”中艰难渡河的人，被最后燃烧一次的情绪折磨，一旦这番折腾结束，他们的精力也就衰竭了，开始加快速度苍老下去。这道五十岁的分水岭，就像李宗盛充满沧桑的声音所唱：“越过山丘，虽然已白了头，喋喋不休，时不我予的哀愁，还未如愿见着不朽，就把自己先搞丢。越过山丘，才发现无人等候，喋喋不休，再也唤不回温柔。”越过了山丘，最终还是回到现实，与自身的衰老达成和解，分水岭之后的人生，有种看透之后的练达感。

在任何国家和任何人的历史上，都有几个戏剧性的分水岭。比如说 1929 年之于美国，1949 年之于中国，卢比孔河之于恺撒，斯大林格勒（今伏尔加格勒）之于希特勒……这些东西在某种场合，属于那类谁都不会看漏的明确转折点。人们提心吊胆、紧张肃穆地通过这种节点。但在另一些场合，却难以同时感知到那种冲击。当我们老了，回顾一生，才会发觉：什么时候出国读书，什么时候决定做第一份职业，什么时候选定了对象而恋爱，什么时候结婚，其实都是命运的巨变。但是，我们做出选择的那一日，有时在记忆中，相当沉闷和平凡，当时还以为是生命中普通的一天。这类事件的真正意义，宛如长期票据的结算一般，得到将来才会静静前来造访。人们得相隔一定岁月之后，才会重新认识到："哎呀！现在回首往日才知道，那原来是个分水岭嘛！"

展开，展开

什么是展开？即张开、伸开、铺开，或大规模地进行。我喜欢这个词，喜欢用这个词来造造句。

每一次想念，就如同展开一帧图卷，光阴着色，细节勾线，时空交错，旁若无人。

夜莺从歌喉里展开一片景色，把一朵夏日的玫瑰催开，举升，在新生的光华之中。

晴空展开一片清艳的蓝色，清净了云翳，在长天的尽处，绵延着无边的碧水。在每一个清晨的开始，我们都该有一双飞扬的翅膀，在无垠的长空里，展开所有可能和不可能的翱翔。

用一款名叫梦回长安的小众香水，在香气展开的一刹那，扑面而来的是盛世喧嚣，平地而起的楼阁宫阙，令人目不暇接的万千气象。这正是我心目中盛世长安的意象。然后，就是盛世的余韵了。落寞的喧嚣，繁华落尽后的悱恻，绮靡的颓丽。如一炉燃尽的沉香，只剩袅袅余烟，诉说着不尽的前尘。

草原展开千里，绿草连绵；大海展开万里，汹涌浩瀚。展开，展开，多么美妙的展开！

一个婴儿来到世间，一个新的人生徐徐展开，就像蝴蝶在试验它的翅膀。刚出生的孩子只是个“小动物”，是个纯粹的自然人。要成长为一个社会人，必须依循成长秩序渐次展开，宛如一粒种子必须依照生根、发芽、开花、结果的过程成长一样。生命是一场渐进的过程，不是一个既定的、终极的结果。人，永远在路上。一个时代，一个国家，一个渐渐展开的社会，也是如此。

展开，展开。甚至看到一副遗落在公园长椅上的黑蕾丝长手套，你也可以浮想联翩。不用过多叙述，这副手套本身，就是一个故事的触发开关，所以，展开那些折叠起来的想象空间吧！可以随意给它加戏，让故事抽丝剥茧，呈万千精彩。

世界真的很挤，你的心却是猎猎旷野，旷野中有千姿百态的故事，有的瞬间展开，有的徐徐展开，有的由浅到深地展开，有的欲隐欲现地展开……荒野之书、空白之页向四方展开！向着远方不断展开的跳动着的地平线，寻找世界呈现和变革的秘密。

被卷来又卷去

今晚，想借由“卷”这个字，写出一种被卷来卷去的感觉。

海底的海带，一圈一圈地卷起来。

葡萄藤卷须、爬山虎触须，迎着阳光雨露，弓起身子，缠缠绕绕。

夏日黄昏时缭绕的蚊香，寺院里悬垂如塔的盘香，那种螺旋盘绕的环状，好像更适合于气味的扩散。

树叶在风中翻卷，山坡弯曲蜿蜒，旋风自南方吹来。

云朵在青天之上飘浮、游移，自由卷舒，万千姿态，变幻莫测。

大地上火光熊熊，浓烟一卷一卷升腾。

大风卷水，浪涛一叠叠卷上沙滩。

静静地坐在室内，凝视窗帘里卷着风，卷着某种心愿。

窗外一场雨卷过街角，白白的雨水，在粗糙的路面上一扫而过。

捧着一卷《诗经》，读《邶风·柏舟》：“我心匪石，不可转也；我心匪席，不可卷也。”是呀！我的心不是一块石头，不能任人随便转移；我的心不是一张席子，不能任人打开又卷起。

联想到一切螺旋盘绕的事物，在多少恍惚的时刻，发现我好像是突然被卷入这个世界的，环顾四周，一切都是如此陌生。闭上眼睛，专心致志感受在时间的某个点上发生的一切。意识之臂向外延伸和探索，捕捉到引发一场龙卷风的那一只蝴蝶的震颤，然后，那龙卷风就旋转到意识深处了，抽吸起粉尘般的大量意象，又如炸裂的焰火，爆发在意念深邃的黑暗深海。

这个世界在最宏大的尺度上是卷曲的。宇宙大爆炸的卷须，以宇宙微波背景辐射的形式，从最遥远的宇宙深处来到现在。宇宙是卷曲的，是一个有着强大的向心力的旋涡，这个旋涡不断把周边各个事物卷到一起，形成一个极其丰富的、巨大的时空的存在。旋涡的特点就是一旦卷进来就无法脱身，它是一个向心的运动。

这个世界在最细微之处也充满了卷曲。在弦理论中，不算时间维，宇宙有十个维度，可只有三个维度释放到宏观，形成我们的世界，其余的都卷曲在微观中……

春夏冬秋，将世界卷入时光之流，周而复始，无止无休。我们的一生，在这个混沌的旋涡中被卷动。局限在四维时空中的人类，就像一直在莫比乌斯环上爬行的蚂蚁。

走笔至此，不知我是否写出了那种被卷来卷去的感觉。

从“霍”字的本义看挥霍

霍，是一个会意字，初文见于商代甲骨文。在《说文解字》里，霍作“靃”，后简化为霍。从霍的古字形可见，霍字上部是雨，下部是几只鸟。群鸟冒雨飞翔，会发出声响，霍的本义就是鸟在大雨中快飞时发出的声音，引申为象声词，又引申泛指疾速。“挥霍”一词，本指动作迅疾，现多引申指任意花钱，迅速散去钱财。

霍是入声字，其声短促，一发即收，读起来有干脆利落之感。当然，包括普通话在内的北方地区汉语已没有了入声，现在霍字常见的方言音一声、三声、四声都有，很多人会把“霍”读为“火”，而霍原先作为入声字那种直而促的语音，很多地方已经读不出来了。入声消失始于宋末元初，蒙古人占领了北方大部分地区，元朝以大都（北京）话为基础的官话，掺杂了许多蒙古语的特点，但宋朝南迁后，汉语入声仍广泛存在于南方汉语方言和官话中。

你试着读读沈从文的代表作《边城》，里面将“霍”字作为象声词的地方不少。“船将拢岸了，管理这渡船的，一面口中嚷着‘慢点慢点’，自己霍地跃上了岸，拉着铁环，于是人货牛马全上了岸。”或者是“且佩了短刀，遇不得已必需动手，便霍地把刀抽出，站到空阔处去，等候对面的一个，接着就同这个人用肉搏来解决”。我觉得读到这里，“霍”不可能被读为“火”音，发音必须短而急促，绝不拖泥带水，否则难以展现边城人的民风彪悍、做事的任侠与血性。

因为“霍”字本义含迅疾急促之感，我理解“挥霍”与“磨刀霍霍”一样，都有一种行动上的干脆利落，兴之所至，抡开膀子，洒脱地抛开那些平日里小心翼翼遵守的规则，不会思虑过多。念念不忘着过去，又忧心忡忡着未来，这样的人怎么可能肆意挥霍呢？因为急促迅速，就像暴雨骤临时天空中的鸟儿四散惊飞，这是一种不平衡的、充满了动感的状态，绝不是四平八稳的局面，所以，挥霍的人肯定不是奉行中庸的，而是下得了决心，硬得起心肠，该走的时候就走，该放的时候就放，关键时刻一掷千金，想做什么立刻就做，不会被流言蜚语遏制住手脚，不会因瞻前顾后而进退失据。

人在什么时候容易挥霍呢？往往是在一种不太平衡的状态时。比如，青春期时，生活发生剧变时，没有明天的绝望之时。我一直觉得爆红和暴富是一件很可怕的事情，因为它代表了一种绝对的结构脆弱性。我们听到过很多人爆红暴富后纵欲挥霍的例子。能和人安全相伴的，只能是那些在过程里渐进发生，并且习以为常的东西。瞬间积聚的名声和财富，若无一个渐进熟悉和驾驭的心理过程，就会超出心理容积，变成一股汹涌的冲突力量，也就是异己的力量。人没法和这种东西安然相处，于是，这种骤然而来的财富和名声，必然会以某种方式流失，也就是一泻到底地被挥霍掉，其来也倏忽，其去也突然。为什么现在炫富挥霍的人那么多，某种解释就是在社会转型期，财富的重新分配、行业的重新洗牌，是一种剧烈的、快速的搅拌和沉浮现象，反常经济造成失去平衡的现象，因此有些人会情绪失常并挥霍无度……

我觉得人生有两个时期容易挥霍。一个是青春期，因为强油门、弱刹车，年轻人的激素水平处于不稳定状态，眼前看似有无穷无尽的机会，而身体里住着一个起义的灵魂，它有不成功便成仁的决绝。另一个是初老之时，时不我待，日趋孤独，身体渐趋衰朽，人生不可复得那种奢侈的明亮，既然不能拥抱更多的太阳之升起，既然不能向天再借五百年，那么就在血色黄昏日渐临近，在生命的最后一程，挥霍中年时不停工作所赚的钱，做以前想做而因种种原因没有做成的事情，以此来抵抗黄昏将至以及随后而来的幽暗，以此让自己人生无憾。年轻人可能会觉得不挥霍就对不起青春，而初老之人，则觉得再不疯狂就晚了，再不挥霍就老了，一个又一个明天已在流逝，一切都在渐渐逼近人生的终结。

只有朝九晚五加班加点的负重中年人，上有老下有少，不得不保持着情感的自律和克制，他们知道不加节制的情感是危险的，它会把人带往不堪的境地。他们谨小慎微，精打细算过日子，把维系运行所需要的动力保持在低油耗的水准上。他们必须保持稳定，他们不敢任性，没有资本去挥霍，他们的生命要在中庸状态中向前行进。在乎名、在乎利、在乎成功、在乎别人的看法，生活泥沙俱下，需要赚钱糊口的人，需要负重而行的人，姿态都不可能潇洒。

春天就是一个“润”字

春日薄暮时分，远望秦岭的山峦雾霭迷离，笼罩在一片难以言状的蓝紫色柔光中。我知道，这种色调，来自湿润的自然所酝酿的微妙变化。

多少画家和诗人都试图捕捉这山水无限微妙的色调变化，还有浸润在不可见的“气”中的物体隐秘的震颤，这种“气”激荡着宇宙万物……

我们人类也是自然万物的一部分，也能感觉到这种润泽中的变化。乡村生活当然比城市生活要湿润得多，但即使生活在钢筋水泥森林——这样干巴巴的现代都市里，每年立春一过，还是立马感觉不一样了。其实此时，北方城市还没有什么春的气息，但是风真的不一样了，风好像一下子湿润起来，吹在脸庞上、脖子上、手背上，轻轻柔柔的。每年春天一到，这样的风一吹过，我就很悸动，好像有什么事情要发生。而到了夜晚，春夜的月光虽然银光闪耀，却不寒冷，而是轻抚微有煦温，美得有情有义、熨帖可人。抬头望，月色茫茫，那样含蕴柔情。古老的历尽千万载的月儿，悠悠然，独步中天，以一份银白洒遍无数屋顶、窗扉、庭院，让人间千壑生烟、万物滋润。

春天就是一个“润”字，扑面而来的春天气息就是润泽。

想起周作人的小品文《北平的春天》，通篇看不出北平有什么动人的春天景致，不过是在寻找而已。然而寻找良久，又似乎并没有找到：“北平到底还是有他的春天，不过太慌张一点了，又欠腴润一点，叫人有时来不及尝他的味儿。”北方的春天，像男人一样豪迈，沙尘暴式的粗野，少了些江南春天的腴润，所以周作人觉得欠缺了些味儿，在他看来，北平几乎是没有春天的，因为欠一点“腴润”的滋味。

真正的春天，必然是大地润泽，嫩绿遍野，春水潺湲，远眺平芜尽处，峰峦耸然，连绵起伏，山间松林隐约在淡烟中。我们生活其中的城市也变得润泽了。城市中的街道、广场、商厦以及店铺，全是一眼望不尽的、千篇一律的现代化建筑，那是多么生硬的人造之物啊！但当一场春雨开始酝酿时，所有城中居民头顶的天空，宛如母鸽柔软的灰色胸脯，优雅地保持着若即若离的姿态。雨淅淅沥沥下起来了，细细的春雨就像春姑娘纺出的线一样。春雨润花，清渠溉稻，当然，也滋润城中的一切。下班的路上，人放慢了脚步，开始随意地溜达，走在雨中，不想打伞，而是像株幼苗般汲取着蒙蒙细雨，直到脸和衬衫都已濡湿，方才心满意足。

人在春天，身体上所有的器官好像突然苏醒了，想看到、摸到、闻到、听到，甚至品尝到每一片花叶、每一滴雨露，一切都变得水灵滋润、曲折灵动。我甚至相信，春夜的月光是有气味的，那是一种流水般细致、幽深的气味，如果有一天我失明了，光凭嗅觉，我也能毫无错误地辨别出夜莺啼叫的月夜——那些洋溢润泽气息的朗夜。

一想起春天，无边丝雨就在心里下起来，头发在雨里湿润起来。一朵朵无名野花，从墙角里探出头来，带着冬季藏匿起的活力。春天在不经意间一点点浸润世间万物。

“贞”者，坚心不移

今天是大年初四，我想到了《易经》乾卦中的卦辞“元亨利贞”。

“元亨利贞”，是我们的祖先们对于自然秘密的洞察。天行健，君子以自强不息。乾为健，乾卦取天之象，健是天的特性，君子应当效仿天行健的特性，自强不息，永不停歇。从自然现象来看，元、亨、利、贞就是春夏秋冬的更迭，周而复始，循环往复。任何生命都要经历春生、夏长、秋收、冬藏的过程。

元，始的意思，代表春天。春天，万物开始发芽，开始生长。因此，春是生发的季节，是元。亨，是亨通的意思。夏天，万物成长起来了，变得茂盛，亨通畅达起来了。秋天开始有收获，叫作“利”。“利”字就像一把刀在收割成熟的农作物。冬天要把收获的种子藏起来，冬藏叫作“贞”，贞下起元，春天又要来了，生命又要进行一次新的轮回。种子复归于地，重新萌芽。“元亨利贞”四德，配以春夏秋冬，四季更迭，生命循环往复，无始无终。

“元亨利贞”四个字虽简短，但智慧无穷大。它不仅仅是天之四性、地之四时，更蕴含了我们为人处世的智慧和规律。这里我单说“元亨利贞”中的第四个字“贞”。“贞”在近现代学者的研究中，更普遍地认为是占卜的意思。但“贞”之本义，其实是坚持。《子夏传》曰：“元为原始之意，亨为开通之意，利为和谐之意，贞为贞固之意。”贞，就是固正的操守，固就是很牢固、很正，永远一个样，不会一会儿这样一会儿那样。贞者，坚心也。坚定不移之心，坚持不懈之心，专心致志之心，纯正如一，而且执着，经受得住重重考验。“元亨利贞”为乾之四德，是天道的本质，核心就是一个“生”字。将“元亨利贞”四字合起来，才能完整地诠释乾卦“健”之义。

我喜欢这个富于冬天气质的“贞”。贞者，万物之成，同时，贞下起元，冬去春来，开始又一轮的循环，因而生生不息，变化日新，永葆蓬勃的生机。没有“贞”之德，根本不可能天道刚健、自强不息。然而，我觉得一颗坚心，并不代表紧绷，因为坚心并不是一时之刚猛，而是持续不断的坚持与刚健。

你有没有体验过这样的时刻：到了一个很难突破的瓶颈，你忽然实现了一次巨大的飞跃，仅仅是因为你放轻松了而已。个中奥妙在于专心致志。当我们的大脑满负荷运转的时候，一切努力都变得更加困难，让事情变轻松的关键，就是清除我们头脑和心中的混乱。当一个人身心合一、内外纯正的时候，做事反而是轻松的。你真正热爱并擅长的事情做起来不会觉得费劲，相反，美好的体验沉淀在生命里滋养着你。当人适应了这种节奏，反而进入一种富于力量又绵绵不断的状态，这种状态恰恰是松弛的，但并非松懈，而是一种松与紧、进与退中的持中的状态，也可说是举重若轻、生生不息。

在我心中，真正的“贞”的人，就如熬过了隆冬的种子一样，面对命运的狂风骤雨、大雪弥漫，没有张牙舞爪的对抗，也没有声嘶力竭的咆哮，而是固守自己的品性，在春回大地时，慢慢生长，慢慢扩展，在生命的原野，蔓延出一片葳蕤，温柔且有力，安静且坚定。就如一眼山泉，清澈见底，潺潺细流，不喧闹也不激荡，不疾不徐，坚定地循着自己的航道，向前奔流。一度它绕到山后边去，淡出了你的视野，一度它仿佛停滞甚至逆流，让你不免为它着急，但它看似平缓的水流却蕴含着永动而不竭的动力，终将冲破重重阻碍，继续向前。

贞者，从来没有把外界的寒冷当作摧毁自己的敌人，而是和严寒交上了朋友。贞者，无论遭受怎样的打击、变故，面对怎样的抹黑、嘲讽，始终没有倒下。那老而弥坚、比初生牛犊还要旺盛的精力，那无论怎样起伏都能打起精神的生命力，那任凭千击万磨也柔韧十足的转化力，令人不得不敬佩。贞者，心底安定，步履坚定。当他们强烈坚守内心净土的宁静，气场是会发生变化的，他们的气场会变得锋利起来、凛冽起来、刚健起来，外界再也无法轻易影响到他们。

在这个世界上，有一个特质能够很好地预测一个人的成功，它不是社交能力，不是美貌，不是健壮的身体，也不是智商，而是坚毅。坚毅的品质，是向着长期的目标，坚持自己的激情，即便历经失败挫折依然能够坚持不懈地努力下去。这就是纯正的“贞”，这就是“天行健”。一以贯之，宠辱不惊，耐得住寂寞，这种坚持不懈的精神，是难能可贵的。种种诱惑，不改初心；种种打击，不易其志。之所以“贞下起元”，就在于坚心不移，日积月累，厚积薄发。就像挖井一样，如果总是四处挖掘，到处游荡，却没有深入下去持之以恒，往往徒劳无功。只有锚定方向，持续深掘，才能最终迎来清泉汩汩流淌。质量互变规律早就揭示，只有量的积累达到一定程度，才有可能实现质的飞跃。

在这变动不居令人不由心生慌乱的时代，那些具有“贞”的品质的人，他们身上这份踏实与确定，无疑是一种令人艳羡的幸福，但旁人艳羡他们的幸福，却未必抵得过从众的诱惑与那长长的坚持中的寂寞。

沈从文的“妩媚”

我发现在沈从文的笔下，“妩媚”这个词，好像是专门用来写男人的：《神巫之爱》中的神巫，头上包一条大红绸首巾，配上一朵黄菊，更显出其动人的妩媚；《边城》中的老祖父进城买过节的东西，非要和卖家硬算，决不占丁点便宜，然后才“简直是妩媚的微笑着走了”；戴水獭皮帽子的朋友“言语行为皆粗中有细，且带点妩媚，真可算得是一个妙人”；辰河小船上的水手“妩媚的咕咕笑着”；在给张兆和的信中，写到他的云麓大哥，也是妩媚的：“我到辰州时送了大哥一个苹果，吃完后他把眼睛一闭：‘吃得吗？金山苹果！美国桔子！维他命多，合乎卫生！’三三，他那神气真妩媚得很！”

我疑惑，“妩媚”不是用来形容女子姿容美好、可爱、柔媚的风格吗？难道可以男女通用尤其专指男性吗？

中国古代品藻人物，最推崇男性美的莫过于魏晋南北朝，《世说新语》中对美可以深情至死。竹林七贤中嵇康的美是有名的，《世说新语·容止》说他“身长七尺八寸，风姿特秀”，一连用了好几个比喻，说他“萧萧肃肃”“肃肃如松下风”“岩岩若孤松之独立”，他的美像一棵孤高的松树。嵇康死亡的画面也惊人，走向刑场的时刻“夕阳在天，人影在地”，大喝一声“广陵散从此绝矣”，俯首就戮！死亡像是美的极致谢幕。王羲之的容貌在《世说新语·容止》也有描述，用了八个字——“飘如游云，矫若惊龙”，许多人以为说的是书法，大概觉得把“书圣”描写成帅哥有点不敬。

《晋书·王羲之传》也把这八个字解读为是在称赞王羲之写的字。其实不然，《世说新语·容止》中这八个字，很清楚说的是王羲之的人，是说他潇洒自在、有神采的容貌举止，像天空飘浮的流云，像被惊动的蛟龙，漂亮、俊挺、活泼。《世说新语·容止》关心的是人，不是书法，一头栽在字的好坏里，斤斤计较，不能识人之气韵风度，便不易体会"飘如游云，矫若惊龙"的神采之美。《世说新语》可以算是魏晋南北朝时期名士显贵们的秀场，书中人物或不俗不羁，或桀骜放浪，更有甚者，据其行径则可斥之为"脑残奇葩"了。但即便如此，在历史的漫漫长夜里，在这样一群人，或者说在这一时代的人的身上，还是可以看到那闪耀着的、空前绝后的、弥足珍贵的点点人性光辉。

通读沈从文作品后，我才开始明白妩媚与性别无关，妩媚是一份天然自在，是元气充沛的生命力的蓬勃洋溢，是无遮无掩的情灵的摇荡。压抑的传统中国女性，天性妩媚的太少了，反而在男性之中兄弟之间，多见真性情的毫不掩饰的流露。如沈从文描画的人物，行云流水间言谈自若。水手，船夫，戴水獭皮帽的朋友，爱惜鼻子的朋友，骂野话的，睡婊子的，当官的……统统是可爱的，爽然行事，坦白真率，爱与怨、美丽与残忍、风雅与粗鄙，都是性情里浑然天成的一部分，来得淳朴合理、和谐自然。妩媚也是人生的一份阅历，经历了千奇百怪的生活，在血与泪中杀出一条生路，才能拥有强健的生存姿态，勇于任事，不畏挫折，在自然的法则、在命运的操纵下，自然地生死、歌哭、爱憎，让生命的喷发直截了当、沉着痛快！这种意气横行的飞扬人生，"大江东去"的雄强，出之自如，发散淋漓，正是妩媚风流的生命状态。

陈丹青说五四那一两代人，单是模样摆在那里，就使今天中国的文艺家不好比，郭沫若、茅盾、老舍、冰心、胡适、梁实秋、沈从文、张爱玲的样子，各有各的性情与分量。连陈公博、林柏生这些反派人物到了押赴公堂、负罪临刑的时刻，都还是书生文人的样子。当然，陈丹青看来看去，

看来看去，还是鲁迅先生样子最好看。其实沈从文的相貌也相当不凡，看沈从文的照片，风神潇洒，自然脱略，表情柔软而坚忍。眼神温和宁静地看着不很远的地方，口角轻噙的一缕笑容，就是他自己喜欢描画的那种妩媚。

动情时妩媚炽热，绝情处冷若冰霜。痴情时生死不惧，伤情处愤怒决绝。玲珑玉骰嵌红豆，入骨相思何时偿。爱生离，怨长久，舍不得，放不下，生时痛，寿不终，病长索，死难安。妩媚的背后，是一抹浓得化不开的“情”，以此成就了人生的贯穿线。

这个夏天的“闷”

今晚想到一个“闷”字，是那种心情压抑、得不到抒发的状态。也许是因为近期深陷烦躁苦痛，憋闷在蒸笼一般的酷暑潮热中，不能深畅地呼吸，甚或不能微微地清凉一下，若非偶尔感知心脏的跳动，怕是浑身要长出苔藓来。一股霉气久久弥漫于房间的各处角落，即使一颗心无时无刻不在渴望自由，也只能是铁屋子里沉闷的一声呐喊。

说起“闷”，想起20世纪戏剧泰斗曹禺的一部名剧《雷雨》，故事发生在一个灰暗郁闷的夏天，暴雨将临，屋里闷得透不过气来，可窗户却紧闭着，因为这房子里的家具及摆设都是三十年前的老样子，这个家的阴鸷男主人周朴园不许别人移动，要这个家中一切人事都按照他的设计和受他掌控。天气极其阴沉，郁热潮湿的空气，压着在屋内的人。剧中的每一个人物一出场几乎都在说“闷”，他们一个拉着一个，绞成一团，像落入泥沼的羸马，越挣扎越是更深地陷入悲剧的泥淖之中。《雷雨》揭露旧中国旧家庭的种种黑暗罪恶的现象，展示命运对人的残忍捉弄，预示旧制度必然崩溃的命运。曹禺先生在与友人的书信中这样讲自己：“以极端的雷雨般狂飙恣肆的方式，发泄被抑压的愤懑，毁谤中国的家庭和社会。”封建家长周朴园期望的是一个“最圆满”“最有秩序”的家庭，但实际上那是一个丑陋的、混乱的家庭。事实上正是因为他的无情，他的贪婪，他的始乱终弃（抛弃鲁侍萍），导致了这一切悲剧的发生。故事的结局就像一场雷雨，牵扯出家庭的秘密、身世的秘密和所有的恩恩怨怨，这一切在一个雷雨夜总爆发。剧终，鲁四凤、周冲、周萍死了，鲁侍萍、繁漪疯了，鲁大海不见了，唯独罪恶的周朴园还完整无缺。最该疯的、最该死的安然无恙，而无辜的人却死的死、疯的疯。整个《雷雨》充满和蒸腾着一种“郁热”的氛围，炎热、烦闷、暴躁、鲁莽，白白地消耗生命，从一出场时“喘不过气来”的闷热和压抑，到最后不顾一切、歇斯底里的情绪爆发，一种“雷雨”式电闪雷鸣的宣泄，在周、鲁两家人的“挣扎”与扭扯中展现出命运的全部残酷。

不知道为什么，在这个夏天一再想起戏剧《雷雨》。蝉鸣如落雨般，冗长的白昼看不到尽头。盛夏已过了大半，秋凉依然没有一点预兆，也没有一丝微风，闷热使人窒息，时光的流动仿佛也变得缓慢凝滞，一切仿佛都停下了。感觉天地就如一个狭窄昏暗憋闷的房间，一切都不通透、不舒畅，充满了雷雨将至的苦热郁闷。明日世界的变数和风险，汇成一团既虚幻又沉甸甸的迷雾，也让人觉得胸闷，让人提不起精神做任何事情。社会齿轮的运转，像DNA链一节嵌衔一节，没有几个人可以脱离这庞大老钟的运转。谁又有那么大的拧劲，可以脱队离群，可以跳出规则？在那种雷雨将至的沉闷压抑的环境下，大多数人并没有什么反抗的空间。要么在沉默中爆发，要么在沉默中忍受。还有人在窒息中撑出了一个小房间，在其中开足了冷气，及时行乐、得过且过。

所有人都在沉闷的雷雨的天气下无力地挣扎。任如何喜欢清新洒脱的麦田林间，最终也只是挺一分一秒。荡涤一切的雷雨还在路上。

二　数字篇

神秘的数字“七”

数学家兼《卫报》作家亚历克斯·贝洛斯在他的网站上，进行过一场大规模的公众投票，就是为了寻找世界上最受欢迎的数字，网站收到了来自世界各地数字爱好者的 4.4 万张投票。排名第二的数字是八，因为一些人认为八的对称形状非常可爱，而且在中文中“八”与“发”押韵，而最受大众喜欢的数字就是七。

这个结果很有趣，为什么最受大众喜爱的数字会是七呢?

数学家贝洛斯的解释是，我们可以用手数出来的数字中，除七之外的其他数字，一、二、三、四、五都可以翻倍成二、四、六、八、十，九也能被三整除，相比之下，七既不是其他数的倍数，也不是其他数的因数。同时在计算中，分别用一、二、三、四、五、六去除以七，得到的数都是无限循环小数。换句话说，“七”是独一无二的，它是一个独行侠，一个局外人（It’s unique，a loner，the outsider）。于是，人们会认为“七”是独特的，有自己风格的。

这个数学上的解释也很有趣。但是我发现，这个投票如果是在中国进行的话，结果未必是数字七，甚至七极有可能是排名非常靠后的一个。如果说数字八在中文中与繁荣和富裕有关的话，那么，数字七在中文中，则常常与混乱和变化有关。你看看与“七”有关的词语，很多都是有负面意义的，比如横七竖八、乱七八糟、夹七夹八、零七八碎、乌七八糟、杂七杂八、七长八短、七颠八倒、七扭八歪、七拼八凑、七窍生烟、七上八下、七死八活、七推八阻、七折八扣、七嘴八舌、七高八低、七棱八瓣、七零八落、七事八事、七手八脚、七青八黄、五劳七伤……往往形容不整齐、不端正、杂乱无章、混杂不清、无秩序、无条理、乱得不成样子。中国作为一个传统的农耕社会，拿广大农村生活来说，向来都是日出而作，日落而息，春夏秋冬，寒来暑往，一切都是有序的，时间如数字八（8）那样以同心圆或者是呈螺旋形的方式作用。农耕文明是比较固定的，周期性的，不喜欢混乱和变化，而数字七有一种出走和冒险的意味，有一种不归属于任何群体的彪悍性格，所以，这个数字很难被赋予一些正面的色彩。

面对高山黄土数千年后，中国已经转过身来面对海洋。我们已经调整了数千年的传统内向型经济结构，变成了依赖海洋通道的外向型经济结构。我们正从传统农耕国家变成现代海洋国家。生存方式的转型，将使得政治、军事、外交、教育、伦理道德、法律、风尚习俗和价值观等全方位转型。此诚中华五千年未有之变局。重新审视这个数字七，其实与海洋和生命本质有关。地球上海洋总面积约为 3.6 亿平方千米，约占地球表面积的 71%。对于人来说，水是仅次于氧气的重要物质。在成人体内，70% 的质量是水。如果一个人不吃饭，仅依靠自己体内贮存的营养物质或消耗自体组织，可以活上一个月。但是如果不喝水，连一周时间也很难度过。我们都曾在母亲的子宫里度过人生最初的岁月，时间一到，开关一打开，因孕育我们而吃尽苦头的母亲，才能一身轻松。经过了勤劳勇敢的三十七周（胎儿足月）、艰苦卓绝的三十七周，生命瓜熟蒂落的时刻悄悄来临了，随着羊水哗啦啦地流，我们终于泊岸下船了，这条船的名字叫胎盘，经过无际羊水的漂流，我们来到了这片大陆……

我觉得，数字七应该有一些特殊的性质，使它一直吸引着人们的注意。巴比伦纪元年代，“七”是一个象征权势和谐的数字，是权力和名誉的象征。在基督（犹太）信仰中，上帝用六天创造世界，第七天休息，正因为如此，数字七在《圣经》中被用来说明“完整”的概念。因此“七”在英语国家里面成为一个神圣而又充满神秘色彩的数字，可以说在西方文化中，七普遍被视为幸运数字，从而有“Lucky 7”的说法。数字七对西方文化乃至整个世界的文化产生了广泛而深远的影响，它影响着人们的工作和生活的一些方方面面。除了西方文化，七和世界上许多宗教文化之间也有着紧密的联系。七是许多神话和民间传说的基础，来自世界各地的古老信仰认为，第七个儿子的第七个儿子将被赋予神奇的力量。穆斯林在麦加朝圣时，要绕克尔白圣殿走七圈。在印度教中，有七个高等世界和七个地下世界。而在中国，则是把日、月和五大行星（古人以肉眼观测，只知道五大行星）这七大天体的运行，丰富成了阴（月亮）阳（太阳）五行（金、木、水、火、土）的天人合一哲学信仰。在中国传统文化里，七其实是阴阳与五行之和（2+5=7），这是儒家所谓的“和”的状态，也是道家所谓的“道”或“气”，都与“善”“美”有着密切的联系。体现这种理念的中国古琴就是七弦琴，天上有五星，地上有五行，世上的声响有五音，因此，它便有了五弦：宫、商、角、徵、羽。后来，文王加一弦，武王又加一弦，成为七弦。

按说七在儒家思想中代表阴阳五行的和谐，不明白为什么在我们的成语中与七有关的，还是以负面居多。比较有褒义的包含七的成语，有“七步成诗”“七行俱下”“倚马七纸”，比喻人才思敏捷，知识渊博，七步可以成诗，读书可以同时读七行，文章写得飞快，千言立就。可惜，这三个成语故事的主人公，三国时期文学家曹植、南朝宋孝武帝刘骏、东晋文学家袁宏，虽然所作诗文菁华璀璨，但生逢乱世，纷争动荡，他们都是只活了三四十岁，就忧思而亡。我想起了庄子讲的“浑沌”。浑沌是一个不清楚的东西，当浑沌从不清楚到清楚，其实就是创世的过程。可以想象浑沌是一团难以定义的存在物，像微生物，也像生命基因那种胞胎的存在，或者是草履虫、变形虫的形状，总之浑沌是没有定形的。我们的生命都从浑沌中来。浑沌是世界开辟前元气未分、模糊一团的状态。后来在庄子的那个故事中，有人要感谢浑沌，要给它七窍，让它可以视、听、食、息，每天给它开一窍，七天以后，浑沌就死了。这和《创世记》的七日创造天地刚好相反，人家的《创世记》是七日之后越来越清楚，庄子的创世记则是七天以后浑沌死了。

在自然数中，“七”真是一个最特殊、有趣的数字，在中西方文化中有着完全不同的理解。

饶有意味的“十三”

有很多的西方人忌讳“十三”，原因是按照迷信的说法，只要到每月的十三日这一天，十二个巫婆都要举行狂欢夜会，第十三个魔鬼撒旦就会在夜会高潮时出现，给人们带来灾难。因此，西方人不仅忌讳“十三”日，也忌讳“十三”这个数字。西方许多酒店和医院的建筑经常跳过十三楼，机场有时也没有十三号门。荷兰航空公司、法国航空公司、汉莎航空公司和美国大陆航空公司等航空公司的任何飞机上都没有第十三排。如果十三号遇上星期五则被称为“黑色星期五”，很多西方人也忌讳“星期五”。据说人类始祖亚当和夏娃吃禁果的日子在星期五，他俩死的日子也是星期五，亚当和夏娃的儿子该隐也是在“黑色星期五”杀死了他的弟弟亚伯。在西方人看来，星期五是不吉利的日子。既然数字十三和星期五都代表着坏运气，两个不幸个体的最后结合，当然成了超级不幸的一天。所以，不管哪个月的十三日，恰逢星期五就叫“黑色星期五”。十三号星期五这个日子被蒙上恶名应该源自《圣经》，基督被钉在十字架上据说就发生在星期五。而根据《新约》，出席最后的晚餐的人数也是十三，而后来用臭名昭著的犹大之吻作为暗号来出卖耶稣的犹大，据说就是坐在桌旁的第十三人。这种对于十三号星期五的恐惧和忌惮是真实存在的。芬兰每年都设定一个十三号星期五作为国家事故日，这一活动旨在提高公众的安全意识。据美国北卡罗来纳州阿什维尔的压力管理中心和恐惧症研究所估计，每个十三号星期五都造成美国经济损失 8 亿～ 9 亿美元，因为很多人拒绝在这一天交易或乘飞机旅行。我还看过一个资料，据说美国前总统富兰克林·罗斯福对十三号星期五始终避而远之，他避免在星期五开始旅行，不会在任何一个月的十三号旅行，甚至绝不会在餐桌上宴请十三个人。

而在中国，数字十三是一个吉祥、高贵的数字：佛教里的十三是大吉数，佛教传入中国的宗派为十三宗，所以佛塔的层数一般为单数，如三、五、七、九、十一、十三层，至十三层代表着功德圆满。从中国的历史文化来看，十三亦是受欢迎之数，如十三经、十三陵、十三太保、十三香、十三行、少林十三棍、兵法十三章、麻将配牌十三张等。个人有一个猜测，十三之数，可能来自五行加八卦，因此当然是一个吉祥、高贵的数字了。十三也可以解释为十之有三，十包含了东西南北的上下四方观念，交集的中点便是中央，代表统治，代表大一统的天下之中，而三即天地人或日月星，由此可见，十三之数是何等圆满吉祥、尽善尽美!

我是生于十三号的人，不过，我出生那天是星期四。目前我所居住的地方，是一座历史悠久的古城——华夏历史上十三朝的建都所在地西安，是昔日世界经济、政治与学术交流的中心，是秦始皇、汉武帝、唐太宗等历朝君王在竹简上、大地上写下中华民族历史恢宏一页的地方。从秦岭流淌而出的河流穿过漫漫岁月，浇灌了中国历史的金色童年和英气勃发的青少年时代。十三个封建王朝在秦岭北麓的渭河岸边，花开花落，演绎了数千年的风云大剧。1300年前，长安城是当时世界上规模最大、建筑最宏伟、规划布局最为规范化的一座都城。当时的长安城如棋盘纵横交错，共有108坊，108坊恰好对应寓意108位神灵的108颗星曜；皇城之南四坊，以象四时；南北九坊，取则《周礼》九逵之制；皇城两侧外城南北一十三坊，象征一年有闰。营建都城是国之大事，所谓“定鼎之基永固，无穷之业在斯”，它关系到国家的巩固与发展，因此在城市布局上往往都被赋予某些象征性意义。南北排列十三坊，象征一年有闰，我个人理解一年有闰是指一年之中会出现两个同样的年和两个同样的月，这就是所谓的闰年闰月了，中国人讲究成双成对，闰年闰月刚好就映衬了成双成对，自然就是最好的。此外，中国传统风水学在建筑上提倡子午向，即坐北朝南，这一提倡被历代帝王所推崇，唐都长安最初的宫殿建筑均为坐北朝南的子午向。中国古代帝王的座位，身在北方，面向南方。因为帝王是一朝之长，宛如之上，所以帝王坐在北边，北就是“上”，而坐在南边的群臣则为卑下，南就成“下”了。由此可见，南北排列十三坊有君临天下之意。隋唐长安城是相天设都，依据天象星辰位置布局都城中宫城、皇城与郭城众坊里，体现着天人合一与君权神授的神秘色彩，数字十三是古代的帝王之数（皇帝腰带的玉枚制式是十三枚），象征君权。

再从数字学上说，十二代表完整性，而十三则是一个奇数，我觉得，东西方对于数字十三的不同理解，源于背后完全不同的文化观念。以爱琴海文化为源头的西方生活模式本是动的（航海、游牧和远征），但对静（永恒、恒定的结构）却有极深沉的信念、极强烈的渴求，以抵达宇宙永恒静一的完美境界为人生理想，所以数字十三成了异端，成了变量，成了不和谐音。而以内陆农耕为主的中国生活模式本是静的，但对动（天地变化，“穷则变，变则通，通则久”）却有极深刻的领悟，能极切己地体认，知“为道也屡迁，变动不居，周流六虚，上下无常”，而能“一阴一阳谓之道”“唯变所适”，成效天地之变化。所以对于中国人来说，数字十三代表了“十二为地数，周而复始，十三则相天，由地而天，敝而新成之象”。十二为固定的轮回，比如一年十二个月，周而复始，十三则意味着超越轮回，另开新局。《周易》以乾坤二卦为始，以既济、未济二卦为终，也是同理，反映着古人变化发展的思想。未济卦是易经六十四卦中的最后一卦，事物至此好像是要终结了，然而，未济卦却以未能渡过河为喻。有没有发现未济类似于数字十三，说的都是不圆满的事情，因为事情尚未完结，所以还要向前发展，这就是中国人生生不息、物不可穷的文化观念。

我更喜欢中国文化理解数字十三的这种未济之意。天地之间是无限的创化生育，无止无尽。既济可转为未济，未济也可转为既济，事物就在这否定之否定的对立统一中发展，永无止境。乾坤氤氲，万物化生，繁衍不已，变化不息，既济未济，代谢无疆。

关于数字“二十一”的解读

有一句谚语“不管三七二十一”，挺让我纳闷的，为什么不说“不管四六二十四”？为什么那么多数字不说，偏偏是二十一呢？我一开始猜测可能是为了朗朗上口。其语感就像跳皮筋童谣中的一句“马兰开花二十一”，没有什么实际含义，只是这样说着诙谐顺口、铿锵响亮。

查阅了一下“不管三七二十一”的由来，主流说法认为，源于原始时期先民的计数方法：那时人们像孩子一样扳着手指头数数，一个人有两只手，每只手有五个手指，两只手有十个手指。因此人们对“二”“五”“十”这三个数特别熟悉。口语中的“一五一十”，就是和以手计数有关系的。五减二得三，五加二得七。在人们印象中，三是少，七是多。数三只要一只手，数七需要两只手。三代表吉利，七象征凶险。因此，人们说“不管三七”，意思是“不管多少”“不问好歹”，后来，人们在这种说法后面加上了“三七”的乘积，“不管三七二十一”这句俗语就流传开了。琢磨了一下，我觉得这种说法不够完整，因为，这种说法只探讨了数字“三”和“七”，对于作为最终结论的数字“二十一”，偏偏不予探究，一语带过。

数字崇拜与数字忌讳是一种历史文化现象，中国古代的八卦、术数，都离不开数字的排列组合与计算，一些事物在某个机遇中出现，就会被人们与相应的事物联系在一起。三七相乘的积可能为不祥之数，最早可能是谶纬家、阴阳家的用语，而后经过长期演变，才成为“不管三七二十一”这样的口语。“不管三七二十一”，形容做事考虑不周，含有不管好歹、吉凶为何，偏要干一干、试一试、碰一碰的意思，可见三七相乘的积二十一并非吉数。《汉书·路温舒传》记载，路温舒跟他祖父学习历数天文的时候，他祖父就说过汉朝的“厄运”在“三七之间”。后来，张晏说这是指“三七二百一十岁”，意思是说汉朝从汉初到汉哀帝、平帝时期要衰落了。其实，其间并不到210年。三国时代的陈琳作《神女赋》又有“汉三七之建安，荆野蠢而作仇”的话，意思是说，东汉建立210年，到建安时期要遭厄运了。虽然实际上这段时间不足210年，凑不成“三七”之数，但由此可以推知，那时人们已认为“三七”之积是不祥的数字。太平天国起义发布《奉天讨胡檄》，也有“三七之妖运告终”的话。不过，“不管三七二十一”也不完全作为贬义词使用，有时也作褒义词使用。如某人办事有魄力，有办法，不怕困难，不管三七二十一，总要把事情做好。这里的“不管三七二十一”，就是赞颂某人有谋略，不怕风险，敢于承担责任。

我猜测古人认为二十一是不祥之数，可能源于在中国人看来，任何事物都是按“一化为二，二化为四，四化为八”这样的梯级结构发展的，所以，双数自然就成了吉利数，汉语词汇中，有“好事成双”“四平八稳”“六六大顺”“十全十美”等寓意美好的词，可见人们对双数的青睐。而奇数就缺乏这种对称的和谐之美，充满了一种不稳定感。尤其是如“二十一”这样开出新局、站上新一级台阶的单数，在古人看来真是不知好歹，吉凶莫测。

我发现二十一好像是一个很神奇的数字。在行为心理学中，人们把一个人的新习惯或理念形成并得以巩固至少需要二十一天的现象，称为二十一天效应，也就是说，一个人的动作或想法，如果重复二十一天就会变成一个习惯性的动作或想法。大脑构筑一条新的神经通道需要二十一天时间。所以，人的行为暗示，经二十一天以上的重复，就会形成习惯，而经过九十天以上的重复，会形成稳定的习惯。二十一天到九十天，这一阶段是习惯的稳定期，它会使新习惯内化成为人的生命的一部分。二十一天，是人适应新变化通常需要的时间。经历了整形手术的人适应他们的新面貌，截肢病人出现的“幻肢”体验消退，或者搬家后要产生“家”的感觉，都需要二十一天，具有神奇效果的二十一天。

如果从这个角度理解，二十一是一个从量变到质变之数。二十一天效应不是说一个新理念、新习惯只要经过二十一天便可形成，而是二十一天中这一新理念、新习惯要不断地重复才能产生效应。一个新理念或新习惯的形成需要二十一天（或重复二十一次），是与旧习惯、旧理念的干扰有密切关系的。立的时候，也就是破的时候，二十一正是破立之际一个里程碑式的数字。我不知道古人如何深刻洞悉了二十一天效应，并且按照二十一天效应的规律总结出了“不管三七二十一”这样的谚语。

如果我上述对于二十一的分析成立的话，那么此时此刻，置身于21世纪的第二十一个年头的我以及与我共存于这个世界的所有人类，我们正处于历史时空吉凶莫测的转折之年、在旧事物消逝与新事物建立彼此关系的关键时刻。所有那些百年未有之大变都不是凭空而来的，而是在持续不断的变化中抵达新旧更替的节点时刻。比如，自19世纪以来，人类通过燃烧化石燃料获取能源，人类活动导致了地球气候变暖，全球气候系统经历着快速而广泛的变化，部分变化已无法逆转，人类活动已经影响到了地球陆地、空中和海洋的每一个角落。在这一注定的轨迹下，全世界各地极端天气出现将变得更加频繁和明显。三七二十一，今天之“二十一”是人类此前各种活动累积的“三”和“七”的乘积，人类需要为气候的变化及其日益增强的不稳定性负责，地球已被我们人类这一冰河时代版本之子全方位深刻改变了，不要说百年未有之大变，整个气候系统在近期经历的变化规模及其所处状态都是几千年来前所未有的。

我们人类的前行，再也不能“不管三七二十一”了，我们已无法完全排除气候系统到达临界点、突然发生巨变的可能性。21世纪的第二十一个年头的人类啊！前方是什么样的变化莫测在等待着我们呢？

神秘的数字“七十二”

有人说，这是一个女人最自由、最富裕、最美丽、最不可一世、最好的年代，其实，看看这铺天盖地的整容广告、减肥产品还在天罗地网默默调教着女人，就知道根本不值得如此乐观。一个女性真正独立自主的时代，是可以拥有不美、不瘦的权利的，不必接受“白幼瘦秀”这有形无形的束缚和规训。如果说女性在今天能够昂首阔步向前进，这一切还不是靠自己努力打拼回来的吗？而且社会标准如此苛刻，如此双标：男人只需要有钱，或者结婚生子，任选一种，即可被人称作人生赢家；而女人却需要“七十二般武艺”全部上手，赚钱，工作，养育小孩，孝敬父母，上得了厅堂，下得了厨房，杀得了木马，翻得了围墙，开得起好车，买得起新房……如此十项全能，才值得别人鼓一下掌。

虽然有男人说，还不如回到那个老婆不能上桌吃饭的年代呢，那起码家庭伦理和男女分工还有个很稳固的结构，你看你们女人现在都在瞎折腾什么？话虽如此，我还是选择七十二般武艺傍身，杀向人生的广袤战场，这一切都是自己主动选择的结果，自然也有能力自负后果，兜底自己的人生，求仁得仁，夫复何怨。要有七十二般武艺傍身，而不是一个男人傍身，方为这个时代女性的生存铠甲。为什么是以七十二，而不是以其他数字作为一个人十项全能的表现呢？我这里来做个小小推论。

一说到七十二，我们立刻就会想到“七十二变”。这个词出自吴承恩的《西游记》，孙悟空的师父菩提祖师告诉孙悟空，法术有两种：一是按

"天罡数"，有三十六变；一是按"地煞数"，有七十二变。结果孙悟空选择了后者，学会了七十二变。从作者叙述的孙悟空的法术中，可以看出"七十二"代表多，代表无穷，并不是说"七十二变"就是七十二种变化，多一种或少一种都不行。因为"七十二变"的真正意思，乃是变化多端乃至无穷。

吴承恩笔下，孙悟空的七十二变，应是仿自女娲之七十化。《淮南子·说林训》云："黄帝生阴阳，上骈生耳目，桑林生臂手，此女娲所以七十化也。""化"即"变"也。可见，一开始"七十二"这个数字，并没有什么特殊意义，不会作为有意义的数字专门使用。人们常说的数字是七、七十。在十为足数的系统中，五是半数。五减二得三，是少数；五加二得七，是多数。古书中说到"三"或"七"，就是象征着数字的少或多。进一位，"三十""七十"也是如此。

到底是从什么时候开始，"七十"这个代表多甚至无穷的数字，具体化为了"七十二"呢？比如，蚩尤氏有七十二兄弟，黄帝七十二战后斩蚩尤，孔子三千弟子中有七十二贤人，《列仙传》中有七十二仙，《水浒传》中有七十二地煞，连司马迁在《史记》中写汉高祖刘邦有帝王异相，也要专门写刘邦左腿上有七十二颗黑痣："高祖为人，隆准而龙颜，美须髯，左股有七十二黑子。"刘邦左腿上那么多的黑痣，到底是谁数过的？有些事，还真不能说破，一旦说破就失去了韵味。腿上长七十二颗大痣的人确实不太多，但跟做皇帝扯在一起，在今天看来，有点胡扯。可见，刘邦腿上的痣不一定有七十二颗，这只是源于国人对七十二情有独钟。这是为了政治需要而选择的一个有深刻寓意的数字。

"七十二"究竟代表着一种什么含义，使它能够如此风行？答案是"七十二"是阴阳五行变化的最高境界。刘邦的奇人奇相之所以是"左股有七十二黑子"，是因为古人以左为尊，"七十二"更是尊贵，表示的是阴阳五行的最高级。纵观历史这条漫漫长河，但凡每一位明主君王的降生与陨落，几乎都有着属于自己特定寓意的佳话和传说。翻阅史书古籍，我们可以发现，古人的想象力确实超凡，属实奇特全面。时而记载青天祥云弥漫，时而记载蛟龙腾空盘旋，时而记载赤蟒绕床而转，时而记载屋顶金光璀璨，等等。说刘邦有七十二颗黑痣，不过是赋予他一层神秘色彩，说他乃天生的帝王命，有七十二颗星曜拱卫着汉室江山，这就是冥冥中的天意，即所谓“天授”。司马迁大概在一定程度上也是相信天命气运作为历史条件的意义的，他大概也相信有些政治人物的特殊秉性在政治中的作用。

关于《史记·高祖本纪》所说“左股有七十二黑子”，唐代开元年间学者张守节《史记正义》记载：“按：左，阳也。七十二黑子者，赤帝七十二日之数也。木火土金水各居一方，一岁三百六十日，四方分之，各得九十日，土居中央，并索四季各十八日，俱成七十二日，故高祖七十二黑子者，应火德七十二日之征也。”通读这段材料可知，原来，“七十二”是一年三百六十日的五等分数，这个数字乃是由五行思想演化出来的一种术语。古代阴阳家把金、木、水、火、土五行看成五德，认为历代王朝各代表一德，按照五行相克或相生的顺序，自伏羲以下，帝王相代，交互更替，周而复始。自秦汉直至宋辽金时代，“五德终始说”一直是历代王朝阐释其政权合法性的基本理论框架。汉也在所谓五德系统之中，汉高祖当然也得到一份“七十二”。“七十二”这个数字的流行，大致说来，应该是发轫于六国时，至西汉而大盛。这个数字流行的历史时期，就是五行思想发展的历史时期。“七十二”之所以值得注意，是因为它是一种思想观念、一种文化形态的表征。

“七十二”既然是一个有意义的数字，则少一或多一，应该都不好。黄帝征蚩尤七十一战皆败，似乎表明了“七十一”的不详。另外，我们民间有俗语“七十三、八十四，阎王不请自己去”，为什么说七十三岁和八十四岁是个寿命关口？事实上这句俗语没有半点科学根据，值得注意的倒是国人对于数字七十三、八十四的顾忌。

话说回来，扯掰了半天“七十二”，还是一个十万八千里筋斗云回到开篇的女性话题。既然“七十二变”或者“七十二般武艺”是齐天大圣的傍身法术，那么我们女性要在这个时代过得如己所愿，就得在不同频道之间切换，在不同的主线或支线任务之间征战。我们得具有这种阴阳五行变化能力：可变男，可变女；可变老，可变少；可变长，可变短；可变大，可变小；上可梯云，下能缩地；进可天下，退可齐家……

唐长安城为何是 108 坊

唐长安城，是隋大兴城的延续，隋文帝时动工兴建，总设计师是隋太子左庶子宇文恺。他吸取了北魏洛阳城和东魏、高齐邺都南城的优点，并利用大兴地区 6 条冈阜的自然特点，经过精心的设计以后才动工的。宇文恺按照中国传统规划思想和建筑风格建筑起一个伟大的城市。

大兴城到了唐朝，易名为长安城，唐王朝对长安城进行了多方的补葺与修整，使城市布局更趋合理化。龙首原上大明宫的建立，使李唐王朝统治者占有更加高亢而优越的地理位置。法天象地，帝王为尊，俯瞰全城，百僚拱侍，更能显大唐帝国一统天下的气度与风范。

唐长安城这座中国古代规模最为宏伟壮观的都城，也是当时世界历史上规模最大的城市，由外郭城、皇城和宫城、禁苑、坊市组成。正北中间是宫城，皇帝住的地方。宫城正南方是皇城，官员处理国事的地方。紧挨着皇城东南的有官员住的地方、考中科举等待封官的人住的地方。商业区集中在东西二市，东市一般是国内的货物，西市一般是外国来的货物。唐长安城是当时最为齐整的城市，社会管理采用“里坊制”，长安城被划分为整齐的一百多个坊。

遥瞰整个长安城的格局，就是各种大方框包嵌小方框的格局。每一个大方框就叫作“坊”，坊与坊之间用高墙隔开。最外面的城墙围着长安城，中间一条超宽的大道——朱雀大街把长安城分为左右两个部分。唐代大诗人白居易曾非常形象地描绘唐长安城的布局为“千百家似围棋局，十二街如种菜畦”。这种设计布局极具中国特色，中轴线对称，讲究稳定与均衡，把人们框在一个个的格子里，便于管理。而且，一定要讲究风水，风水比舒适更重要。

为什么这么说呢？例如，长安城里坊数为何非要定为108坊？学界认为，大唐长安城的里坊总数共有108、110、109三次变化，而这些变化都是由东城区里坊数的增减而引起的。但是，人们说到长安城的坊数时，最常用的还是108坊。有学者认为，108坊恰好对应寓意108位神灵的108颗星曜。道教认为北斗丛星中有36颗天罡星，每颗天罡星各有一个神，合称“三十六天罡”；北斗丛星中还有72颗地煞星，每颗地煞星上也有一个神，合称“七十二地煞”。古典名著《水浒传》中，小说家也是以此附会于梁山泊中的108位大小将领。好汉分为“三十六员天罡”“七十二座地煞”，他们齐聚一堂，排定座次，做出了一番轰轰烈烈的大事。这108人性格各异，各有所长，结局不同，是我国文学史上的经典人物群像。

其实，108是中国古代历史上最有意思的数之一，史学家们对于它的用意至今众说纷纭。中国文化中认为108代表圆满。不少建筑中会出现108这个数字，如北京的天坛的最下层栏板有108块，祈年殿每层有石栏108根。道教认为108是天罡地煞数的总和。佛教认为人生有108种烦恼，称为百八烦恼。念佛时用的佛珠通常是108颗，表示断除108种烦恼，撞钟时也是撞108下。

如果问我的个人观点，我认为108的数字崇拜，可能是源于“道生一，一生二，二生三，三生万物”。天、地、人之道也，从三数。3代表生生不息。9这个数字，则是基数中的最高数。9为阳数之极，象屈曲究尽之形。出于对3与9这两个数字的崇拜，$3\times9=27$，再叠加以4，即四季春夏秋冬、四方东西南北，也就是$27\times4=108$。还有，参考我看过的一个红学推断，该论断认为曹雪芹原著一共是108回，其理由是：9为阳数之极，12为阴数之极，二者相乘即为108。因《红楼梦》的谋篇布局极为讲究，且暗合数理——其情节发展以每九回为一个周期，我推断曹雪芹有可能具有极为强烈的数字崇拜思想。我想长安城的 108 坊，也有可能与上述相同，是以 9 为核心，叠加以天干地支或十二宫的术数理念，即 $9\times12=108$。在中国的传统观念中，9 在阳数（奇数）中最大，有最尊贵之意，如“九五之尊”“三跪九叩”“一言九鼎”，凡是涉及与“九”有关的词语，所包含的意义离不开“高高在上”的意思。这种十二宫拱卫“九”的布局，帝王为尊，百僚拱侍，反映出大一统王朝的宏伟气魄，体现统一天下、长治久安的愿望。当然，也可以单纯将 108 拆解来理解。一年有 12 个月，24 个节气，72 个候（古时五天为一候），把这三个数相加起来，就是 108 了。你会觉得是强解吗？但中国古代的八卦、术数，从来都离不开数字的排列组合与计算。

为什么中国人对某些数字会特别偏爱呢？我觉得形成这一现象，是因为古时候的中国，数字最早不只是代表数量，还代表一种哲学思想。比如“一”是汉语中最基本的数词，于是被赋予了万物之祖、万事之源的意思；“九”是个位数中的最高数，而且又与长久的“久”谐音，所以便被赋予了吉祥如意、平安久远等文化内涵。中西方对同一个数字的理解可能会有天壤之别。比如西方人避讳十三，认为不吉利，而大唐长安城，南北排列十三坊，象征着“一年有闰”，恰恰是吉祥如意的。所以说，大唐长安城为容纳更多的人口以及迁徙江南被灭各国贵族以实京师的宏伟计划，将城池建设得超前迈古，面积达 84 平方千米，是汉长安城的 2.4 倍，比同时期的拜占庭帝国都城君士坦丁堡大 7 倍，是当时人类建造的最大都城。这个当之无愧的“世界第一城”，按照 108 这个数字来规划城区，也体现了一种深具文化内涵的数字观念。

关于万物归零

夏日曾经很盛大，阔绿千红之后，只留下这瘦瘦的一茎残荷。小路上漫天黄叶纷飞，零落成泥碾作尘，疏枝上淡青色的天空，最后一只孤雁扑棱棱掠过。在风中，在水里，那些往昔的安逸之地、繁茂之地，随风被刮得七零八落，生活比蒲公英还轻，纷纷散落。秋天来了，吊唁时光之逝，这是一个万物归零的季节。

归零的颜色是白色，初雪将覆盖曾经的一切粉绿与艳红。中国人研究和认识宇宙及人世的传统五行基础中，认为白色的五行属金，对应西方和秋季。中国人对西方最直接的联想，便是太阳的东升西落。东方有新兴生发之象，而西方为日落死寂之乡。傍晚太阳西落，倦鸟归巢，天地万物都在收敛。至于秋天，万物凋零，秋风飒飒，秋月煞白，是肃杀的季节。与西方和秋天这些具有肃杀之象的事物相应的白色，也因此代表着失去生命、没有血色、枯竭荒芜的状态，自古以来象征着死亡和归藏。

归零的颜色也是黑色，黑色是这世界上最暗的颜色，零分光折射率，吸走一切光亮，它是吸收所有光线的颜色。黑色遮掩一切，抹杀一切，蕴含一切。一切颜色都将在黑色中坠落，而且是不停坠落、坠落，永恒下坠，因为黑色是永无止境的无底洞。

说起归零，我想起刘慈欣《三体 3：死神永生》中的归零者文明。归零者，又名重启者；归零，就是将一切还原为原来的样子。把一个已经跌入低维度的宇宙重新拉回高维，几乎不可能，但从另一个方向努力，把宇宙降到零维，然后继续降维，就可能从零的方向回到最初，使宇宙的宏观维度重新回到十维，也即田园时代。零维世界可能吗？可以重启宇宙吗？这个复活的宇宙是最初的那一个吗？降到零维之后如何继续降维？我觉得零维，这是一道过不去的墙，零维就是一切存在的绝对死亡，没有时间也没有空间，就意味着不可能再有任何运动。在这种状态下，主观不可能对客观产生任何作用，怎么可能继续降维，以重启宇宙？不得不承认，《三体》的结尾非常仓促。太多的问题需要回答，而看完了整本书，发现遇到的问题居然比找到的答案还要多。整个结尾看上去就如同一个言简意赅的写作大纲，它只描述了这个世界目前如何，但是没有回答那个千万年来人类思考的永恒问题——我们将要去往何处？

早晨太阳从东方升起，一夜之后它又回到东方。竞技场上，有些比赛若不回到起点，你的成绩永远以零计算。一切从零开始，还要回到零，这是世界上最简洁、朴素、浅显的哲学。但我还是难以想象万物的归零以及归零之后将继续的运动。电影《罗拉快跑》把一个时间段设定成可以归零重来的游戏。这是一个几乎每个人都曾幻想过的命题：在人生的岔路口，如果重新选择，是否就可以避免那些失误？事实上，在时间的流逝中，我们都如射出去的箭，飞向长空，去而不归，只有一个向度，并没有画圆的回归运动。

何须待零落，然后始知空？世人往往要不停地红尘征逐，要真正经历四时之兴替，在一切归零的时刻到来时，才感到人生是不可捉摸的，一切是不可以长期拥有的。一个人孤零零来到人世，再一个人孤零零离开，融入宇宙无限的熵增趋势，默默地被宇宙的一片混沌吞噬，这是人生最残忍的、很少有人能够坦然面对的事实。

我要走进最深的黑森林深处，
那里黑是唯一的颜色，那里零是唯一的数字，

而我将谈论它反思它并呼吸它，
在高山上宣示让所有灵魂看见它，
在我前面还有多少路要走？
有多少山峰要去翻越？
为了寻找自己，我又将多少次跌下悬崖，
一切又从零开始而这是否会有意义？

中国的重日节与双数偏好

在中国传统节日中，有半数以上是重日，即月份与日期相同。这应该与我们民俗中喜欢双数有关。在中国古代，尤其是秦汉及以前，凡像一月一、二月二、三月三、五月五、六月六、七月七、九月九之类的“重日”，多被认为是天地交感、天人相通的日子。因而，在这样的日子里人们主要做祈福、祭祀或是纪念活动，以求得幸福、安康和吉祥。

其中，端午节本名为“端五”，即农历五月的第一个五日，也称“重五”。“端午”一词最早出现在西晋《风土记》中：“仲夏端午谓五月五日也，俗重此日也，与夏至同。”“端”是初始的意思，“端五”便是“初五”。五月正赶上地支顺序里的“午月”，所以五月初五就被写成“端午”。《易经·系辞上》说，天为奇数，一三五七九，五数相加为二十五；地为偶数，二四六八十，五数相加为三十；天地之数相加是五十五。天地数之和都是五的倍数，它们的总和正好二五相逢，所以五月五日被称为“天中节”——它们碰在一起才是“正”，端午节午时更为正中之正。端午节应该是中国最古老的历法十月历的遗存，端午是阴阳交会、不分高下的时间，端午别名“天中”，正是取其天地阴阳中和之意。而农历九月初九为重阳节，因为古老的《易经》中把“六”定为阴数，把“九”定为阳数，所以重九也就是重阳，日月并阳，两九相重，古人认为是个值得庆贺的吉利日子，更因“九九”谐音是“久久”，有长久之意，所以常在此日祭祖与举行敬老活动。

遍观中国民间传统节日，不难发现一个明显的特征，以“重日”为主要节日，主要过七个重日节，一月一、二月二、三月三、五月五、六月六、七月七、九月九，这七个节日为七吉，再加上后起的某些佛教节日（如浴佛、中元、腊八等）及其他零散节日（如上元、中秋）。其中，中国民间最隆重、最富有特色的传统节日是春节，也即正月正，俗称“过年”，从腊月初八的腊祭或腊月二十三或二十四的祭灶，一直到正月十五，以除夕和正月初一为高潮，也即一月一是最重要的，祭祀神佛、祭奠祖先、除旧布新、迎禧接福、祈求丰年等丰富多彩的春节活动，以“一月一”重日为高潮。根据这种重日的节日设计原则，目前台湾地区的“双十节”，其由来是辛亥革命纪念日，即每年公历 10 月 10 日，是为了纪念推翻封建帝制的辛亥革命而设立的节日。还有我们近年来轰轰烈烈的“双十一”“双十二”全民购物节，俗称“剁手节”，其节日设计也有着源远流长的中华民族文化基因，某种程度上可说是“重日”的延续。

我常常思考，农历的月和日相同，就是重日，重日就寓意天人交感、天人相通。翻翻老皇历会发现，重日这一天有很多讲究，重日忌订婚、嫁娶、治病、词讼，因为这一天乃是天路开通之时，人要敬天法地，应该多做祈福、祭祀或是纪念活动。重日适合做吉事，不适合做凶事。原始易图的数符爻象及其象征指向，是导致重日节俗发生的思维和逻辑基础。《周易》的基本组成符号是“阴爻”和“阳爻”，爻的意义是两两相交。《周易》之道即为交感之道，交则吉、泰，不交则凶、否。《周易》里最吉利的一卦是泰卦，泰卦的卦象是乾在下坤在上，阳伏而有上升态势，阴居上有下沉态势，阴阳二气一升一降，是为天地交合之道，是为天地化生万物之机。生生不息正从这交合中来。泰卦作为十二消息卦（消息卦是与四季节气相联系的卦）之一，代表阳春三月，正是万物滋长、一年里最富生命力的季节，所以泰卦是最吉利的一卦，与泰有关的词语：安泰、泰山、国泰民安、否极泰来、三阳开泰等，都有着很好的意义。相交则泰，与此相反，不相交则否。否卦与泰卦卦象正好相反，乾卦在上，坤卦在下，阳气上升，阴气下降，上下相离，各不相交。意为天地隔阂不能交感，万物咽窒不能畅釜，是万物闭塞、诸事不顺之象。重日是日月相交，两两相重，古人觉得这个日子非常特殊而神秘，有交通则有感应，他们认为此日正是天人感应、天人相通之时。而感应这件事在古代是石破天惊的大事，中国远古有很多感生神话，如伏羲之母履“大人迹”而生伏羲，附宝见大电绕北斗枢星光照郊野，感而孕而生黄帝。可见“感”在中国传统文化里的重要性，而感源自交，阴阳相交，上下相交，日月相交。氤氲感应，从而化生万物。

中国不仅在历法上崇尚重日，对一个眼睛里有两个瞳孔的人，也认为是一种异相、贵相。传说帝舜名重华是重瞳之人，而创造中国字的仓颉亦“四目相重”，南唐后主李煜和秦末在苏州起兵的项羽也都是“重瞳子”，这四人都是东方的帝王或者神。目有双瞳，节有重日，为什么中国古人认为双数好呢？也许每个人都渴望双数的状态——感应与连结，使两个分开的事物变得完整，使无所依傍的单数有了依傍。双双对对，总是和谐。在中国人的浪漫想象里，梁山伯与祝英台，死了也要双双化蝶。《孔雀东南飞》中殉情的焦仲卿与刘兰芝，死了也要在“枝枝相覆盖，叶叶相交通”的松柏和梧桐中，做一对“仰头相向鸣”的双飞鸟，通宵达旦，日夕和鸣。

三 抚摸美丽汉语

履虎尾，看咥面

“咥”，是陕西关中、河西走廊一带的方言土音，是吃的一种方式，从字面意思看，吃至极致，即为“咥”。“咥”是陕西话中出镜率非常高的字之一，发音听起来铿锵、干脆。在陕西话中，咥面，就是很过瘾地吃面，吃美了就叫“咥美了”。在陕西，“咥”的基本特征为老碗盛食，狼吞虎咽，波澜壮阔地吃，很粗野也很雄壮地吃。这个字真把北方人的豪爽展现得淋漓尽致，张扬的是那种“大快朵颐”的精气神。

说到“咥”字，我想到了《易经》中的履卦。这是《易经》六十四卦之第十卦，上天下泽，天泽履卦。履卦的上卦是乾，是刚健之君；而下卦是泽，是恩泽之意。卦辞原文为“履虎尾，不咥人，亨”。乾卦像是老虎，是父亲，具有强大的力量，泽卦对付不了，可能很危险，就像是踩在老虎的尾巴上，必须非常小心，以免被老虎咬伤。而实际上，乾卦至大至刚、素质良好，不需要从泽卦获取利益，只要泽卦如小女儿一样，具备和悦的德行，谨慎处事，就可以做到这只老虎不咬人。泽卦只需走自己的路，详细考察乾虎的行为，与之周旋就很吉利。

卦辞原文以“咥”字用于老虎，可见这个“咥”字的吃相之凶猛，如饿虎扑食一般风卷残云。“履”之卦象是说以柔顺对付阳刚，以适应天下万变。我觉得履卦应是周文王的人生实践所证得，周文王因反对商纣王被囚禁在羑里（今河南汤阴县内），传说被囚期间，他把伏羲的八卦演化为六十四卦并加上卦爻辞，因此司马迁说“文王拘而演《周易》”。其时周文王在暴君的管治之下，充满了“履虎尾”一样的危机，所以力求恭顺。此时此刻，稍不有慎，就会满盘皆输，所以要坚定信念，量力守分，才能亨通。

为什么陕西人吃饭要用“咥”如此的虎狼之词?《说文解字》把“咥”释义为“咬”之外，还有一种“xì”的读音，从口至声，大笑也。这“咥”除了身体好、食量大，吃得快、用时短，还有在进食时发出刺溜刺溜的声音，甚至发出大笑的意思。我想象不出一边进食一边大笑的样子，二者有机地结合形成的情景，就是吃出高兴，吃出欢乐，吃出气氛。要用“咥”的进食方式，食物当然得是惊人的巨量，面条像腰带，蒸馍像锅盖，吃饭的人举着一只由粗瓷烧成的老碗，碗口直径可大到一尺，碗面厚度在三分之一左右，碗底厚度可达两寸以上，一只空碗的重量少说就有一斤多，碗里一次盛饭也在一斤上下，比一般的小盆儿还要大。没有一把子力气与饕餮海量，都吃不成真正的陕西面。

看啊！土墙根、槐树下、石碾旁、大门口……三五一堆、或蹲或站，那些膀大腰圆的陕西汉子，一人一大碗，如狼似虎、满头大汗地呼噜着吃面。陕西人用这种随意率性的姿势来完成“咥”的过程，无须坐席，无须规矩，一老碗油泼面，一个个馍馍，在心急火燎之中吃得汗流满面，在咀嚼与吞咽之中咥出豪迈、咥出自由舒展和酣畅淋漓。

作为外来者观察陕西人咥面，我体会到其中极力张扬的一种美，也可以说是一种蓬勃旺盛的生命力。把这“咥”的境界从吃饭引申到其他方面，在陕西话中，“咥活”是厉害、干大事的意思，把这货“咥一顿”就是打一顿。无论把“咥”这个词和其他什么词组合，都是扎扎实实的生猛，都无法掩饰其中的粗犷、豪爽、雷厉风行。咥是一种生活状态，是一种生活方式，尽管如今许多人认为“咥”是一种野蛮与粗鲁的表现，但是我以为这其中所体现的正是数千年积淀的秦风与秦韵，它的高亢、激昂、豪放、厚重是其他文明无法比拟的。

在《易经》履卦中，“咥”是用来形容乾虎的。乾卦虽然是龙卦，但乾的本意是指日出时光气舒展的形象。乾由纯粹的阳气构成，象征着最纯的阳，最高的健。以乾之刚，用百兽之王猛虎来形容亦无不可。有时，我走在西安街头，一眼瞟到沿街摆开桌椅的面馆面铺中那些满头大汗、狼吞虎咽咥面的精壮汉子，心中会油然浮出“履虎尾，不咥人”的句子。这些饿虎都在手擎老碗轰轰烈烈，油泼辣子惊心动魄，横扫六合，舍我其谁，一门心思地低头咥面呢！旁边的店铺伙计手里拿着盘好的长条扯面，围着大锅下着面片，灶膛里烈焰熊熊，大锅里白浪翻腾，一段段裤带面在锅里跳跃。

这样的咥面人民，本真极了，摄生命之所需，承生命之所重，不做作，不作秀，只要是痛快至极、非做不可的事情，即使天塌下来要了命也要立马就干，直截了当，不用磨蹭，无须掩饰，也毫不含糊。看他们咥面，是极有意思的事情。看群虎咥得坦荡，咥得快意，在腾腾的进食中燃着生命之火的熊熊烈焰，真有一种扑面而来的原初文明的精气神。

薄暮有多薄

薄暮，意思是指傍晚，太阳快落山的时候。暮，“日”在“莫”下，强调夕阳西下，夜晚将临，“暮”的本义即日落西山、傍晚时分。可为什么还要用一个“薄”字来修饰“暮”呢？我知道此处，“薄”是个动词，意为迫近、靠近，比如成语“日薄西山”也是同样用法。不过，细细玩味“薄暮”二字，不免思绪飘飞，心神游荡，联想到“薄”字的其他引申义，比如厚度小的，不强健、不壮实的、不幸的，急迫紧迫的，“薄”与“暮”的搭配，让人生出一种轻盈、脆弱、忧伤、短暂倏忽的感觉。

一天中，没有比薄暮更温柔的时刻了。薄暮轻轻垂落，时间嘀嘀嗒嗒。当我们注视渐次暗淡的万缕落霞，影子也在注视它自身虚幻的轮廓。昏黄的光线，将长长短短、摇曳变化的影子，投在地上、墙壁上、波动的水面上，就像物体的另一个自我，摆脱了重力，变得自由、通透、无所束缚。

想起波德莱尔的那首名为《薄暮》的诗：

> 呵，黄昏，可爱的黄昏，那些人期待你
> 因为他们敢于伸出手臂，诚实地
> 说：“我们又劳动了一天！”黄昏抚慰着
> 那些被巨痛吞噬的心灵
> 那孜孜不倦地沉思的学者
> 那重新找到卧床的腰酸背痛的工人

薄暮有柔美的外表，辛苦劳作了一天的人，心怀巨痛的人，顽强思索的人，被生活折磨得瘫倒的人，都在薄暮时分被抚慰着。薄暮自有它温驯的一面，它用朦胧的光影闪烁，涂饰着人世间的种种缺憾，将平凡无奇的日常事物，提升到即使最低微也有其神秘意义的境界。随着暮色四合，黑夜不容置疑地包拢过来。天空成了沉重的大铁盒子，像紧闭的卧室一样合拢，人被困其中，只会心烦意乱，闷郁的灵魂隐隐有痛感袭来，就像远方单调嗡鸣的某种饥渴和恼怒。

薄暮这么轻盈、脆弱、忧伤、短暂的存在，面对黑夜的力量又能有什么办法？它只能将一个个微小无措的静寂，都沉入天地宏大的静寂之中。日头坠到鸟巢里，黄昏融尽归鸦的翅，当薄暮轻轻垂落后，我听到了时间跟踪而至的湍急流水声。薄暮已如一片脆薄的冰，消融不见了。即使找遍永恒，也找不回刚刚消逝的这个薄暮了。

暗香之浮动

林逋是宋代著名隐士，四十岁后隐居杭州西湖，结庐孤山，喜梅与鹤，自谓以梅为妻、以鹤为子。他一生写了不少咏梅诗篇，最有名的就是《山园小梅二首》，其中的“疏影横斜水清浅，暗香浮动月黄昏”一联，简直把梅花的气质风姿写尽了，使梅之芳姿，从此成为千古绝唱。世人多喜“疏影”“暗香”二词，突出了梅花的神清骨秀，幽独超逸。我却独喜诗中的“浮动”一词，将梅香似有若无的缥缈和恍惚，形容得那么灵动。“香”体现的是嗅觉，“暗”体现的是视觉，暗香之美，正是通过视觉和嗅觉的通感而写出，是嗅觉通于视觉，突出香的清淡。而浮动，其实也是眼睛的感受。

一朵花可能姹紫嫣红，却不一定暗香浮动，疏影横斜。优雅是一种气质，一种味道，从梅花骨子里折射出来。扶疏的花影，横斜在清浅的水中，清幽的芬芳浮动在黄昏的月光之下。穿行在幽香氤氲的夜色中，诗人醉了。在诗人的心目中，这轻轻浮动的香影，是天地间最美的景致、最动人心魄的力量。诗人喜爱这样的境界，并非出于对香的喜爱，而是推崇一种清香四溢的精神境界、一种独立高洁的人格风标。诗人赋予梅花以人的品格，诗人与梅花的关系达到了精神上的无间契合。

香气的浮动无形无状，在生活中，我每天观察的另一种美丽浮动，就是泡茶。当你把茶叶或菊花放入水中的时候，你会发现，原本干瘪的生命，原本毫无生机的茶叶或枯萎花瓣，会在瞬间改变成另一个形态，展示出一种饱满和丰沛。绿茶茸毫星星点点、闪着微光，杭白菊花花瓣鹅黄、花萼翠绿，从进入一杯热水中开始，它们就成了无拘无束的精灵，再不堪卷曲压扁，而是一点点充分润泽，再次绽放、舒展，徐徐打开，无声无息地上下浮动。当它们徐徐袅袅地浮在淡绿或金色的晶莹茶水里，那番姿态，与它们活着时在风里的招摇相比一点也不逊色，似乎还别有一番情态。

我很喜欢这样的情态，我欣赏菊花或茶叶在水中的样子，它们或缓慢地飘着，或上下优雅地浮动，给人一种时光停驻、天地祥和的安宁。这个过程是愉悦的、令人向往的，同时，也是难得的，因为很少有人能达到这样的状态。长时间观察杯中那绽放舒展，我好像也深深浸润其中，在暗香中浮动，浮动在一杯恍惚的水中，那么恍惚而自由，一番番盘旋和起伏。

我想，虽然用眼睛看不到暗香之浮动，但如果这馨香的气息流动，可以用某种外在形式表现出来的话，一定如杯中的绿茶或菊花的浮动一样，有着无比优雅的袅袅沉浮的形态。

每到“暗香浮动月黄昏”之时，吟唱昔日梅枝下幽幽的歌曲，途经一片绿叶的庙宇、一朵花的幻觉，途经一个人清净悠远的人生归宿，“浮动”这个词，就会从所有这些人、事、物中向上浮动出来，在寂静的心之波里摇荡，摇荡。那时金色的黄昏将我怀抱，广大无垠的黄昏将一切的浮沉聚散不定，全都轻轻抱在怀里。

如何面对蔓延

我们常说的“蔓延”一词，其意最早出自《左传》中的《郑伯克段于鄢》，这篇文章也是《古文观止》收录的第一篇文章。

这篇文章主要讲述鲁隐公元年（公元前722年），郑庄公同其胞弟共叔段之间为了夺国君权位而进行的一场你死我活的斗争。郑武公娶妻姜氏，生二子，长子郑庄公，幼子共叔段。母亲姜氏偏爱共叔段，不喜欢郑庄公。其弟骄纵，欲夺国君之位，郑庄公早知道，都看在眼里。大臣们劝郑庄公早点动手：“无使滋蔓。蔓，难图也。”但郑庄公不为所动，故意让弟弟搞事，等他搞到一定程度，自己舆论做足，在道德上完全立于不败，就动手除掉他。“多行不义必自毙”，这个常用成语就是出自此篇，这也是郑庄公对于其弟的预判。意思是坏事干多了，一定会自取灭亡。

在这个故事中，郑庄公的母亲肆无忌惮地为小儿子争城池、争财富、争利益。郑庄公对这娘俩予取予求，要什么都给，提什么条件都答应。这娘俩认为郑庄公软弱可欺，于是就密谋发动叛乱，想取而代之。郑庄公却以迅雷不及掩耳之势平定了叛乱。疯狂，让这对母子付出了惨重的代价。这个故事，让人联想到莎士比亚在悲剧《麦克白》中所说的“上帝欲其死亡，必先令其疯狂”。上帝如果想惩治一个人，必先让他忘乎所以，狂妄骄纵是灭亡的前兆。

蔓延，指如蔓草滋生，连绵不断。蔓延开来的野草难以铲除干净，人的欲望也如蔓草，你放纵它，它一定会蔓延开来，蔓延得无边无际。有人认为这个故事中的郑庄公“仁慈”而“忍让”，我却认为他是其中最有心机的人，他是有意“养成其恶”，让对手自我膨胀，最后自取灭亡。任何人都不应该掌握不受约束的权力。如果不受任何约束，潜藏在人类并不太深处的丑恶的东西，一有土壤就会快速滋生蔓延。施恶者都是在放纵中逐渐胆大起来的。人类的心需要有缰绳拴住，否则毫无约束下的自由就是恶的开始。其实，你品品《左传》的总体行文特点，不着一褒字，也不着一贬字，而褒贬自在其中。这种手法，也正是《春秋》一书所用的手法，即后来常说的“春秋笔法”。郑庄公的阴险狡诈、姜氏的偏心溺爱、共叔段的贪得无厌，作者都没有直接告诉我们，而是通过他们各自的言行惟妙惟肖地表现出来。

你见过蔓延的山火吗？一旦点燃，火焰便熊熊燃烧，蔓延开去，火苗从一个树干烧到另一个树干，越烧越旺，热气越来越高，火势越蹿越快，烧到四周连成一片，从一座山到另一座山，趁着呼呼风势，烧得不可收拾，一片赤红。

你见过洪水蔓延整个村庄吗？台风过境，暴雨持续，河水迅猛暴涨，很快超过警戒线，混合着碎片和污秽的洪水，便漫上河堤肆意横流。此时，已分不清哪里是路，哪里是河。绿树像漂浮在水面的浮萍，屋顶像是裸露在河里的褐色石头，一部部汽车像玩具般被洪水浸泡与拨弄，东倒西歪，顺流而去，惶恐的猪牛鸡鸭等载沉载浮，在激流中挣扎。

读完《郑伯克段于鄢》，我对于蔓延这个词，有了不好的观感，眼前浮现的都是山火洪水的画面。蔓延日炽，蔓延不绝，是一种失控的局面。对于人来说，过度的欲望，各种枝枝蔓蔓，还是越少越好。这样你的脑袋才不会乱掉，也没有太多不必要的躁狂。现在，太多东西容易蔓延了，比如消费主义、功利主义、丧文化、审丑、内卷，在不同人群中延伸扩展。比如在一个特殊的气候下，热病蔓延，一下子世界充满了各种大鸣大放，又盲动又浮夸，如同集体高烧不退。再比如，对于某个特定群体的仇恨，这种恨远比我们想象的来得虚无缥缈，但正因为不需要具体的根源，仇恨的蔓延与深化，也远比我们想象的来得快，来得严重。还有恐慌，这三年来，在未知的阴影之下，在远处的动荡和近处的撕扯交替冲击之下，我们对不确定性的恐慌多过以往所有时刻，现在这种恐慌已蔓延到了社会的每个角落。

如何做到专心致志，心无挂碍？就是要不枝不蔓，不要让有些东西蔓得千枝万枝，关注生活的本质，把不必要的枝枝蔓蔓从横流的物欲中加以舍弃，以一种无欲则刚的纯粹，打压自己无穷无尽的欲望，才能静下心来做真正的自己。

到底什么是秋光

银烛秋光冷画屏，轻罗小扇扑流萤。天阶夜色凉如水，卧看牵牛织女星。

重读杜牧这首《秋夕》，一个秋天的晚上，银白色的蜡烛发出微弱的光，给屏风上的图画添了几分暗淡而幽冷的色调。一个孤单的宫女用小扇扑打着飞来飞去的萤火虫。夜已深沉，寒意袭人，该进屋去睡了。可是宫女依旧坐在石阶上，仰视着天河两旁的牵牛星和织女星。

今夜，我对这首小诗再三重读，琢磨不透之处，既不在轻罗小扇、牵牛织女，也不在腐草化萤、深宫幽怨，而在于“秋光”二字，也忒让人难解了。明明是烛光，为何非要说“秋光”？光，是太阳、火、电等放射出来耀人眼睛，使人感到明亮，能看见物体的那种东西，用“秋”来修饰“光”，当然指的是秋天的“光”。我感兴趣的是，古人为何对秋天的“光”如此关注，当然，他们对春天的“光”也同样关注。在古诗词中“秋光”与“春光”的出现频率都极高，但是，如以季节来划分光的种类，为何只有秋光春光，没有冬光夏光？

要说春天有光，还是可以理解的，在繁花似锦的春色中，天地之间一片明媚灿烂。但秋光又是什么“光”呢？为何古人要在诗词里一次次书写“秋光”：“高梧叶下秋光晚”“小院秋光浓欲滴”“露洗秋光透”“极目秋光夕照开”“气射秋光冷”“小圃秋光泼眼来”“当檐飒飒生秋光”“禁里秋光似水清” “秋光独鸟过” “秋光度林际，留得半庭阴” “凿见碧天影，秋光注小轩” “满目秋光还似镜，殷勤为我照衰颜” “云树扶疏弄夕晖，秋光欲上野人衣”……

春之季节，生之泉源在万物深处涌出，万物欣欣，鸟语花香，热烈的春光充满了幸福感，因为四季之中，春天最欢乐，生机最跃动。春光鲜明亮丽，宛如一首光彩夺目的诗。而秋光呢？秋之季节，“纤尘不动天如水，一色无痕月共霜”，此时天空被滤得净透，天高云淡，片云如絮，碧海青天，一轮明月；至于秋天的水面，不同于春水的青春活力，夏水的澎湃盎然，因隐隐寒意，秋水少了许多喧嚣、繁杂和羁绊，水面清潋、纯澈、平滑如绸缎，岸边的蒹葭苍苍、水上的残荷萧瑟，共同演绎着秋天淡泊的乐章。秋光与春光相比，秋光清，秋光净，秋光空旷，秋光寂澹，是一望无际的视野，是恬淡空灵的意境。

秋光是什么？是秋水淙淙，泽泽生辉，是午后阳光散淡，是枝头葡萄的闪亮，是瓷盘里剥落的石榴籽颗颗莹润，玻璃心里封存着秋天的汁液，是山峦墨绿之光，河水潋滟之光，天空深邃之光；是随着秋天一天天深了，混浊的云、燥热的气，一日一日消解，天空渐渐湛蓝，变得透明、清彻、高远，眼前的山水突然安详寂然了，走上前，如同撞进了一幅淡墨古画；是有人独倚晚妆楼，衣袂飘飞，风鬟雾鬓，她在凭栏眺望南飞雁，过尽千帆皆不是，余晖脉脉水悠悠。那凭栏人的影儿被秋光侵扰，更觉寒瘦。

古人早就发现了秋光，翻开古诗词，秋光满目，秋光流泻。怎么去形容这一缕秋光？秋光潋滟，秋光清浅，秋光澄澄，秋光漠漠，无论怎么形容，秋光都是季节成熟后、天地净透后，一种恬淡、恬静之光芒，这是老去的光芒，不再带着锋芒，但依然万里浩荡。绚烂盛大的夏日固然好，但之后还有更醇厚的秋光，在山长水远之中。

年年最爱秋光好，在秋光下，一个人出去走走，融入无边的秋，如无舵之舟，越漂越远，漂到地老天荒的秋意深处，身影变成秋水里的一抹旧痕。落日里，暮霭轻起，但见秋的逸光在跳跃。只要你深深凝望，就会被这一缕秋光照亮，被一泓秋光轻轻包裹。

在嫩寒中遥望春晓

大寒的尽头，便是春的消息。

大寒时节，突然想到一个词语“嫩寒”。“嫩寒”的意思就是轻寒。宋代王诜《踏青游》词:“金勒狨鞍，西城嫩寒春晓。”元代张翥《摸鱼儿·送春》词:“兰舟同上鸳鸯浦，天气嫩寒轻暖。”明代高启《梅花》诗之二:“薄暝山家松树下，嫩寒江店杏花前。”还有在《红楼梦》中，秦可卿房中陈设有一幅唐伯虎画的《海棠春睡图》，两边有宋学士秦太虚写的一副对联，其联云:“嫩寒锁梦因春冷，芳气笼（袭）人是酒香。”唐伯虎没画过《海棠春睡图》，秦太虚也没写过这副对联。曹雪芹杜撰文章，是借唐伯虎和秦太虚影射人物。秦是秦可卿，太虚是太虚幻境。秦可卿的房间就是太虚幻境。“嫩寒锁梦因春冷”，艳极之至，读此句使人怦然心动起来，忽然间感觉到一股春的气息，即使还轻寒漠漠，四野沉睡。

“嫩寒”是一个迷人的词。读到“嫩寒”二字，比起雪寒、苦寒，立马感觉轻松许多，这已是冬寒的尽头了，春晓已在望。中国语汇中的很多词意，真的是非常微妙，回味无穷。一个“嫩”字，赋予了瑟瑟轻寒一种令人怜惜的色彩。这种拟人化的写法，突出了残冬初春之美，有一种让人难以抗拒的吸引力。这就是古代诗人用心炼字的结果。如果一个人读词很少，会觉得“轻寒”就蛮好，“嫩寒”倒刻意了。但读词既多，就容易觉得“轻寒”太常见了，唤不起新鲜感，而“嫩寒”如此充满张力、妙不可言。

今天，窗外雪纷飞，如柳絮，如棉花，如鹅毛从天空飘飘洒洒。目之所及，山川、树木、房屋，皆积了一层薄薄的雪。夜来不知何时雪停了，路灯映照着悄然融化的雪，如隐约的泪光闪在冬夜。这是嫩寒的雪啊！长安城中，很多地方蜡梅已初开，淡淡的幽香和嫩嫩的寒气带给人新的憧憬，与春天只有一步之遥了。恍若一转身，就与春天撞个满怀。隔着一帘轻寒，我已经看得见碧水初生、落英缤纷、云淡风轻、莺飞草长……

当漫天飘起的雪花无声地抚慰着苍茫大地，当寂寞的原野在静静地唤醒深深浅浅的记忆，我隔着纷飞的雪，在嫩寒中遥望春晓。

玄之又玄，众妙之门

《道德经》里有一句很著名的话："玄之又玄，众妙之门。"在这里，"玄"是深远幽昧、不可测知的意思。"玄之又玄"指深远而又深远。也有说法认为，这两个"玄"字皆作动词，意为探索再探索的意思。"众妙之门"，意为一切幽昧深远的宇宙万物及其变化规律的总门。这段文字通过一种正面和肯定的方式对"道"做了界定和描述，道是宇宙的终极本体和万物存在的总根源，超绝名相，难以规定。古往今来，对于《道德经》中的玄门有过无数的解说，在这里，我只从色彩学上做一点小小剖析。

"玄"字最早出现在三千多年前的甲骨文上，是华夏先民用来形容世界混沌初开时的黯淡天色："天地玄黄，宇宙洪荒。"到了周代，"玄"多用于指天色，颜色基本固定在蓝色色域。到了春秋末期，新产生了汉字"青"，本义草木发芽、萌生，"青"迅速成为颜色词，指代蓝、绿色调，所以玄天变成了青天。也就是说，先秦时期玄代指天，是蓝绿不分的。到了汉代，"玄"被重新定义为天的本色，是月已落、日未出的颜色，不是纯粹的黑，而是黑中透红。《说文解字》里说："玄，黑而有赤色者为玄。""玄"至此衍生出红黑的色域。

说到底，"玄"就是黎明的太阳跃出地平线前的天色。之所以玄色在青、蓝、黑、苍、赤之间飘忽不定，因为黎明时天色就处在一种微妙变化的状态。在汉代，玄色被定义为一种泛暗红色调的暖黑色，在传统色彩中表示深不可测之色，有令人生畏、远邃不可知的感觉。

从夜到昼，天地之轨道在幽秘与混沌里悄然潜行。旭日跃出地平线这一奇迹的缔造，需要通过无数幽玄之门。在黑夜和黎明的分界，世间之玄奥正在阴阳翻转之中。由此，辨析、解读“玄之又玄，众妙之门”，可从中国传统色中得到“玄”的具象与意象：“玄”既是天象特殊时刻，黎明将至的天色，又是宇宙的开窍觉悟、大道将启的原始。玄色，是人类敬畏天地、观察天象而来的。

“玄”表示一种暗含的、包蕴的、内聚的、收拢的、沉潜的状态。要拥有这种状态，就要“入幽玄之境”，将身心沉潜下去。这一条体道、悟道、证道的幽远之路，注定要跨越万水千山，也要走过茫茫人海，这种深远感不单是时间与空间的距离感，更是一种特殊的精神上的意味，这是一个本体论的命题，是绝对世界中一切相对性尚未区分的原初状态。“玄之又玄”以递进否定的方法形容“道”体的幽深神妙以及创生万物过程的深奥难测。“众妙之门”中的“门”指出口，意思是派生出来。一切相对性追溯到绝对世界都变成了“玄”，也可以说“玄”派生了一切相对性，是一切矛盾对立统一的根源。

当黎明划破黑夜，当万物在天地微明中显出它们的颜色与面貌，玄色就这样吐出了世间之万色。万物在黑夜和白昼中经历和穿行，被混沌了又开始区分，被遮蔽了又开始显露，一次又一次地行走和生长。这是一个永恒循环的过程，玄之又玄，玄之又玄……

一寸还成千万缕

“缕”这个字，用于细的东西，一缕麻，一缕头发，一缕青烟，一缕微风，一缕幽香……一缕，即一丝，一线，一股，一条一条的，连续不断，这是一个与女性生活极其亲近的字。细针密缕，千丝万缕，无中生有，由少到多，绵绵延伸，层层缠绕，扭结，交织，这其实正是人类女性的生命基调。

端午节的时候，系五彩长命缕，这是从宋代就有的古老习俗。用红绿黄白黑五色丝线搓成彩色线绳，系在孩子的手臂、颈项上，叫长命缕、续命缕。明人余有丁《帝京五日歌》所云“系出五丝命可续”，指的就是这种习俗。汉应劭《风俗通》载：“五月五日，以五色丝系臂，名长命缕。”这个习俗在南方很多地区还延续着，端午节的时候每个女孩子都少不了一根五彩绳，那是一种祈福。什么金刚结、平结、凤尾结，将五色彩绳一色一色拣好、捋直，再将一缕缕彩绳层层缠绕，编结成花纹彩条……当丝丝缕缕在你的指尖上，一个个锁结，一个个圆环，缠绕，旋转，一边编一边拉紧，最后两端绳尾各打一个玉结，收口完成。这缕缕的线绳让人联想起命运的红线，让人回想起过去的离合，回想起自己某次珍贵的邂逅，让人眺望自己未来可能的交集与联结。

宋代词人晏殊有一首《玉楼春·春恨》：

绿杨芳草长亭路，年少抛人容易去。楼头残梦五更钟，花底离情三月雨。

无情不似多情苦，一寸还成千万缕。天涯地角有穷时，只有相思无尽处。

我喜欢这句“一寸还成千万缕”。作者用白描的手法，强烈的对比，把那梦魂牵绕的深情写了出来。前一句“无情不似多情苦”直言多情苦，这种痛苦远非“无情”所能代替。“一寸还成千万缕”，极言多情。一寸情思尚可化为千万缕的情丝，那么绵绵无尽的多情，会化为无数情丝。“天涯地角有穷时，只有相思无尽处。”这是在幽恨和眷恋里无声铺展开来的纷乱，剪不断理还乱。“千万缕”，真是女儿家语，借词中思妇的口吻说出，大概只有女性才会在丝线绳结、织布刺绣中，有这般对线缕的真切体验。因此一颗千丝万缕的心，是极其细腻的女儿心。情丝乱缕，不绝如缕，你说这种萦绕，如何解脱？

记得《牡丹亭》里《惊梦》一场，说摇漾春如线。我总以为是形容春风，其实是形容一颗春心倒更贴切。动心的刹那，不是摇漾春如线吗？千丝万缕，可怎么捋得清这细腻的情怀？正像李后主所说的“一片芳心千万绪，人间没个安排处”。

一寸相思千万缕，牵牵绕绕挠人心。望断关山，拍遍阑干，心冷了又热，无端端地就这么作茧自缚了。怪只怪，那么多的丝缕，谁又能割得断？

“辻”的哲学

有一个字“辻”，汉语拼音读shí，是日本汉字，该字在日语中读作“つじ（tsu ji）”。“辻”是日本地名用字，意思是指十字路口。

我第一次读到这个“辻”字，是在清代散文大家沈复的《浮生六记》中。现存的《浮生六记》有两个版本：一个是四记，一个是六记。“四记”也叫《浮生六记》，后二记只有目录，一叫“中山记历”，二叫“养生记道”，文已遗失。“六记”则是六记，文史界有后二记是伪作的说法。不过，即使《中山记历》是伪作，是托名之作，所述却是有依据的，并非凭空想象，而且《中山记历》写的是沈复游历琉球国的所见所闻，风土人情其观察入微，颇有可读之处。连钓鱼岛、赤尾屿，在其中也有记述。遥想沈复当年，壮游琉球也不是没有可能。中国与琉球本来关系密切，时至今日，冲绳的中国遗风，依旧随处可见。

在《浮生六记》之《中山记历》中，沈复登琉球，“山川灵异，草木阴翳，鱼鸟沉浮，云烟变灭，莫不争奇献巧”，其中有“辻山”，琉球国的人读为“失山”，琉球的字皆对音，十、失没有区别，猜测可能是“迭”字之误，琉球语音与中国语音不同。至于为什么叫“辻山”？可能是宗姓之名，因为在日本，“辻”也多用于人名，如辻政信、推理小说家绫辻行人等。如果按“辻”的本义即十字路口，那么十字路口有一座山，如何能够四方通行呢？当时我读到，曾疑惑不已。

后来，我渐渐想明白，之所以不能理解“辻山”，在于我完全是从现代科学逻辑出发的，这样的“现代科学”，早已不复“古老的东方美学”所拥有的哲学结构上的纯粹性。在东方文化中，讲的是乾坤阴阳的规律性运转，你中有我，我中有你，相互联系、相互依存、相互牵制。在阴阳、明暗、生死、梦醒的十字路口，是一条不断移动的光谱，只要改变色差、调一下亮度，就从此岸滑向了彼端，纵横交错中，并没有那么泾渭分明、界限清楚，而是一个旋涡状的太极图，“转化”是每时每刻都在边界上发生的。琉球本是我国明、清两代的藩属国，琉球文化中有大量的中国文化元素。为什么叫琉球？据《中山世鉴》记载，说此名是一位中国去琉球的使节朱宽起的，“于万涛间，见地形虬龙浮水”，始曰“流虬”。沈复《中山记历》中详尽记述了琉球的风貌、物产、风俗，文中说到琉球人有中国人的血统，岛上有孔子庙，处处有历代中国使节遗迹，当地学者研究朱子，中国文化也深深嵌入琉球饮食中。如此想来，琉球有名为十字路口的山，没有什么好奇怪的，“辻山”谜一般的特质，正体现了琉球文化的复杂。

世界上没有孤立的事物，事物是联系的。事物是联系的话，那么它们必然是一个整体。一个十字路口，正是使得所有方面交会遇合之处，同时，也正是在十字路口，迥然有别之物之人之事，在此转换变化，这种转换变化不仅仅是平面的，同时也是多维的、立体的，是谓“辻山”。十字路口上的山峰，十字路口上的学问，十字路口上的琉球，在中华民族与琉球民族之间，在海与陆之间，你中有我，我中有你，充满了阴阳平衡和辩证转化。这种“辻”的文化传统，这种打破界限、在不同事物之间游移不定的观念，与现代人观察和体会世界的充满确定性的科学逻辑完全不同。

其实，当下的中国也有这种“辻”的特性。工业化与城镇化将人们从故土（包括家族）抽离出来，流动成为常态。在这种抽离中，诸多共同体被瓦解，包括家族、宗教，甚至是文化。记得法国社会学家涂尔干曾提出过两个概念“机械团结”和“有机团结”，用来描述传统文明和工业文明中人的组织方式。机械团结是指在一种相对初始的社会里，人们保持着相同的价值、信仰和规范，社会分工较为原始，不同成员之间的职业也有相似或同质的特征。而有机团结则指当今社会分工越来越精细，个人的异质性也越来越突显，有机团结会损害原有的共同体，让人们因“分工”，而非“血缘”连结在一起。也就是说，在今天的流动社会中，社会团结恰恰建立在差异互补的基础上，而非同质相似的基础上。十字路口的信号灯在闪烁，人们遵守交通信号，交通有条不紊地进行着，人流车辆顺畅地通行，正是十字路口提供了不同路向的人们的“有机团结”，让不同力量得以辩证转化，以及应时再生。

中国当下的种种社会问题，夹杂着现代化力量与中国传统文化模式的撕裂。在解决文化差异与矛盾时，和谐是比和平更高的境界。中国的前进方向应该是一个文化会通的十字路口，而非一条直通通的小径。这就是“过”的哲学。

到底意难平

什么是“意难平”？意思就是内心不能满足，心绪不宁，心理上接受不了，不能释怀，放不下、不甘心的感觉，念念不忘却没有回响。

《红楼梦》第五回，贾宝玉梦游太虚幻境，听了《红楼梦》十二支仙曲。其中曲牌为《终身误》的曲子唱道：“都道是金玉良姻，俺只念木石前盟。空对着，山中高士晶莹雪，终不忘世外仙姝寂寞林。叹人间，美中不足今方信。纵然是齐眉举案，到底意难平。”

宝、黛爱情及宝、钗婚姻悲剧，是《红楼梦》的主线和灵魂。所谓“怀金悼玉的《红楼梦》”，黛重“情”，钗守“礼”，宝玉“重情不重礼”：“都道是金玉良姻，俺只念木石前盟。”然而，木石前盟“有爱无婚”，金玉良姻“有婚无爱”。不得所爱的黛玉“魂归离恨天”，宝玉和宝钗结婚之后，宝钗尽到了一个妻子该有的职责，但是宝玉“纵然是齐眉举案，到底意难平”，宝钗只能婚后守活寡，金钗雪里埋。宝、黛、钗三人，都令人遗憾惋惜，都此恨绵绵，此意难平。

金庸小说中也有一个“到底意难平”的人物郭襄，《倚天屠龙记》前两章似乎游离于其余三十八章之外，或许是金大侠心里一直放不下郭襄这个奇女子，专门为她写下这寻寻觅觅的两章。风陵渡口初相遇，峨眉山月掩孤扉。天涯思君不可忘是她的情怀，而武当山顶松柏长则象征着她的命运——且看郭襄在《倚天屠龙记》当中的出场：这少女十八九岁年纪，身穿淡黄衣衫，骑着一头青驴，正沿山道缓缓而上……她又低声吟道：“欢乐趣，离别苦，就中更有痴儿女。君应有语，渺万里层云，千山暮雪，只影向谁去?”——她腰悬短剑，脸上颇有风尘之色，显是远游已久；韶华如花，正当喜乐无忧之年，可是容色间却隐隐有惆怅意，似是愁思袭人，眉间心上，无计回避。寻寻觅觅，冷冷清清，郭襄这个名山独游的出场充满了人生的感怀意味，读来竟是一派苍凉。古人云，相思令人老，殊不知相思亦使人幽。也许正因为淡然，所以她的伤感，像是不知不觉从皮肤中渗入五脏六腑，久久不能释怀。

“意难平”这三个字，在2019年俨然成了一个网络流行词汇，引发了众多网友的参与讨论。当夜寂无寐，疏星耿耿，时间在悄悄流逝，季节在暗中更换，每个人的幽幽心底，都有自己的某些“意难平”吧？心灵须有丰富的褶皱与纹理，方能难平。“意难平”的人应该是天性悲观的吧？每个人的人生都是一张张等待画画的空白纸张。心灵纯净明亮乐观的人可能是白色的，随便画什么都好看。苦难多了，也难免变得污浊，但天性悲观的人可能是一张深深浅浅的灰底。那些快乐的事情是点缀其上的红、粉艳色。即使可以变得很漂亮，但是，人生总不免缺憾，到底意难平。

想念的人
被别人谈起
写一首诗
被误读者喜欢
种的花
决定明年再开
一走神
蛋黄全熟了

——韩今谅《到底意难平》

就这么隔着

在灯下夜读，读到冯唐的一首诗《美好的事儿》：

读《剑桥中国隋唐史》和《旧唐书》
看初唐时候百万人口的长安
隔着西堤上的芦苇和柳树
看远处的玉泉山
透过你的头发
看你的脸

正如李白所说的“美人如花隔云端”，一览无余就没有美感了，所以，赏美人得隔着一肩流泻的发，看过去才格外的动人。长发低垂的她，那娇柔的轮廓，眉与眼，美得不近情理，美得飘忽而渺茫。爱情是世界上最容易产生炫目美感的事物，但有时，也只是因为隔着距离，才会格外吸引人。

读《剑桥中国隋唐史》和《旧唐书》所引发的历史想象也是如此吧？胡姬胡舞长安城，葡萄美酒夜光杯，诗人和美人，边塞与雄关，漆朱的皇宫，平地而起的楼阁宫阙，金花银器，铜镜宝钿，长安城的溶溶月色下，太液池的烟波浩渺无边，崔嵬的大明宫直通天阙，朱雀大道的煌煌星火如万丈银河直落九天。胡旋舞步在夜光杯中摇曳，太白醉酒迷蒙斗酒十千，谁霓裳一舞倾绝了世间，谁又将千年韶华尽诉于五弦？正是因为隔着1300多年的岁月，盛唐才成了几乎不可逾越的盛景，氤氲成我们心中对于“盛世”的构想吧？旧时长安，一如旧时月色，留下了幽幽浮动的余韵，如一炉燃尽的沉香，袅袅余烟诉说着不尽的前尘，那是每一个中华儿女永远的乡愁和故梦。

风隔着帘栊，我隔着屏幕，你隔着千山万水。即使没有隔着千山万水，我们之间也隔着一道空气的河流。因为，我们正隔着秋冬时节越来越浓重的$PM_{2.5}$，那是一条湿冷而灰暗的空气的河流。我们隔着，一如两岸。如两岸——只因我们之间隔着一条莽莽苍苍的河，也许，应该用一片海来形容，才更为准确。

如果你是一只小鸟，我与窗外扑棱翅膀的你对望，隔着一个未知的世界，我们永远不能了解各自的痛苦。

如果你是一只飞蛾，隔着你不断撞击的窗玻璃，你看着我，坐在桌旁，坐在灯下，似被烤炙。你颤抖着残翅，眼光闪烁，一次次发起冲锋。我在屋内愈陷愈深的内部，而你隔着玻璃窗，看着我与灯，充满了热烈的渴望。

也许我们之间，隔着更为遥迢的山河，隔着时光的重重帷幕。也许，我甚至并不知道你的存在，你的遥遥张望。

眉间锁着万千的心绪，我在如水的月光下静静地执笔。回忆中冉冉升起一轮明艳缥缈的水月。那是少年时的轻舟横渡、江上望月，大地倚在河畔，水声轻说变幻，铺天盖地的潮水中，水月茫茫，河水汤汤。多年前的月亮，比眼前的月亮大、圆、白，然而，隔着那么多年的辛苦路往回看，再好的月亮也不免带点凄凉。一夜又一夜，隔着青春，隔着许多年代，隔着许多未清理的灰烬，隔着许多远去的面孔，可以轻轻打捞起一些清浅而美丽的记忆。伴随着一阵阵清脆的键盘敲击声，纷纷的落花在手指下涌现。

也许，会有深夜中隔着海的陌生人，忍不住伸手抚摸了一下屏幕上的字行，想要触摸到它们从指尖上热得烫手、浓得要滴下来的感觉，隔着一张桌子，隔着小小雨窗，隔着偌大的长安城，隔着东亚之东，隔着你我之间的深深太平洋。

到底什么是惘然

《锦瑟》是李商隐的代表作，爱诗的无不乐道喜吟，堪称最享盛名，然而它又是最不易讲解的一首难诗，揣测纷纷，莫衷一是。其实，我觉得关键处在尾联，因为尾联拢束全篇，明白提出“此情”二字，与开端的“华年”相为呼应。“此情可待成追忆，只是当时已惘然”，对此前的“锦瑟无端”“庄生梦蝶”“望帝杜鹃”“沧海珠泪”“蓝田玉烟”具有总结的意义，然而，依然神光离合，笔势闪遁，几番曲折。而如此曲折缠绕，只是为了说明那种怅惘的绵绵苦痛。诗之所以为诗者在于此，玉豀诗之所以为玉豀诗者，尤在于此。“惘然”是锦瑟一篇最后的定音鼓。

到底什么是惘然?

我觉得，那是类似失落的时间和价值那样的东西。惘然是一种失落的情绪。死作为生的一部分永存，失落作为寻找的一部分相伴。所谓失落，就是过去的已经过去，未来的尚未到来，在过去与未来之间彷徨，这就是惘然，灵魂失去归依的怅惘。

假如这份怅惘与爱情有关，那必定是在寻找一个人，这是爱情中最迷惘的境界，不停地找呀找，山南海北，年华老去，仍然在寻找，像在寻找一生的一个谜。难言之痛，至苦之情，郁结中怀，幽伤要眇，往复低徊，锦瑟之诗中这份深情苦意，极尽哀怨，缠绵悱恻。也许，这份怅惘与爱情无关，试拟一个情景：春日良辰而人却置身天涯，置身天涯又逢日斜时分，走在晚风中，落日的余晖映照着天下，晚霞红满了天，气象万千。独立晚照之中，这时忽然就想掉眼泪，无关爱情、无关心情，就是无端满怀苍凉。再拟一个情景：明月小窗，夜凉如水，午夜梦回，怔忡惝恍，一时间不知是什么让自己惊魂起坐，然后在蓦然闪现的意识中爬梳搜罗、寻寻觅觅，却只发现那荒寂空无的真相，于是怅惘茫然，挥之不去。

只有很年轻的时候，才会那样痴痴地去爱一个人，不停地寻找，寻找。只有向内发现了自我的深情，才会向外发现天地万物的含情。如此情怀，岂待日后回忆始感无穷怅恨，即在当时早已是令人不胜惘惘了。什么是惘然？是那种未曾得到就如同已失去了千百次的感觉。真正触动心灵和灵魂的且不能长相厮守注定要失去的人和事，在经历过程中就已然依依不舍、满怀留恋，一种复杂的难言的怅惘之怀，溢于言表。

这种惘怅其实饱含了生命的热情，是我们这个生命体对自己生命的珍惜，对自己所爱的事物的追求。任何一种深情到了最后，都是缠绕的状态，在知道与不知道之间，在了解与懵懂之间的非常暧昧的状态，就是惘然。这种生命的热情，不见得会被人看到，也不见得会被人懂，更不见得被别人珍惜，自己珍惜就好了。你曾遇到过，你曾为之尽己所能，“春蚕到死丝方尽，蜡炬成灰泪始干”，这就足够了。人的生命里有一种能量，它使你不安宁。说它是欲望也行，幻想也行，妄想也行，总之它不可能停下来，它需要一个表达形式。这个形式可能是革命，也可能是爱情；可能是移山填海，也可能是写一首诗。只要这个形式和生命能量吻合了，就有了一个完美的过程。在没有找到或失去的时候，只有内心的冲突和迷惘。

总有一天，那种热情和能量会退潮，不再需要寻找一个出口了。不再如年轻时，激烈地要找到喷火口，要找到这种热情的表达形式。青春中的一个关键的情感就是迷惘。也可以说，迷惘，是无处寄放的青春标志，以及青春本身。青春是什么？青春是那些容易折断的岁月，青涩、脆弱。青春是什么？青春是那些丢失在人生路上的情节，生动、多彩。后来，风过，霜过，伤过，痛过，坚持过也放弃过，有时昂首睥睨，有时把头埋在沙堆里，那些迷惘的岁月，那些提着灯笼搜寻自己影子的岁月，都已是很久以前的事了。当你不再惘然的时候，也就不再具有生命的热情与执着了。

其实生命的意义不是我们能了解的，生命的意义之大使得这个密码不是我们能轻易解开的。我们来到世界上，很多东西都是确定好了的，无法去改变。但是它给我们带来的惊喜、感动、迷惘，这些却都是可以无限的。

"此情可待成追忆，只是当时已惘然。"——惘然若失也是多么美妙的一种情感啊！

只一个“寄”字

以前，寄封信要辛苦地等上好几天、一两周甚至几个月，现在我们随时随地可以和任何人视频通话，省下了所有麻烦和时间，但生活真的更有意思了吗？今夜，玩味一下这一个“寄”字。

记得少年时代，我是一个全国各地交笔友、成天勤奋写信、满怀期待寄信的人，并不是同一个班级、同一个社团中交不到朋友，而是觉得心中的话要写给远方。有山长水远的朋友与风景，才能寄放心灵。隔着迢迢的山河，向那个素未谋面的朋友，在纸上喃喃地倾泻着少年的迷惑与闲愁。

如果这封信寄给了江南，我会想象着，轻轻展开这封信的人，在沟渠纵横的水乡，从乌篷船上弯腰下来，踏上窄窄的青石板，消失在曲折的横街窄巷。氤氲的雾气，白墙黑瓦的亭阁房屋，清晨溪头洗菜的妇人，提着篮子的长辫少女在卖水灵灵的白兰花。江南的一切是如此美好，江南的少年是那么有才气，那么自己该给江南写点什么呢？

那时我常在中学的教室，短暂的课间十分钟，断断续续地写一封信，在学校食堂吃过午饭后，一整个中午伏在课桌前不停地写，写出一封长长的信，一页又一页深深浅浅的蓝色墨水，折叠成三角帆形状放进信封后，是鼓鼓囊囊、充满了秘密的形状。有时，我也会只写一封刚开始就结束的信，刹那心绪，寥寥几句，画上一个大大的笑脸，折叠成一只可爱的千纸鹤。我的中学，坐落在美丽的蝴蝶山上，满山的野杜鹃与红豆树。有时我写一封信，然而不知道从何着手，就托腮看窗外一株树的疏影，微风吹动树叶，叶子随风飘动，疏影横斜，光影交错，就如同人舞文弄墨地写信一般。穿林的风从不休止，因而树叶的摇动也连绵不尽，这叶子是多么有才气，它们写信的灵感如同源源不断的流水。于是，在凝望了好长时间的树叶疏影之后，我下笔的时候也如同春蚕吐丝一般，绵绵不绝，摇曳多姿。

如今，当年的笔友早已散佚江湖，怪只怪车马慢，全国的邮政业务早已日趋衰落，一阵命运的山风将我带到北方，如一粒小小种子，身不由己，来到了此生此世生命的落脚地。只能拼命地吸天地之精华，探出枝叶追日，伸着根须找水，与风斗与雪斗，渐渐枝繁叶茂，自己成就自己。不怕独处，不惧孤单，习惯了一个人行路之后，找到了并且开始享受自我的乐趣。自身形成了一个小宇宙，不再轻易受到外界的干扰和影响。当年那种强烈的写信倾诉的冲动，不知何时起，早已变成了一个人的深宵独语。

每晚在小屋柔和的灯光下，我会天马行空地想一些事情。情绪的语言飘浮在空气中，它们流动、飘浮、漫溢，让人心里暖和安定。佛家有“人生如寄”一说，描述生命个体时常要领略无常的悲哀，就如同飘忽不定的白云，谁又知道归宿何处？我发现用这个“寄”字，形容写作也是可以的，将人生的一个个片段、一个个段落寄存在纸上，刹那的念头，变得有据可查，这就是文字的魅力啊！一个方块字是一个天地。太初有字，于是汉民族的心灵、祖先的回忆和希望便有了寄托。譬如凭空写一个“雨”字，点点滴滴，滂滂沱沱，淅淅沥沥，一切云情雨意，就宛然其中了。每晚抚摸这些神奇的文字，那样的喜欢完全来自内心的渴求和需要，并不在乎有没有别人的掌声和赞扬。

到头来，最深的情愫，原来寄给了自己。暗夜花开，一朵花，自己开给自己。如一首诗所写的：“玫瑰存焉，没甚为何。它绽放，因它绽放。它不在意自身，不问别人是否睹其芳颜。”曾经，寄一份花絮给远方。如今，寄一段痴语给深宵，同样都是一种温馨的生命体验。

年终岁晚的“倦”

每到年终岁晚，容易生出一种疲倦之感。

是因为这茫茫的岁月流逝吗？不知不觉走到了一年的尽头。疲倦的身体，布满大风和苍果。忧郁的眼睛，布满秋风和野花。你说秋冬的日子不再有太多渴望了，时光的手指如此冷酷无情，枯叶雪花纷纷落下。你说这世上要考虑的事情太多了，一生的日子根本不够用。每一份激烈的人生最终收获的，都是身体的深深疲惫与内心的不甘吗？

“风住尘香花已尽，日晚倦梳头。”想起李清照这首《武陵春》了，这首词是她在宋高宗绍兴五年（1135 年）避难浙江金华时所作，当年李清照五十三岁。那时，她已国破家亡、富贵散尽、中年孀居。一个“倦”字，道尽了她的乱世流离之苦，感到万事皆休，无穷索寞，才会日色已高、头犹未梳。全词一唱三叹，那种过尽千帆后的淡淡疲倦和苦涩爱意，让人心中一软，感叹于人世间所有的欢爱与离别，痛惜于这位丧夫之后的一代才女孤苦伶仃、流荡无依。

什么是“日晚倦梳头”的心境？是行行复行行，这一生山长水远，终于走累了。疲惫袭上了全身，袭上这已不再年轻的身体。这身体，就像一座光影交织的木头房子，就像一条用旧的羊绒毯子，就像一个洒满阳光和灰尘的小房间，包裹着温柔的光的粒子在眼前乱舞。窗外，落花腻烦，草地疲倦，那么多事情都已经完结了。此时此际，只渴望一场摒除杂念的长长睡眠。在梦的阴影中，将这个世界的喧嚣，将时光的永逝，全部挡在门外。

当一段不知疲倦的旅途结束，只有站在终点的人，才会感觉到累。回首看去，已走过了一长串的从前，就好像看了一场一场的烟火表演，绚丽迷乱，耀眼短暂。还来不及叹息的时候，便已走得遥远。

此刻停笔，静静地坐在黑夜中的叶声萧萧里，而一轮疲倦的月亮，正把苍白的光华洒在我的窗子上。

突然照亮

在一部哲理性随笔集《生活之路》中，托尔斯泰这样宣称："铭记死亡将有助于灵魂的生活。"在他看来，人如果忘却了死亡便等同于动物，而只要时刻意识到死的存在，也就接近于神圣。托尔斯泰如此阐述道："在人死去的那一刻，点燃着一支蜡烛，在这烛光下他曾读过一本充满了焦虑、欺骗、苦涩和罪恶的书，此刻这蜡烛爆发出比以往任何时候都明亮的光，把以前隐没在黑暗中的一切都照亮给他看，然后噼啪响过，闪动了一下，便归于永久的寂灭。"

生命中的"向死"思考，能够给我们提供一次难得的人生体悟：当"死"闪电般刺透灰蒙蒙的天窗向你招手，生存的暗房骤然被照亮，一瞬间，你看清了许多隐瞒着的"核"与真相，生命的目的、本质、诉求和广阔的道路……你一下子生活在一个被闪电照亮的世界里。如果没有意外的疾病和最终的死亡，我们很可能会平淡而无为地度过这一生。但生活中时时发生的疾病和死亡，打破了这种平静麻木，它们就如同镜子，既映照着周围人等的面目，也在瞬间照亮了我们被日常磨损的晦暗人生。

我很喜欢这"照亮"二字。我有时看着一个空洞无聊的房间，什么也没发生，只是渐渐地，有阳光从窗外照进来，然后房间的那个黯淡角落，就忽然被这阳光渲染出金黄灿烂的光泽。那时我就会想，再怎么无聊的人生，也会有某一个角落，在某一个午后，被一束光照亮呀！

你见过突然之间被照亮的脸吗？我曾见过一对情侣在街头闹小别扭，

彼此都绷着脸，剑拔弩张，恶语相向，谁也不让谁，眼看就要不欢而散了，男孩却突然扭头说了句：“吵了这么久，都饿死了，我们去吃饭吧！”说着说着，顺坡下驴，讪讪地主动过来，一把拉起女孩的手，服软和解。女孩的脸，上一秒还是乌云密布，下一秒，却像一朵花粲然开放，啪地照亮了整张面庞。明暗的切换就在一瞬间。如果说琐碎的日常生活只是粗糙的泥土，那么它最美好的产出就是长出爱情这朵美丽的花朵。这花朵照亮了泥土的平凡、沉闷甚至是丑陋。

除了死亡与爱情，生活中还有很多被照亮的时刻。我们在小说的丛林里潜行历险，感受着另一种人生的惊奇与震撼，作为一个普通人，日常生活的沉闷单调，被纸上世界一束神话般的光芒所照亮。

生命中的一些美好时光，就像四季里的缕缕霞光，不可触摸，却可以穿越时间的阻隔，照亮回忆中的每个角落。想到往事，忍不住轻轻叹息，当初惊艳过的人，那些点滴的温柔，就算后来默默消失，也是心头的白月光。

当你听一曲高歌穿云裂帛，你的情愫随美妙的音韵飘荡，无法用言语描述的美感。那些翱翔九霄云外的歌声，犹如美丽的小鸟飞向一碧如洗的蓝天。就在那一瞬间，高远入云的歌声中，你仿佛重获自由，哪怕自由的感觉，只如一个飞掠而过的闪光，给了你一个短暂的照亮。

月光把梦照亮，爱情把心照亮，那些给予我们力量的人，穿过世界的窗，把光芒洒落在我们身上，照亮我们的生命。黎明升起，一如往昔和永恒，照亮世间一切。照亮是感受到内在的喜悦与光明，照亮是发现，是彻悟，是醒觉，是一瞬间看清了过去与未来。生命中总有那样一个时刻，有一个人、一句话、一个念头击中了我们，照亮了我们，改变了我们前行的方向。那个决定性的瞬间，以何种形态呈现？是的，那是一种灿然的照亮。

“玄黄”之演变

“天地玄黄，宇宙洪荒”，这是《千字文》第一句。“天地玄黄”出自《易经》。《易经》里说的是“天玄而地黄”，《千字文》这里为了对仗改作“天地玄黄”。

何谓玄黄？玄黄，天地的颜色。深蓝近于黑的颜色，叫玄，这是昼与夜中的天色，同时，天也是“六合之外存而不论”，是我们现有的智慧不能理解的，形而上的高深莫测的天道，所以叫天玄。在我们的炎黄文化中，承载一切的大地之上，土的颜色，人的肤色，农作物黍、稷都是黄的，母亲河黄河也是浑黄汹涌的，所以说地黄。黄色是暖色，地黄也包含了大地有长养、哺育、收藏的作用。

玄黄并不仅仅就色彩而言，要弄明白“天地玄黄”四个字，可不是容易的事情。

从最初的渊源看，“天玄而地黄”一句，出自《易经·坤》：“夫玄黄者，天地之杂色也，天玄而地黄。”坤卦象征地，地一般为黄色，上六是坤卦最后一爻，“上六，龙战于野，其血玄黄”。物极必反，所谓“其道穷也”，坤将化为乾。坤象征地，象征原野，乾象征龙，所以爻辞说：“龙战于野。”“战”就是“相交”“相接”，就是乾坤之气相合；万物出生必有“血”，“血”即天地之气色“玄黄”。因此，爻辞说：“其血玄黄。”

上六所示，乃是龙出大地，阴阳相聚，穷则思变，阴阳协调。上六为

"天爻"之上，此爻完成了一个变化的过程，量变引起质变，准备迎接新的挑战，产生重大变革，所以"龙战于野，其血玄黄"。

在数千年《易经》研究史上，不少人认为，阴极必阳，阳不堪忍受，双方交战，两败俱伤，导致"其血玄黄"，指阴阳交战流出了血，说明此爻是凶爻。喻人事，则为上下交战，至于死伤流血的情形。我认为，此实为拘泥之说。合理的解释是，大地相接苍天，阴阳通泰吉祥；阴极必阳，穷则思变；生生不息，大道无穷。这才是易理的基本思路。为什么有些人一定视变革为洪水猛兽，"天地玄黄"难道不是人间的沧桑正道吗？

青天高，黄地厚。天道高远，地道深邃。

玄代表天道的高妙，黄代表地道的深邃。天色玄，其道高远而苍茫；地色黄，其道深邃而宽广。天地相接之处，每有新血绽放，那是渲染漫天彩霞的红彤彤的日出日落，今天的太阳从衔山到沉入地表收尽苍凉残照，明天的太阳必将爬上山巅布散朝晖，照亮一个全新的世界。

有人一辈子也没有弄明白"天地玄黄"四个字，虽然日复一日，我们都在此青天下，黄地上，静观玄黄之演变，天地之更迭。

何谓“苍苍”

何谓“苍苍”？苍字在古汉字中属于颜色名词，代表着丰富且多样化的色彩。本义是草色（青色、绿色），例如苍山（青山）、苍苔（青苔）、苍头（旧指仆人。汉时奴仆皆以深青色巾包头，故名，又指老年人）。其后又有青蓝、灰白、灰黑和深绿、墨绿等引申义。

苍字代表广袤的草绿色。茫无边际的草野色又称苍苍。在辽阔的草原上，恰如那首有名的《敕勒歌》所述：“敕勒川，阴山下。天似穹庐，笼盖四野。天苍苍，野茫茫，风吹草低见牛羊。”这就是游牧民族的生活画卷，北方草原一眼望不到边际的大自然的壮观景色。骏马奔驰、牛羊成群，牛粪冒着青烟，煮熟的奶茶，篝火边冒着油的烤全牛全羊，大碗喝酒骑马摔跤的汉子，唱着曲折悠深的蒙古长调的放牧姑娘，以及能穷尽你想象的无边无际的广袤的绿。

苍，又指老松柏树的针叶色，即深绿色。松柏苍苍，郁郁苍苍，傲然屹立于数九寒天之中，“岁寒，然后知松柏之后凋也”，松柏的青翠，由此有一份凛凛，是谓苍翠，雪花飘飘树苍苍，面对寒风雪霜，昂首挺胸、泰然迎之。苍苍有时也比喻浩瀚海水的蓝绿色，像是“闲游登北固，东望海苍苍”（五代诗人齐己《送人润州寻兄弟》），形容茫茫东海波连天，大海苍苍不见归处。苍有时也可用来形容夜间天上的星星所闪烁的青蓝色光芒，《史记·天官书》有言：“正月与斗、牵牛晨出东方，名曰监德。色苍苍有光。”

苍，后引申为青黑色。例如，莽莽苍苍、云山苍苍，中国人画莽莽苍苍的群山，画的往往不只一重，而是重重叠叠、峰峦叠嶂，向无尽远方湮延的水墨浓淡。苍字可变作灰黑色使用，如成语“白云苍狗”，指浮云像白衣裳，顷刻又变得像灰黑色的狗，比喻人世的变幻无常，人生中任何事情都有可能发生。

苍，又引申为灰白色。苍髯，苍浪（花白），苍华（形容头发灰白），白发苍苍，两鬓苍苍，还有著名的“蒹葭苍苍，白露为霜。所谓伊人，在水一方。溯洄从之，道阻且长。溯游从之，宛在水中央……”一唱三叹，在两千多年前的《诗经》里，缥缈的伊人，无依的芦花，潺潺的秋水，无际的苍穹，在这充满寒意的秋日，那份美丽的相思，最终有没有得到伊人回应已经不重要了。如此美好的时刻，路经过，相遇过，欢喜过，就足够了。苍苍，是芦花飘荡、白头似雪的样子吧？情之所起，一往而深，但是一切尽在飘零，远隔于清凛秋水，寒彻秋霜，望之而不可即，见之而不可求，虽辛劳而求之，终不可得也。只有幽幽情思，漾漾于苍苍蒹葭之中。

在这样风寒露冷的十一月，在这样神思飘忽的灯下，想起李白诗句“暮从碧山下，山月随人归。却顾所来径，苍苍横翠微”，格外深切地玩味着“苍苍”这个词。夜是笼罩在凄寒的月色之中的，寒冷的月色与夜幕笼罩中的深青山色浑然一体，苍苍茫茫，空旷浩渺。无论苍色到底所指为何，是草绿还是深青，蓝绿还是青蓝，灰黑还是灰白，苍色总是冷色调的，悲壮、苍凉、厚重、幽远、开阔，这一切凝然而成苍色。

何谓“苍苍”？是自高高处，远远处，深深处，某种热情慢慢地都冷了，融进了苍苍然的天地之中。

玉人何在

喜欢“玉人”这个词。玉人、美人，这些词都是不分男女的，美者颜如玉。遥想盛唐时代，长安的春光里，一位肌肤如玉的丽人安辔而行，艳光照人，一路摇玉坠珠，如一树纷繁梨花，随时飘坠些芳香的蕊朵。遥想魏晋时代，一位美姿容的君子举杯邀明月，萧萧肃肃，爽朗清举，醉酒时如玉山之颓。

传统文化中与玉相关的词汇，都是美好无比的。雕栏玉砌、琼楼玉宇、玉树琼花、锦衣玉食、漱玉含芳、珠圆玉润、冰肌玉骨、金枝玉叶、玉树临风、金科玉律、金声玉振、金珠玉屑、软玉生烟、怜香惜玉、香消玉殒、守身如玉、玉碎宫倾……我可以一口气数出一大串来。光一个中国的“国”字，我就很喜欢，因为国含宝玉。

曾有人请我为新落成的大宅院题写门楣，我记得一口气报了“日月升恒”“咸丰熙宁”“积厚流光”“芝兰荣茂”等八个，最后主人最喜欢的是“玉光照耀”和“芝兰玉树”，前者形容华美，语出自大唐一代女帝武则天《昭和》诗：“升歌荐序，垂币翘诚。虹开玉照，凤引金声。”后者比喻家族人才兴旺、儿孙有出息，语出自《晋书·谢安传》：“安尝戒约子侄，因曰：‘子弟何预人事，而正欲使其佳？’诸人莫有言者。玄答曰：‘譬如芝兰玉树，欲使其生于庭阶耳。’”芝兰是一种高贵的香草，玉树是传说中的仙树，芝兰玉树，后人因此用它们比喻优秀的子弟。

真正的玉人是君子，儒家学说中素有“君子比德于玉”“君子无故，玉不去身”之说。宋代的文人士大夫将玉作为修身养性的媒介物，由于他们的倡导和介入，“以玉比德”逐渐成为社会的共同信念。杜甫有诗句“秋水如神玉为骨”（见杜甫《徐卿二子歌》一诗），“秋水”指的是眼睛，是眼睛有神也。玉，质细而坚硬，用玉骨来形容人的气质高尚、气节坚定。以玉为骨是为人相当高的标准。

早在儒释道三教未发生前，玉石就成为先民信仰膜拜的对象，并被赋予神秘色彩，与神话联系起来。上古时代，人们对天怀有敬畏之情，以为昊天无极，并且认为天是玉石质的，补天只有用同样材料方可，于是有女娲炼五色石补天的传说。从此玉石就作为信仰的物质符号流传千年。在中国文化中，没有其他任何器物有类似的特质。玉石在古代被认为是通神的，具有神圣、永生的意义。贾宝玉的通灵宝玉上就刻有“莫失莫忘，仙寿恒昌”的字样，正是反映了直至曹雪芹那个时代人们对玉石还葆有的信仰。正因为玉石是信仰的物质符号，它还是皇权、财富的象征物。皇帝的玉玺就是用玉制成。

想起《红楼梦》里贾宝玉病重，和尚来说会医，袭人等把他身上戴的通灵宝石解下来递出去，那和尚接在手里只见玉色暗漠昏浊，不觉长叹一声道，青埂峰下，别来十五年矣，竟如此为贪嗔爱痴所困，你那本性光明何在也！我读到这一节，反复回味，真要掩泣。石兄入世，红尘污浊，人有病，玉有翳，贾宝玉与通灵宝玉本是一体，他是真真正正的玉人啊！通灵如宝玉、浊浊如你我，自然不会通晓这当头棒喝：其实我们每个人来到这个世界上，最初都是一个通灵剔透的婴儿，露珠一样降生于世，就因种种贪嗔爱痴，本性迷失污浊不堪，蓦然回身望见从前，是多么触目惊心！多少人一路浸染，光明无存，污秽混浊。谁都有块通灵宝玉，多少人自己给弄丢了。

从《诗经·小雅·白驹》中的诗句“生刍一束，其人如玉”，到《二十四诗品·清奇》中“可人如玉，步履寻幽”，玉的信仰境界曾经如此美好，“其人如玉”是一个至纯至美的境界。其实，最初的最初，每个人都如浑金璞玉，可以任意雕刻、成圆就方。所有的玉，都是由石而来的，其间不知要历几劫几难，由多少天风海浪、烈焰飞沙锻造而成。玉人之稀少，在于大多数普通人，不具备较强的自我提升能力，不能自我革命、自我迭代，在跌宕起伏的人生中，从鼻青脸肿的小石砾打磨成温润的璞玉。我们最后成为什么样子，是天赋，同样也是选择。有些人年轻的时候也是愣头愣脑的，不知所措，后来就像一块开琢的璞玉，经过时光的细细打磨，越发显得晶莹、圆熟，独具内蕴，呈现完美。

等到他或她到达“其人如玉”之时，一般人只知其美，不知其坚。谦谦君子，温润如玉，其实是外圆内方，外表温和谦卑，内在强大坚定。那些由石成玉的人，其实是极其坚忍不拔的，如和田玉中的羊脂白玉，虽然看起来莹透纯净、洁白无瑕、如同凝脂，但韧性和耐磨性都极强，质地致密坚硬，玉骨玉心铮铮，所谓“唯有玉人心似铁，始终不负岁寒盟”。不过，中国古代玉一般的君子，哪怕个体道德修为辉煌而光芒四射，但还是要收敛谦虚而尽量掩藏自己的光芒。明明是块玉，却是不把自己做玉看的。正如兰亦为草，深山兰自芳；玉亦为石，大美藏天地。

千古蛾眉

是谁第一个用“蛾眉”这个词的?

应该是源自《诗经·卫风·硕人》:“手如柔荑,肤如凝脂,领如蝤蛴,齿如瓠犀,螓首蛾眉,巧笑倩兮,美目盼兮。”螓,蝉的一种,螓首,额广而方。蛾眉,像蚕蛾触须似的修长眉毛。这首诗直接用螓首和蛾眉作比,意为额头像螓一样宽广,眉毛像蚕蛾一样弯曲细长,生动形象地刻画出卫庄姜的美姿。据说,这是汉语中描写美女的开山之作和标杆之作。清代的姚际恒称“千古颂美人者,无出其右,是为绝唱”。

庄姜,中国最早最美的女诗人,春秋时齐国国君的女儿,卫国国君的妻子,金枝玉叶,艳压群芳。庄姜原名齐姜,是春秋战国齐国的王室成员,是姜子牙的后代,因为她的丈夫被称呼为鲁庄公,所以她才被叫作庄姜。庄姜不仅是个白富美,还是个女文青。根据朱熹考证,《诗经》中有五首诗乃是出自庄姜之手:《燕燕》《终风》《柏舟》《绿衣》和《日月》。其中最有名的当属《燕燕》,这首诗是美女诗人的代表作,被称为“万古送别诗之祖,可泣鬼神”。庄姜是千古以来标准的美女,古人以庄姜为模子,确立了三千年来的审美标准。“蛾眉螓首”“蛾眉蝉鬓”,即眉毛细而弯、额头丰满的女子被认为最美丽。

《诗经》之后,蛾眉,从此成了美人的代称。傅玄《有女篇·艳歌行》“蛾眉分翠羽,明目发清扬”,何子朗《和虞记室骞古意诗》“清镜对蛾眉,新花映(弄)玉手”,张祜《集灵台》“淡扫蛾眉朝至尊”,李白《怨情》“美人卷珠帘，深坐颦蛾眉。但见泪痕湿，不知心恨谁”，白居易《感故张仆射诸妓》“黄金不惜买蛾眉”，白居易《井底引银瓶》“婵娟两鬓秋蝉翼，宛转双蛾远山色”，顾敻《玉楼春》“枕上两蛾攒细绿”，等等都是赞美蛾眉。我发现古诗词中对女性身体的描述，关于眉毛可能是最多的。而眉毛之美，在于眉毛的细长和弯曲，这两个特点可以用一个词概括，就是“蛾眉”。

在千古文人的书写吟叹中，“蛾眉”或和“皓齿”搭配，如司马相如《美人赋》：“臣之东邻，有一女子，云发丰艳，蛾眉皓齿，颜盛色茂，景曜光起。”或和“曼睩”搭配，曼睩，眼珠转动，形容女子秀美有神，比如《楚辞·招魂》中的“蛾眉曼睩，目腾光些”。也有和“宛转”搭配，宛转，轻而柔的起落，指漂亮的长眉轻轻扬起，常作为美人的代称。出处我记得有唐代刘希夷《代悲白头翁》“宛转蛾眉能几时？须臾鹤发乱如丝”，这两句感叹青春娇颜又能保持几时？须臾之间，已是鹤发蓬乱，美貌的少女转眼之间将化作白发的老妇，以“宛转”一唱三叹，惋惜青春难驻。当然，“宛转蛾眉”最著名的，还数白居易《长恨歌》中描绘杨贵妃“六军不发无奈何，宛转蛾眉马前死”，绝代美人被缢死在马前，“宛转”衬出了一种哀婉委屈状，轻轻读来，缠绵无告，无限凄婉。

“长门事，准拟佳期又误。蛾眉曾有人妒。千金纵买相如赋，脉脉此情谁诉？”长门宫阿娇盼望重被召幸，约定了佳期却一再延误。都只因太美丽有人嫉妒。纵然用千金买了司马相如的名赋，这一份脉脉深情向谁倾诉？这首《摸鱼儿·更能消几番风雨》，是宋代大词人辛弃疾的作品。词中表层写的是美女伤春、蛾眉遭妒，实际上是作者借此抒发自己壮志难酬的愤慨和对国家命运的关切之情。辛弃疾借汉武帝陈皇后失宠的典故，来比喻自己的失意。自“长门事”至“脉脉此情谁诉”一段，说明“蛾眉见妒”，自古就有先例。

其实，千古蛾眉之祖的庄姜，就是被爱情抛弃、打入冷宫的美人。这样一个绝世美女所嫁的虽是卫国国君，但他却是一个糟老头。卫庄公在娶庄姜之前，就跟一个宠妾好上了，史书说是“惑于嬖妾”，可见迷恋之深。相比之下，庄姜“美而无子”，没有生儿育女，更招致嫌弃。与陈阿娇、杨贵妃一样，庄姜同样也是缠绵委屈的“宛转蛾眉”。绝色者，一定命薄。蛾眉螓首的人，这一生，不是如蛾一样扑火赴烛，就是如蝉一般幽闭寂寞，拥有的只是刹那芳华。

世间好物不坚牢，彩云易散琉璃脆。瞬息浮生，薄命如斯。空付蛾眉的她们，就像因为薄所以脆弱的花瓣。人生不也就是这样的吗？总带着一味遗憾。

好雨知时节

诗词当中的文字，是一种被高度凝练出来的语言，墨气所射，四表无穷。例如，以杜甫的《春夜喜雨》为例，“好雨知时节，当春乃发生”，别看诗句每句只有短短的五个字，但是细细去思索、去琢磨，就会发现里面藏着很多秘密。就这一句“好雨知时节”，其实就很美、很温暖，为什么呢？因为就这个“知”字的巧妙运用。此处的“知”，不是知识的知，知道的知，而是感知的知。就这个“知”字，让一场雨有了生命，有了情感，有了一种体贴万物的细腻情意。所以，杜甫才说它是一场好雨……诗词的妙处，在于其凝练、其韵味、其意境，重新赋予了汉字以灵动深邃的生命。所以说，感受汉语的美和生命力，诗词是最佳的载体。

不要以为，我们在人世活了那么久，早就见惯春夜了，春夜之美，是需要我们每一个人去真切感知的。个体感知的唯一性，便是春夜之于我们的独特性、深刻性的保证。每一年春来，在那些花月良宵，我们还得一次次地练习去接近我们所见、所体验、所爱以及所遗失的事物。“好雨知时节，当春乃发生。”——这是我们小时候就倒背如流的唐诗，但你必须在一个和风细雨的春夜，遇到了雨露沾花欲垂的景色，怀着喜悦欢欣的心情，才会忽然真正明白这首诗、这幅画。“晓看红湿处，花重锦官城。”一个城能被“锦”字形容，多美啊！你脑海里闪现的是色彩斑斓的锦绣，一簇簇艳丽如红霞般的花云，被雨打湿后濡染开来，漫不经心低垂于那座南方的城。在你读诗的摇头晃脑中，似乎那气味、颜色、湿度萦绕舌尖、鼻下、眼前，你心中恋慕上了这首诗，也恋慕上了这座城。那种感觉，是穿越千年的心意相通，它是如此恰当，以至于无法用其他词语来形容。

其实，艺术上的所谓天赋，就是对于细微变化的感知能力，它很难培养，丧失却是极快的。一个人充满敏锐的感知力，具备发现美的能力，葆有一颗鲜活而有质感的心，且不说能否拥有更灿烂、更美好的人生，即使是在凡俗的生活中，他应该也能找到不一样的人生乐趣。

漫步在春时，行走在春夜。春是杜甫笔下“随风潜入夜，润物细无声”的一场微雨；是王维眼中“人闲桂花落，夜静春山空”的空寂；是虞世南笔下“惊鸟排林度，风花隔水来”的花香鸟影；是刘方平耳中“今夜偏知春气暖，虫声新透绿窗纱”的檐下新声……在温馨的春天的夜晚，人应该打开一切的感觉开关，静静地、安然地、喜悦地沉浸入生命中最深切、最感动的时空。春夜是最柔情的，如果是雨夜，帘外潺潺的雨，有一种细致幽深、润泽缠绵的气味；如果是雨后初晴，庭前花木都郁郁染湿了窗痕，偶然映出一抹淡绿月影，那是碧海青天中的一点孤寂；如果是极为晴朗的月夜，月自天穹缓缓移动，月光把幽谷密林注满了雾光，树的枝丫撑满夜空，在深蓝色画布上，成千上万的花次第绽放。

春夜的晴朗千变万化，春夜的雨雾姿态万千，此时，我就在这“一刻值千金”的春宵里。“春宵”常被认为是新婚之夜，洞房花烛两心相悦，激情澎湃，每一刻都千金般宝贵。但事实上，原诗并不是指新婚之夜，而是指春天的夜晚。这句诗出自苏东坡的《春宵》，原诗是：“春宵一刻值千金，花有清香月有阴。歌管楼台声细细，秋千院落夜沉沉。”春天的夜晚每一刻都价值千金，到处充满花的清香，而明月下的影子也各有情趣，远处的楼台歌唱与管弦的声音细细地流荡空中，垂着秋千的院子宁静而深沉。这难道不是一首感觉全开的诗吗？意鼻眼耳身的开关全面打开，声色嗅触，丝丝缕缕，全渗入心田。温润的夜里藏着喜悦的静，春夜的声色气味，就像纤细的、黏糊糊的葡萄卷须系在我的心上。当甜蜜的春夜的困倦悄悄爬上我眼睫的时候，我多么担心弄碎了丝丝缕缕的葡萄卷须啊！我喁喁细语，于是，我才明白这原来是自己的声音。

渐远的阡陌之美

“阡陌”，广袤田野上南北走向和东西走向并且相互交错的田埂。纵者（南北方向）称为“阡”，横者（东西方向）称为“陌”，田间小路交错相通，就叫作“阡陌交通”。

小时候，我见到的阡陌，是水稻田地里的小路土埂。这些窄窄的土路，一头系在村庄的衣襟上，另一头伸向田野腹地，逶迤而去。它们是田野间的网，纤细灵巧，四通八达。春天，注满了水的田垄，在阳光照射下，如一面面泛着闪闪银光的镜子，农人开始栽秧、投苗，期待稻花与鱼儿一同丰收。春去夏来，草木渐深。有一只鹭鸶停落水田中，悄悄小立，然后又振翅飞去。此时的田地里，能看到青青水稻摇曳又欢腾的样子。夏日的手一抚过，稻田褪去了春日里的青色，活泼起来，颜色深了许多。伏天里，稻子抽穗，稻花清扬。稻田色泽渐深，日渐明艳的颜色，像是一场来自水稻的狂欢。终于，片片浩荡的金黄色，在田埂边上猛烈地燃烧起来，阳光肆无忌惮地洒下来，是一种痛快淋漓的灼热。

要走向水田深处，就要沿着一条条阡陌。阡陌像田野的许多毛细血管，一条一条，在某一处戛然而止，在某一处又突然蜿蜒而出，在某一处突然相交汇合，在某一处又分流揖别。走在阡陌之上，如走在大地的棋盘上，有时，又如走在大地的迷宫中。路在脚下延伸，软软的泥路，雨后会泥泞不堪，深一脚浅一脚。路边有蓬勃生长的艾草、野蒿，仰着小小笑脸的小黄菊、蒲公英。路上会碰到牛粪，硌到石头，可能会遇到一只狗、一群鸡或几只猫，或者在你身后，跟着不知从哪儿来的狗、鸡、猫，你走一路，它们就很有兴趣地尾随一路。傍晚的水稻田里有成群飞舞的红绿蜻蜓，在已近黄昏的时候，走在寂静无人的田间小路上，天空安详而宁静，晚风徐徐吹来凉爽。闭上眼睛，能听到旷远的天地间传来各种鸟的鸣叫，能闻到草木清香的悠荡，能感受到远山、水田的血脉无声无息流入你的身体，你好像站在离造物主最近的地方。

长大后，来到北方，我见到了麦田的阡陌。一畦畦的麦田，被纵横的阡陌进行了规矩的分割，看似分离，其实又是相偎相依的，它们连在一起，连成一片，在麦苗茂密疯长的地方，是看不出这种似有似无的分割的。好像有一双巧手，用阡陌的线条将麦田纺织成了厚厚的毯子，覆盖着开阔无垠的平原。一阵风吹过，随风而起的是一个个的波浪，绿色的波浪在蔚蓝的天空下翻滚。到了一年麦黄时，北方的麦田也是大片大片金光闪闪，麦地里的天空，浸泡着麦谷的香气。麦田中间，有时还会有个稻草人，他仰视着天上的鸟雀，静静地倚于麦田深处。在北方的田埂上，我遇到过什么呢？扑棱棱，我见过两只野鸡从野地里飞起，还有一只棕黄的野兔嗖的一下，画了一道弧线，从麦田的埂脊上矫健地飞跃而去。

一望无际的麦田，白鹭翔飞的稻田，都有纵横交错的阡陌，细细地勾勒着大地的景观。无边无际的麦田和稻田里，如果有一个人在阡陌上走着，远远看过去，人影总是那么孤零零的。阡陌上的人，就好像大地的描红簿上，一个几乎可以忽略不计的小小墨点。

现在，人们已不容易深入体验阡陌之美了。被传统浸染过的、被百姓生活浇灌过的“街头里巷”“阡陌田间”，不只是空间概念，更是时间概念。陶渊明的《桃花源记》里描写的“阡陌交通，鸡犬相闻”属于一个时代，一个人们生活在乡村之中，大自然之中，被家禽家畜，被按部就班的春夏秋冬所怀抱的时代。现在，许多中年人还有乡愁，还记得儿时的田野草原、阡陌邻里，但当他试图回去时，却发现徒有乡愁，乡村已难觅旧貌，甚至踪影。那些阡陌呢？都不在了，被大马路、被厂子给一口吞了。更年轻的在城市成长的一代，生活中所触及的大多是书本、墙壁、屏幕以及间接的经验。在钢筋水泥的城市里，他们很难理解真正的阡陌。他们在城市文明的这一头，阡陌在农耕文明的另一头。

秋水那一方的伊人

何谓“秋水伊人”?“伊人”一词来自《诗经·秦风·蒹葭》,“蒹葭苍苍，白露为霜。所谓伊人，在水一方”，表达了女子的柔美，“秋水”应出自《庄子·秋水篇》。合成的“秋水伊人”一词，成了千古以来对于女性柔美的诗意想象与遥寄。古人常常用“秋水含睛”“秋水明眸”来形容一个人拥有好看的眼睛，我常常想，为什么一定是秋水呢?也许因为春水过于缠绵，多了一份慵绻；夏水过于恣肆，少了一份柔顺；只有秋水，明净澄澈、舒展光润、恬畅隽永。一汪盈盈秋水，最适宜用来形容一双灵动美目。

关于传统中国美人最经典的形象，大概是手如柔荑，肤如凝脂，肩若削成；腰系丝带，更显得婀娜纤细、盈盈一握；而头上挽着玲珑云髻，斜插着一支发簪；她描着淡而细长的远山眉，双眸秋水横波，流盼之际，略带羞涩，更显得双腮淡淡如烟霞、如粉蕊。“云鬓冰肌秋水眸”，这应该是中国古代理想美人的核心标准。我敲打着这些文字，想象着一位沉静似水的女子，微微斜倚在夕照下的断桥，用雾霭般的迷离眼眸，望穿水的四岸，聆听桥下秋水呢喃。

近代以来西风渐进，国人对女性的审美已不可避免地受到了西方文化的浸染，和西方人一样拥有深邃鲜明五官的脸庞被无条件地认为是美丽的。所以，今天中国女性眼中那一汪水，恐怕已是荡漾的春水，张扬的夏水，总之，潺湲的秋水已少见——这里用了一个有点生僻的形容词。潺湲：水慢慢流动的样子，出处是《楚辞·九歌·湘夫人》：“帝子降兮北渚，目眇眇兮愁予。袅袅兮秋风，洞庭波兮木叶下。登白薠兮骋望，与佳期兮夕张。鸟何萃兮苹中，罾何为兮木上。沅有芷兮澧有兰，思公子兮未敢言。荒忽兮远望，观流水兮潺湲。”唐代诗人王维亦有“寒山转苍翠，秋水日潺湲”之句（见《辋川闲居赠裴秀才迪》）。美丽的眼睛是有光的，生动灵活，流盼有情。当水在这样一双妙目里荡开，是缓缓而流的秋天的溪水，可以想见伊人的风神气韵，是何等沉静从容，不急不躁，悠然旷远。

在20世纪30年代以后，拥有诸如双眼皮、高鼻梁、微张厚唇、立体五官这些西方特征的“摩登东方美人”，开始取代细眉长眼、五官柔和、眼神低垂、削肩含胸的“传统东方美人”，成为国人对于东方美人的理想化想象。这种现象的出现原因，一部分是西方在东亚以强劲硬实力的长驱直入，另一部分是工业化和资本主义进行全球扩张的产物。传统“秋水之眸”的美感，与春水夏水的触目鲜明不同，可能是平淡的、端然的、宁静的，如张爱玲在《更衣记》中说的“中国人不赞成太触目的女人”，秋水微凉，那种微，真要能体会领略，需要足够的敏感，需要品鉴的耐心。

秋水伊人的幽丽之美，是我们含蓄蕴藉的民族性格在漫长历史过程中所形成的独特审美。秋水尽管氤氲着苍茫、蕴涵着悠远，却并不让人感到空洞、枯燥与苍白，因为那清冷、纯澈、平滑的波面上，依然有静寂而执着的生命在延伸、在酝酿、在伫立。秋日的河中，水清冽得可以看见游鱼。虾栖草与蓼片草随着水流飘动，一如水拂着水草，又如水草恋着清碧的水。岸边的细小的石子和沙滩上，都会有水鸟。它们舒展着翅膀，伸长细细的脖颈，在水中寻找着可食的螺蚌或小鱼儿。星星点点的荷藕，菱角与浮萍，舒缓而深情地演绎着秋天淡泊的乐章。而从高远处映入秋水明眸中的蓝天、白云、雁阵、归鸦、枫叶、晚霞、明月……则使与苍穹一色、与草木一体的秋之碧波，更加丰富、生动、变化万千。“落霞与孤鹜齐飞，秋水共长天一色”“鸦翻枫叶夕阳动，鹭立芦花秋水明”，秋光清浅、秋明空旷，此时秋水让碧空滤得净透，净透后那样成熟的恬淡，任何色彩都恬静地包容在秋水清澈的微笑之中。

水的四季各有不同的风姿，我当然喜欢春水的青春活力，喜欢夏水的澎湃盎然，但秋天的水面因了缕缕隐隐的寒意而少了许多喧嚣、繁杂和羁绊，取而代之的是一望无际的视野，是恬淡空灵的意境，是广袤清幽的韵味，是深邃雅致的情怀。秋水是含蕴了冬的孕育、春的躁动、夏的汲取，才积淀成明媚、清澈、恬淡的成熟之美，才更令人思绪翩然。温暖的秋阳下，坐在小河岸边柔软的草地上，那一脉瘦水流来，仿佛是长久相思的情人相见后投来的目光，清澈中透着缠绵，沉静里诉着嗔怨。偶尔的几片红叶无声飘来，犹如少女吐露隐秘时脸颊的飞红。秋水伊人的情意那么深远，但又默默地不言不语，只用柔和的流动去抚平一切人间的创伤。有时秋水孤独得就像一幅画，一切都慢了下来，你得学会去体会秋的孤寂，秋的静美，秋的绸缎般的细腻光泽，用肢体去触碰，用眼睛去观赏，用心去静静感受秋水的微澜。

秋水伊人，是文化中国故梦中的仕女。恰若洛神出碧波，一襟临风御兰舟。纤纤素手舞红袖，云鬓冰肌秋水眸。秋水伊人，温润柔和，全身散发着让人安定下来的力量。遥看已识，使人微笑。相对默契，盈盈款谈。她既是可以亲近的，又是永远保持一段距离的，相对而坐，如入山树云水，隔开了纷繁。清宵语罢，起身而去之时，一样的清悦，不牵连，留着那点闲闲的笑意再相见。人如秋水玉其心。她如此清脱地不惹尘埃，皆因胸中那如水的沉静，即便舞于时代的风云浪尖上，亦可观四面芙蓉开。

我总是想，秋水伊人的那一份心怀来自哪里？是人生的一路跋涉、颠簸、受创、愈合、奔流入海，最后演变成今日秋水一样的澄澈，触手微温？还是因为不堕入凡境，内心饱满一如秋水芙蓉，如流水浅浅，如夕岚，如飞鸟还？中国文化称颂这种岁月沉淀的成熟美，如果将秋作为一个过程，秋的真正美丽，其实正在于这种清朗、清澈与逐渐的清静、清瘦与清寥。

彻底读懂秋之美，需要时间的积淀，年轻人莫入，即便轻易进来，感受到的，也只是平淡如水。而秋水微凉，那种微，需要足够的敏感，才能真正体会。

转眼之间，秋已降临，秋水淙淙，泽泽生辉。秋水，是映照青葱面庞的最澄澈的明镜，是生长水花和涟漪的最美丽的故乡，是勾勒山川风影的最浪漫的宣纸，是追寻远方的最润泽的道路……想起《诗经》中的“蒹葭苍苍，白露为霜。所谓伊人，在水一方”，我们这个民族千百年来所呼唤的伊人，不知是否还在秋水的那一方？

时光陪着，一寸一寸地过

我发现古人很喜欢用“寸”这个长度单位：“手无寸铁”“肝肠寸断”“寸土必争”“寸步难移”“鼠目寸光”“寸步不让”“方寸大乱”“寸草不生”“寸土寸金”“三寸不烂之舌”“文章千古事，得失寸心知”“一寸河山一寸血”“一寸光阴一寸金，寸金难买寸光阴”……实在数不胜数。翻读古诗词，也常见到“寸”字跃入眼帘，例如：

寸寸柔肠，盈盈粉泪。楼高莫近危阑倚。平芜尽处是春山，行人更在春山外。（欧阳修《踏莎行·候馆梅残》）

撷翠揉红何处问。暖入眉峰，已作伤春困。归路月痕弯一寸。芳心只为东风损。（程垓《蝶恋花·满路梅英飞雪粉》）

听风听雨过清明，愁草瘗花铭。楼前绿暗分携路，一丝柳，一寸柔情。（吴文英《风入松·听风听雨过清明》）

回廊一寸相思地，落月成孤倚。背灯和月就花阴，已是十年踪迹十年心。（纳兰容若《虞美人·银床淅沥青梧老》）

嫩绿似罗裙，寸寸销魂。春心抽尽为王孙。不分东风吹渐老，色映黄昏。（屈大均《浪淘沙·春草》）

古人长度单位概念中，较常用的有“里”“丈”“仞”“尺”“寸”“分”“厘”“毫”“丝”等。“寸”有多长呢？汉代戴德《大戴礼记·主言》曰：

“布指知寸，布手知尺。”郑玄注解《礼记·投壶》“室中五扶”曰：“铺四指曰扶，一指案寸。”可见，“寸”是一指宽的长度。“寸”这个量词非常直观，伸出手指就能衡量，比“分”“厘”“毫”更容易使用，古人喜欢用“寸阴”来描述能看得见摸得着的时光，更富形象性、具体性。“寸”比“尺”小，又引申为非常微小、简短之义。所以，用“寸阴”形容时光短暂，更显其金贵。

每一寸肌肤，每一寸青丝，每一寸土地，每一寸空间，都充满着生命。近在眼前，细腻可感。古人就这样在“一寸”中丈量天地，温情而细致地生活。即使那些如璎珞藤蔓般的缕缕缠绵，到头来还不是落得寸断毫分，流离到踪迹皆无，但他们依然将日子一寸一寸地，过得有滋有味，过得亲切，过得温暖，过得欣喜莫名，过得泪水盈盈。

有的人，就是硬用一寸寸的光阴活出了自己想要的模样。晚清“第一中兴名臣”曾国藩的资质一般，据史料记载，他考了七次秀才，到了第七次才考中一个秀才，所以读书做事都用“笨功夫”。他认为“天下之至诚，能胜天下之至伪；天下之至拙，能胜天下之至巧”。曾国藩修身治学，一为勤，二为恒，一分辛苦一分才。讲的就是，日拱一卒，久久为功，细水长流，渐行渐近。最后，曾国藩终成“立德立功立言三不朽，为师为将为相一完人”。梁启超曾经如此盛赞曾国藩：“文正固非有超群绝伦之天才，在并时诸贤杰中，称最钝拙……其一生得力在立志自拔于流俗，而困而知，而勉而行，历百千艰阻而不挫屈，不求近效，铢积寸累，受之以虚，将之以勤，植之以刚，贞之以恒，帅之以诚，勇猛精进，艰苦卓绝。”曾国藩的自我完善之路，靠的就是“进一寸有一寸的欢喜”。即使开了一辆老掉牙的破车，只要在前行就好，正心诚意，从不懈怠，他给自己定了一系列的规矩，而且一执行就是一辈子，严格修持，一生勤恳。时光陪着这个勤奋努力的人，一寸寸地勇猛精进，最后抵达毕生理想。

曾国藩给了我等天赋一般的人以追赶的希望，我想社会改革亦是如此，与其总在“俟圣人出，海晏河清”的等待中，还不如在现实的世界中寸进以求变更。太有理想的社会期待的是毕其功于一役，而稳重健康的社会才会踏实地寻找稳妥健康的改革方案。当下，中国力量正在节节攀升，在那一寸一寸绵延不断的光阴里，西方每衰落一寸，中国就上升一寸。

日子一寸一寸珍重地过着才有意思。比如，在春天里，春天太急性子了，稍微错过一秒花就乱开了。我都掐着每一寸光阴来过春天，那些花儿，每一秒的样子都不一样，舍不得放过这奢侈的好时光。只要一有时间我就紧紧盯着春花看，怕错过了她们一生最美最短暂的时光。春天、爱情、青春，这些稍纵即逝的好事物，都是“一寸光阴一寸金”得让人心疼。要一寸一寸地过，用感恩的心去寻找，用入世的心去努力，用拼搏的心去创造，去发现每一寸光阴里隐藏着的幸福的种子，在光影流年里深深雕刻下我们的印记。

摇漾春如线

大画家吴冠中的许多作品都以“春如线”命题，他曾说过：“‘春如线’是《牡丹亭·游园惊梦》中的一句唱词，给我留下深刻印象：‘春如线，剪不断，理还乱，李煜之情丝丝如线。’线，形象地表达了情之缠绵。”

《牡丹亭》原文是这样的：

袅晴丝吹来闲庭院，摇漾春如线。停半晌、整花钿，没揣菱花，偷人半面，迤逗的彩云偏。

“袅晴丝吹来闲庭院，摇漾春如线”，字面意思是：（我）依在妆楼的窗户上，看到那细长柔软的蜘蛛丝在晴空中轻轻地飘荡着，被春风吹进了寂静的庭院中，春光摇摆荡漾的样子就如同那细线一般。过着闲适但愁闷生活的深闺女儿杜丽娘，在看到“摇漾春如线”后，沉吟半晌，开始整理着鬓发边的花簪，在不在意间被镜子照见了娇容，害得羞答答地把发髻也弄歪了。然后，她步出香闺，踏入平时少有人到的庭院游园赏春。闲庭信步，当她看到大地回春、姹紫嫣红开遍的景象，一颗女儿心也摇荡得如那晴丝一般：“良辰美景奈何天，赏心乐事谁家院。”“没乱里春情难遣，蓦地里怀人幽怨。”“想幽梦谁边，和春光暗流转？迁延，这衷怀那处言？”

正是“摇漾春如线”将春景与春心缠绵在一起。春如线，与其说是形容蛛丝、春风，其实说是形容一颗春心倒更贴切。动心的刹那，可不是摇漾春如线吗？千丝万缕，可怎么捋得清这细腻的情怀？如李后主所说的："一片芳心千万绪，人间没个安排处。"《牡丹亭》以"线"写春意，"线"的这种情脉脉，深深启迪了吴冠中，从此他的绘画经常坠入线之罗网，从具象的紫藤之纠葛发展到抽象的情结，纵横交错，上下遨游，线在感情世界中任情驰骋。在吴冠中的眼中，这个世界，几乎都变成了线和线的组合。

在吴冠中的彩墨画《春如线》中，虽然描绘的是春天，但整幅画没有一朵花一棵草，只有交织的点和线，流动的线条和跳跃的彩墨点充满了灵动和生机，让人感受到春意扑面，让人产生无限的遐想：长长的线，像迎春花的枝条，像温柔的春风，像细细的水流，像丝丝的春雨；彩色的点，粉的似桃花，黄的似迎春，绿的似小草，活生生一幅春天的斑斓画卷。线条从春天生发、变奏、传送，天地之间，身段不同的线，风韵各异的线，都在春风中荡漾……和这些多情的线条邂逅，成为解读吴冠中画作的第一道门槛。

用"春如线"的形式美眼光打量这个世界，我也发现了那么多充满了韵律的线：

春雨蒙蒙，落在篱笆边的一张蛛网上。当我的呼吸碰到它，我望着它不时地颤动。一条条精美的线，错综复杂，这大自然的编织有着高超的技巧。在雨后，那么纤薄的网却留住了一串串水滴，在细丝上挂起了晶莹的珠链。

微风和着细雨缠成了线，无声地飘进了水沟里，浅水处蝌蚪成行排队，自由自在。岸边有青草轻点着头，有小花摇着脑袋。蜜蜂从这朵花飞到那朵花，从岸的这头飞到那头，嗡嗡地忙碌着。有一只昏头昏脑的蜜蜂，居然直撞到我的手上，我捏住它的翅膀，有好几秒时间，观察它野性的脸，听它唱歌，然后再把它轻轻抛回到空气中。那一刻，它在被抛送时迅速转向，在离开的轨道中突然修改了曲线。它重新回到了弥漫花香的春天的自由中。

公园里，青松抽出新芽，松针挥舞，一丝丝垂杨线临水梳妆，风筝之线从树梢延伸，风是线，流水也是线。徐步来到广场上，抬头望去是一蓝如洗的天空，广场的天空上，那么多的风筝在飞。近旁，有一个小男孩在奔跑，捏着一根斜向天空的看不清的线。那是他狂野的天空之梦吧？——带着一只驯养的大鸟在天上单飞。

乡村里，旷远的天地间传来的是各种鸟的鸣叫，一切都是清亮透明的，没有一丝浮尘渣滓。三两只羊闲散地在河道里吃着草，牧羊人坐在土台上漫不经心地哼着小调，偶然把手中的牧羊鞭在空中舞动，就是一声脆亮亮的响。扑棱棱，有两只野鸡从野地里飞起，一只野兔嗖的一下，画出了一道弧线，矫健地从梯田垄上飞跃。一只受惊的鸟儿掠过，它的一片羽毛，跌进了一束光线，在光中兀自旋转，轻轻落下来。我觉得它似乎不应该落下，因为这是一片属于天空的羽毛。

摇漾春如线，天地间千丝万线那么缠绵，可那些灵巧的线，总在你指尖就快碰着的地方，又荡开。

春如线，朝飞暮卷，雨丝风片，春天在光影里织线。

扁扁的世界

那就折一张阔些的荷叶
包一片月光回去
回去夹在唐诗里
扁扁的，像压过的相思

这是诗人余光中长诗《满月下》的结尾。余光中描写乡愁和爱情的作品，一般都显得细腻而柔绵。这碧绿荷叶包着的一片薄薄月光，采撷自流萤飘忽、夜雾空蒙的池塘，带回家去，夹在唐诗里，压得扁扁的，像压过的相思。这一个个汉字的排列组合，就像一粒粒温润珍珠串成项链，写得真是太美了，让人陶醉在那样一个美丽寂静的月夜里。每一句都逢着意外，每一句都略带轻愁，这就是余光中，从炼字到铸境都是那样的雅致，含蓄蕴藏，古风浩荡。我尤其喜欢“扁扁的”这个形容词，充满了时光苍茫的意味。“压过的相思”，压在枕畔，压在心头，压在诗行间，经历了多少山长水远，日日月月。似乎有句话没有说完，在吟哦俯仰之际，任多少深情独向寂寞。那种诗境与韵味，让人想到柳永词“此去经年，应是良辰好景虚设。便纵有千种风情，更与何人说”。

在我的记忆中，很少有作家诗人用“扁扁的”这样的形容词，印象中还有一个人也好用“扁扁的”，那就是散文家董桥。不过，董桥过分掉书袋，钻故纸堆，显得性情不足，旧文人的痕迹太重。比如董桥散文《给后花园点灯》中的这一段："大厦一扇铁门一开，走出两位小说里的少女：扁扁的黑鞋，扁扁的胸部，扁扁的国语，扁扁的《爱眉小札》，扁扁的初恋，像夹在一页书里的扁扁的枯叶。"这一堆"扁扁的"，尖新是尖新，但略有些造作，初读惊艳，熟读有腻，用力过度了，有一丝匠气，少了点自然。

余光中是古风路线，董桥是遗民心态，所以他们用"扁扁的"营造一种"旧时月色"的年代感，让读者隔着一段距离读懂那些沉淀在时光里的故事和情感。不过，如果用"扁扁的"来形容我们今天所处的时代，我倒也觉得挺合适。

今天的我们已生活在一个扁平的千姿百态的世界。从曾经的面对面，到如今的屏对屏，从一个屏幕移到另一个屏幕：从液晶电视到智能手机，到平板电脑和智能手表，从楼宇电视到户外 LED 大屏……数字地球的逐渐成形，使得世界变得扁平和浓缩。以往我们说人与低等动物不同，低等动物的空间是扁平的，一头猪或一只蝴蝶，它们与同类比，只有质量与纹理上的差异，并无高贵与卑下的区别。而人却是站在无限性中间的高等动物，可以高贵得没有上限，也可以卑下得没有下限。人类的需求和能量天然具有不同层级，因此人与人之间也像地层构造那样分成高低有序的若干等级层次。现在人类因互联网实现充分、即时的彼此连接、相互影响，让矗立千年的传统社会组织呈现出自组织、扁平、多元和碎片化的趋势。互联网拉扁了社会结构，我们已经越来越生活在一个"扁扁的"世界上了。在资讯扁平化年代，人人都是传播者，人人都是媒体，但泥沙俱下、鱼目混珠的数字扁平宇宙，也让人眼花缭乱沉沦和迷失其中，模糊了现实和虚拟的边界。

小说写法有一个"扁平人物"的说法，指性格比较单一、没有发展变化的人，"扁平人物"对应的是"圆形人物"，指具有复杂性和多面性的人。

环顾左右，的确有些人，甘心于把日子活得扁扁的。不知道未来的人类看我们这个时代，会不会看到一个个扁平之人，如同皮影一样，扁扁地显现在历史灰蒙蒙的幕布上？

躲春、迎春与咬春

今天10时42分，立春，二十四节气开启新的轮回，一个充满希望的春天，冉冉向我们走来。

从二十四节气对应的十二消息卦象中，我们可以直接看到，寅月对应的是立春和雨水节气，这两个节气对应的整体卦象是地天泰卦，是从小大寒两个节气代表的地泽临卦变过来的，表示阳气从极地到达地表的意思。地天泰卦，下卦为乾卦，上卦为坤卦，三阳在下，三阴在上，有“三阳开泰”的意思。立春之日，天地气交，万物发生，春到人间，草木皆知。

这几天看到很多群在刷“躲春”，说的是立春这一天，由于磁场和气场不稳定的缘故，通常容易招惹口舌是非，在太岁交接的时候，也就是在立春前后的一个时辰里，最好躲一躲，不要出门。“躲春”的措施是自己独自躲在一个房间，放松身心，不要串门打电话，不要让外界信息打扰你，清心静坐，静待太岁交接结束方能出门。

有关“躲春”的来历在史书上并没有详细的记载，“躲春”最早应该是和玄学联系在一起的，毕竟磁场气场在古代没有科学论证的情况下，会被人们赋予很多意义，其中有好的也有坏的。用现代人的眼光来看，这个说法似乎毫无道理可言。不过从传统习俗看，立春在许多地方的确都有些特殊的禁忌，如在立春的时辰不可以躺着，因为这时阳气开始上升，应该站立或者坐着庄重地迎接美好时刻的到来；立春这天不能做口舌之争，是为了和和气气地迎接一个美好的开始。中国古代流行自然崇拜，后发展为对最高神“天”的崇拜，自周代始，天子于立春日率领朝臣前往东郊举行隆重的迎春仪式，立春仪俗既为古老的自然崇拜，当然是有诸多禁忌存在的。

立春为二十四节气之首，为新一轮农业生产活动提供了时间坐标，自古便是安排生产与生活的关键节点，从官方至民间，立春仪俗丰富多彩，主要都是兴致勃勃地接春、迎春、鞭春与打春、踏春，而不是宅在家中躲春。“迎春”仪式是一种全国性的祭祀春神仪式，立春日，人们皆着青衣迎春于东郊，祭祀的是青帝、句芒，古人以“五帝五神”配“五方五行”，其中东方帝是青帝太昊，神则是春神句芒。“踏青”，在古时叫“踩春”，人们快乐地外出踏春，去感受田野间的新鲜空气。“打春”，旧时人们在立春岁始前一天用泥土做成春牛，立春日用红绿鞭抽打，因此该习俗活动称为“打春”。

“咬春”，作为立春的一个传统习俗，人们要吃春饼，吃春菜，咬萝卜等。菜的品种比较多，比如五辛盘，又叫春盘，就是五种相对比较辛辣的蔬菜，大蒜、小蒜、韭菜、芸薹、胡荽，用春饼一卷，有包含万物之意，寓意着这一年里风调雨顺，五谷丰登，六畜兴旺。你看“咬春”这个习俗多有意思啊！“咬春”的寓意是，把春天“咬住”，美好便会永驻。把白萝卜、胡萝卜、水萝卜切成细丝，色彩缤纷的，在白瓷盘里面摆成一朵美丽的花。白萝卜莹润洁白，胡萝卜红艳新鲜，水萝卜浅紫莹莹，樱桃萝卜不切，摆在中心，像紫红色的宝石一样闪着光彩。这样一道菜，单从色彩上就把春天的气氛营造了出来。卷春饼也有意思，先是摊鸡蛋，打好的鸡蛋液，放一点盐，搅拌均匀，在热油里煎到火候正好，黄澄澄的盛在盘子里，黄瓜、大葱切成一寸多长的细丝，再准备一点香喷喷的蘸料，吃的时候，把薄饼摊开，然后把喜欢的菜放得满满当当，再把薄饼卷起来。最后，一口咬上去，春天的味道就全在其中了。这是把春天“卷”起来了。品品这个“卷”字，有包容、囊括的意思，特别灵动，仿佛把春天拥入怀中、抱得紧紧地似的。

我估计今年躲春之说盛行，是因为各地气候不同，早春时节，乍暖还寒，容易生病，毕竟这是近三年社会各领域“冬眠”后迎来的第一个放开的春天，所以大家还比较小心谨慎，不免将一些生肖相冲相害相刑的说法糅合于对天地的敬畏表达出来，流传开来。其实，一年之计在于春，又有什么好躲的呢？该干吗就干吗，认认真真做好自己手头的事情就是了。体弱多病的人可以少出门，但是也要多晒晒太阳，让每个毛孔吸取天地能量。网上关于躲春的那些措施，不必太在意，只要做到控制情绪不狂躁，不要喜迎新春时和人有口舌之争，平心静气做事情就足够了，哪有大上午躲在家里啥也不干的道理，多耽误事呀！再说了立春的阳光多金贵啊，不晒晒太阳，那去年大半年的霉气又怎么驱除呢？

春暖花开，当你干燥了一冬的双眼被蓝格莹莹的天空所填满，当呼吸之间终于有了惠风和畅的节奏，当小河边的柳树一夜之间就悄悄绿了起来，还有什么比这更明媚的快乐呢？况且，2023年还是千年一遇的双春年。双春年，就是说一年中有两个立春日。民间有“双春双喜”的说法，这是因为在老祖宗的眼中，春天是阳，是生机的象征，所以双春在大多数地方而言都是吉祥的。一年两春，丰茂光明，预示着丰收的年景。我们应该打开门，走出去迎接蹦跳着到来的灿烂春光。

我非常喜欢“迎春”这个词。迎春，送春，好像春天是一个人似的——一个我们在漫长冬季朝思暮想的美丽恋人。当她翩然到来，长袖一挥，顷刻间绿柳拂窗，白杨飞絮，丁香满城、桃李繁花——无数春花烂漫盛开。大街小巷，房前屋后，一簇簇一片片，轻盈盈，密匝匝，如霞如云，云蒸霞蔚，香阵冲天。那是生命的集体漫溢和喷发。

立春，是人们对新一年春天的欢迎仪式。它来自中国人对天地万物的认识，对人事往来的理解。立春的仪式，来自古老的农耕习俗，我们总是期待关于春天的记忆能再深刻一些，迎接春天的心情再热烈一些，新旧的分界线能泾渭分明一些，而不是无声无息地迎来一年又一年，被时间麻木地推着往前。度过严冬，就会迎来春暖花开。盼望着，盼望着，这一天终于到来了，惠风拂面，鸟鸣唧啾，我们欢欢喜喜迎接春天的光临，敞开我们的心灵和家门，在盈盈春意中信步而行。

山河堂堂，乾坤朗朗，吉祥止止，人物磊磊。在春天万物复苏的指引下，接下来的每一分每一秒，我们都将奔走在热爱里，迎接二十四番花信风纷至沓来，迎来更好的自己奔向未来。

当东风再荡漾在千山万水
当百花再争艳在田间地头
当丽日温暖，当鸟儿呢喃
我们终于又迎来一个靓丽的春天
当冬日的阴霾被爽朗的笑声驱散
当臃肿的冬装为轻便的春服替换
当春风化雨，当燕子归来
我们终于又迎来一个人间的盛宴
当风习习云飘飘
当水盈盈天蓝蓝
我们迎春舞春说春唱春
我们望春报春咬春煨春
今年的第一首诗探出毛茸茸的芽儿
伸出新鲜的灵魂沐浴在春光春色中

“空旷”这个词属于北方

觉得“空旷”这个词是属于北方的。

在南方，骄阳灿烂，光照慷慨，草木竭力生发，稍不留心，它们就长了一天一地。阔叶热带植被将城镇掩映在一片片葱郁的绿色里，人们像音符一样在树荫和阳光间行走跳跃。白天，炙热的阳光使自然景物失去了本来的色泽，繁茂的枝头上，蝉鸣如潮水往来，无休无止，人行道上，人流杂沓。傍晚时分的到来，可以从外面的喧哗声和过路人那些越来越嘈杂的吵闹声中分辨出来。人们有过夜生活的习惯，处处是夜宵的大排档，城里的嘈杂声很厉害。在那些习惯于夜间沸腾的南方城市，如果你身处闹市，就会置身于无休止的吵闹声的包围之中，如同一部电影的音量放得过大，震耳欲聋，如果没有这些街市的喧嚣声，那么就是雨夜滴滴答答的雨水声，同样连绵无休无止。

我是来到了北方之后，才常常领略到空旷的感觉。

在初秋的日子里，树叶落尽，裸露出村庄和树上的老鸹窝。此时，有一段短暂而奇妙的时光——白昼像水晶般透明，黄昏更是灿烂辉煌，候鸟南飞，鸟声已稀，但还未感到风雪临近的威胁，只有一片纯净温暖的蔚蓝，向正在休息的田野倾泻。田野突然空旷了，村庄和村庄，小路和小路，都缩短了距离，中间再也没什么阻碍，一切都静静卧在天高云淡之下。秋天的河流也是空旷的。“落霞与孤鹜齐飞，秋水共长天一色”，秋光清浅，秋明空旷，此时河水将又高又远的天空滤成净透，任何色彩都包含在它的清澈之中。

我喜欢在深秋的午后，独自临窗而坐，手持一册书简，溯流而上，与古人晤对。古都的深秋，九月雨季终于过去了。“一层秋雨一层凉，秋雨绵绵秋意长”，当秋雨初歇，久违的阳光忽然透过云层射过来，便有了一些苍凉冷清之感。淡淡的秋阳在周围游移，枯草摇晃着一片孤寂，空气中散着秋天草木熨帖而微苦的味道，这雨后的空旷滋味，让人难免有一点点孤独、惆怅，但更多的是悠然自得，最终只见一只孤鸟在秋日淡淡的夕晖中栖于叶落后的空枝。

冬天来了。白天，走过校园，不知从哪一处听到啄木鸟敲击树干的声音。它的速度很快，仿佛弓弦的颤响，无法数清它的频率。冬天鸟少，鸟的叫声也被藏起，只有这空空的敲击声久久回荡。夜晚，走到楼下看到光秃秃的杨树树枝，伸向暗蓝色的夜空，背景是无边无际的黑夜，起伏的远山，这种苍凉的美，这种空旷的美，只有在北方大地才能看到。北风渐紧，大雪落下，池塘上结着冰，连一个鸟迹也是多余的，连一株芦苇的摇曳也是多余的。此时，如果去往郊野，寻访“千山鸟飞绝，万径人踪灭”的景象，可以看到天地空旷、四野茫茫，仿佛万物都已沉入睡梦。大地的白茫茫之上，是灌注于整个天宇的那种火焰般令人不寒而栗的蓝。寒意浸骨的风，吹着空旷的天地，也吹着你；吹着未来，也吹着过去。

年复一年，北国的秋冬，为我们的四周留出了大片的空白。一个没有门窗的巨大区域向我们浮现，一片空旷的原野，一条空旷的走廊，一个空旷的车站……生活在城市逼仄的空间、拥挤的人群、堆积的物件中，那么渴望走出熙熙攘攘的街头，走向一片包容、深远、安静的荒野，如一棵树站在广阔的天空下，如一只鸟在一片空旷中筑巢，任空白之页向四方展开。

这是我喜爱北方的原因之一。总觉得我不像是南方的人，因为胸中总是秋冬般的平寂空旷。

浮生与浮世

“浮生”这个词，出自庄子。语本《庄子·刻意》：“其生若浮，其死若休。”以人生在世，虚浮不定，因称人生为“浮生”，又有浮生若梦的成语，指短暂虚幻的人生。后来派生“浮世”一词，人世间是浮沉聚散不定的，故称浮世。

无论“浮生”还是“浮世”，都是我很喜欢的词语。人生浮城，四季变换，雪月风花，灯火勾栏。人世间的一切，就好比漂浮于水面，流水滔滔不绝，日日夜夜往永恒的大海流去。

漂浮在水面是什么感觉？可以想象自己是河面上的一片树叶、一条小鱼，一只不慎落水又挣扎着跃出水面的小鸟，水没过你的足、小腿、腰、胸，你感受到水流的承托、浮力。浮躺在缓缓流动的河水里，远处的村落静谧无声，夜空的颜色是一种神奇的湛蓝。水的凉意覆盖着你，月光与星光倾洒在河面之上，你只能在其中载沉载浮，被河水裹挟着奔向不可知的远方。

也许因为我在水边长大，水的记忆已经刻入灵魂深处。水乡儿女的记忆，大都是依河成街，桥街相连；河埠廊坊，过街骑楼；穿竹石栏，临河水阁；咫尺往来，皆须舟楫……一次次午夜梦回，我常常在半梦半醒中，又回到童年时代的洪水季节：浑浊的洪水，漫延了整个城镇，已分不清哪里是路，哪里是河，绿树像漂浮在水面的浮萍，屋顶像是裸露在河里的褐色石头，人们用自制的简陋舟筏逐水漂流，与水共生。洪水固然带来苦难，但大河在潮汐起伏之间，也送来生计、温饱和财富，这就是河流和乡人之间奇特的依存。河流阴晴不定，有时怒涛拍岸，有时柔美多情，有时野性难驯，有时温柔可亲。大地倚在河畔，水声轻说变幻，在这宽广、慷慨却又喜怒无常的河流上，乡人寄放的就是全部的生活、整整的一生。

当然，“浮世”“浮生”并不是就水乡而言的，而是高度概括了普遍的人世间。在茫茫人海里，眼前潮起潮落，身后沉浮半生，我们如一个个水面的漂浮物，彼此接近、离开、滑过、悬游或沉没，各有各内在的精神，外在形态也不一，但相同的是，我们都在这波荡不息的人世间。身处平稳的时代还好一些，但如果遇到的是大起大落的时代，常有惊天动地、天翻地覆之事，那么，个人命运就只有在水中无常地沉浮了。“寄蜉蝣于天地，渺沧海之一粟。”流动的河水，天边的浮云，时时刻刻处于变化当中，你不知道什么时候某人某事会降临，也不知道什么时候某人某事会消失。降生于哪一片水，不是我们可以选择的。每片水沉浮着不同的景致，也翻滚着各自的危险。每个人的一生，浮沉由浪，输赢无算，机缘可遇而不可强求。

日本江户时代流行的艺术形式“浮世绘”，在亚洲艺术和世界艺术中，呈现出特异的色调与丰姿，历经三百余年，影响深及欧亚各地，十九世纪欧洲从古典主义到印象主义诸流派大师无不受到此种画风的启发。它取材于时代的细节，记录着漂浮的人生。它是大众的、日常的、琐碎的，也是真实的、热情的、繁华的；它描绘的山河迤逦、熙攘街市、娱乐人间、异闻传说是年代中的剪影，它记录的爱憎、乐趣、苦恼和愿望是普通人与时代的碰撞。“浮世绘”，这个名词让我感受到一种虚浮的轻盈感。正如浅井了意在《浮世物语》中写道：“让我们把全部注意力转向美好的月亮、雪景、樱花和枫叶，唱歌，喝酒……这就是我们所谓的浮世。”日本人的美属于“樱花式”，即开即落，及时行乐，所以发展出镜花水月、浮生若梦的浮世绘美学，面对浮动的世界，只愿珍惜光阴，知足常乐，一期一会，活在当下。

以浮云的眼光来看，无论睡在哪里，都是睡在风里；以游鱼的眼光来看，无论漂在哪里，都是漂在水里；以永恒的眼光来看，短暂的、寄居的人生，一切都是浮红涨绿，浮花浪蕊，无论是在哪里，都是暂时栖息而已。我们所爱的每一个人，我们认识的每一个人，我们听说过的每一个人，曾经有过的每一个人，都在蓝色地球上面度过他们的一生。而地球也只是一粒悬浮在阳光中的微尘。我们活在这样的一个浩瀚的宇宙里，漫天飘浮的宇宙尘埃和星河光尘，小小地球是比这些还要渺小太多的存在。

想起张爱玲在战争的烬余中，曾经幽幽地说过："有一天我们的文明，不论是升华还是浮华，都要成为过去。"我也只能在一个又一个深宵的书写中，用文字来定格这浮萍般无定的人世，赢得一瞬间的慰藉罢了。

薄薄的故乡隔岸凝视

享誉国际的“第六代”导演王小帅有一本个人随笔，叫作《薄薄的故乡》，讲述他的电影《地久天长》《青红》《我 11》《闯入者》创作背后的真实故事，还有许多翻箱倒柜的老照片、儿时的画、父母的家书、好友的信件往来、日记、剧本，等等，共同装订，构成这一本私人笔记。作为“三线”子弟，王小帅在上海出生4个月后，跟随父母来到贵阳“支援三线”，13 岁因父亲工作调动迁到武汉，15 岁到了北京上学，23 岁北影毕业后被分配到福建，两年后离开福建，开始“北漂”和独立电影创作生涯，现在人在北京，但是户口在河北涿州。每当有人问他的故乡在哪里？王小帅自己也说不清楚，所以他对故乡的表述是“薄薄的”——浅淡的、被摊开的、被稀释的。

这种感觉应该很多人都有过。大时代背景下小人物的迁徙流变，这是一代人甚至数代人的集体遭遇。薄薄的故乡，几地搬迁，记忆散落，不固定的落脚点，晃晃荡荡的成长，这些都不能阻挡王小帅对故乡的执念和追忆，心曾栖息过的地方，都是故乡吧？可是，故乡的确是薄薄的，留存下来的，是模糊的记忆碎片。这是身不由己的流浪者的乡愁，他们颠沛流离在时代的洪流中。读完这本书，我才懂得这位著名的导演为何如此痴迷地拍摄关于“三线”的故事，因为他想找到故乡。没有故乡的人，乡愁最重。没有故乡的人，别处回不去，此处却也不是，就这么夹在中间，两头不落。这种内心地基的不稳定，会引发更多意味深长的思考。

王小帅在书中试图通过文字找回“故乡”。他写父亲母亲、往日的邻里、少年的孤独、青春的迷茫，细节丰满，历历在目，同时附有翻箱倒柜找出来的照片资料、图画作品，还有父母的家书、好友的信件、日记、剧本……让人感受到这份真切、诚挚的回忆。这是一个没有故乡的人的精神还乡，但他所能返回的，只是由文字光影织成的一个薄薄的故乡。整本书的装帧设计很妙，铅印的文字旁边有作者的笔注、插画以及涂改，让人感觉就是一份手稿原件，体现出一种个人自传的性质，同时也表现出了某种记忆的不确定性。封面则以薄薄一层硫酸纸披覆，隐约可见手写字，似对回忆，对过去，对薄薄故乡的隔岸凝视，但到底隔了一层，这个故乡依稀可见，但看不真切。

20 世纪五六十年代“三线建设”拖家带口的集体迁徙，改革开放后从乡村到城市的大规模人口流动，经历过此种漂流的人们，应该都有自己薄薄的故乡感——一种无法融入地域、时常变迁的疏离感，与土地的疏离，与周围人群的疏离，与自己回忆的疏离。“哪里留存过你的记忆，哪里就是你的故乡。”这是王小帅书中最后的结论。反复回味“薄薄的”三个字，让我触摸到平淡词句下的身世飘零之感，心中不免生出薄薄的凄凉。薄薄的凄凉是什么呢？就是个人如同时代洪流中的一滴水，无从决定自己的命运，人世间一切爱憎与哀乐发生着，但转瞬又消逝了，只留下一种无可奈何、无从说起的惘然，如烟如雾，渐渐浮上心头。

突然想到，就算一个人幼年没有那么辗转流离，但长大后离开故乡，闯入他乡，经历了很多的人与事，慢慢与故乡睽隔生疏了，当他奔波半生，蓦然回首，他遥望的也是迷失在烟雾中的薄薄故乡吧？想起一些旧事却想不起时间，仿佛那些旧事并不曾真的发生。想起一些故人却想不起细节，仿佛那些故人并不曾真的相遇。好似遗落了一支岁月的笔，它一跌跌进了时光的指隙，从此消瘦，同往事一并揉碎在泥土里。

我认同王小帅所说的，现代人的“故乡感”已经越来越淡化，哪里都一样，更多故乡的意味只有在记忆中去寻找，可并不是所有人都如他那么多愁善感、擅长回忆，当无眠的夜，天上有薄薄的云，有云隙中透出的月光映到窗子里来，那薄薄的光照亮了镜子，也照亮了回忆的人，并不是所有人都如他那么幸运，往昔的事物与他遥相呼应，被他薄薄地吸满，当起风的时候，他的身子里藏着鼓鼓的故乡。

天命与人生

“天命”是一个汉语词汇，意思是天道的意志，延伸含义就是“天道主宰众生命运”。语出《尚书·盘庚上》：“先王有服，恪谨天命。”中国古代哲学中把天当作神，天能致命于人，决定人的命数。在孔子看来，一个人的生死存亡、富贵贫贱完全与高悬于天的命有关，绝非尘世芸芸众生的力量所能改变。

在中国传统社会，下层民众在等级制度的约束之下，难以伸张，各安天命，在富贵与贫穷之间沉浮，由于遍布社会精神的儒家伦理秩序与宗教情结的教化，在经济分工严谨、程序设置精巧、伦理系统完备、物资供应充足的社会中，仍然能保持阶层秩序之井然。并未曾如我们以往所认识和想象的那样，在上层社会与普通民众之中会形成普遍和日常的紧张与冲突。这种情形，正如鲁迅笔触下的闰土和鲁迅，从少年到成年之间无形的厚厚的隔墙，已在代际间造就。唯一的选择就是彼此放手，各道珍重。这无可奈何的人生歧路，乃是天命使然。不逼迫到绝境，闰土多半还是会选择苟安，相信其悲惨的生活是天命，是天理。“人之生也，贫富贵贱，夭寿贤愚，禀性赋分，各自有定，谓之天命，不可改也。”

作为儒家学派的创始人，孔子提出君子要“知天命”，“不知天命无以为君子”。知天命是儒家思想的特点，也是中国传统文化的特点。天命就是自觉有一种使命感，“知天命”，即领悟自己负有使命，必须设法去完成。这种使命的来源是天，人是则天而行。认识到“命由天作”的必然性，就要对人生采取“择善固执”“依乎中庸”的态度，安于义命。孔子说君子“畏天命”，故“居易以俟命”，反之，“小人不知天命而不畏”，故“行险以侥幸”。这种靡费生命的“行险”，就是不畏天命，不顺天命。

孔子的这种天命思想，在孟子身上得到了继承和新的反映。在《孟子·尽心上》中，孟子说：“莫非命也，顺受其正。是故知命者不立乎岩墙之下。尽其道而死者，正命也；桎梏死者，非正命也。”孟子认为，天底下人的吉凶祸福。无一不是命运，只要顺理而行，接受的就是正命。所以懂得命运的人，不站立在有倾倒危险的墙壁下面。尽力行道而死的人所受的是天的正命，犯罪而死的人所受的不是天的正命。孟子虽然认为天命的力量无可抗拒，但是不管怎样，还是应该按照仁义而行，对于命运要“顺受其正”。也就是尊重客观规律，明辨是非，对未来发展有理性的判断和预测，弘道从善以避免灾难的发生。

在中国传统文化“天人合一”思想中，“天”的含义既具有双重性，又有同一性；有时“天”指天帝、老天爷，有时“天”指大自然，而有时二者兼具。这可能与中国上古人类的泛神（即自然世界万事万物皆有神）信仰有关。所以，中国文化中的“天”，既是自然之天，物质之天，又是命运之天、意志之天、伦理之天、神圣之天、救赎之天、创造之天等，已经具有准宗教的意义。中国传统文化不讲“征服自然”，相反地非常重视“顺应天时”。中国人重视的传统节日活动，都与“顺应天时”密切相关，这正是“天人合一”“天人相应”思想的突出表现。

天生下人来，人只不过是圆颅方趾的动物而已。假如没有先知正觉的引领，让人懂得仁义，懂得廉耻，从而发现生命的庄严感，对生命有喜悦感，那么我们人也只不过就是一种动物而已。人应该超越动物性，通向人性，最终通向神性。这是一个形而上学的课题，不完全能够用理性来判断，而必然需要更高存在的指引与规定。在当今社会，理性也好，科学也罢，只能解决一个基本问题——我们怎么去做，却不能解决一个更基本的问题——我们要不要做，该不该做。这个东西科学是解释不了的，也是理性解决不了的。也就是说，理性是只关乎利害，无关乎价值。完全被物质和本能所控制的人生，人们怎么解决“你从哪里来，你是谁，你到哪里去”这三个基本的哲学问题呢？没有办法解决。

在这个意义上，天命，是中国传统文化中准宗教意义的神性存在。“知我者其天乎”，当确信个人和天可以沟通，天命，让一个人的目标和命运具有了真理的内容，人生具有了终极目标和最高价值的根基。做人是必须要有目的的，这个目的只能来源于信仰。三餐一宿，这不是人生的目的，这只是让你存活下去的一种动物性的本能。人生的目的只能来源于信仰，你要成为一个什么样的人，你要朝哪个方向努力，儒家的信仰就是“知天命，畏天命，顺天命”。而如今，当人人觉得我就是我的主宰，我的理性就可以主宰我、引导我，不再“畏天命，畏大人，畏圣人之言”，没有了这些敬畏感以后，他就必然地对以前所有的高尚的价值产生怀疑和否定，不再相信有真理这回事。虽然以前真理也经常被误用，被利用，甚至被滥用，但是至少人们都是崇尚真理的。而今天的我们却深陷于无真相，无真理，聚讼纷纭，板砖横飞，是非混淆，一地鸡毛的茫然中。人们对教育、科学与学术发自内心的尊重，已慢慢被世俗的风尘所侵蚀。

自古以来，中国的人心浸透了敬畏感，“畏天命，畏大人，畏圣人之言”，因为这种敬畏，所以即便中国无严格意义上的宗教，也不妨碍人们有根基、有目的地生活。然而，时光流转至20世纪，仿佛一夕之间，敬畏全部被打破，留给人心的是千疮百孔。放眼当今天下，有什么能给人心以抚慰？有什么能让人心存敬畏并向善行事？

胸怀家国，何谓家国

关山万里尘与土，百年家国云和月，浊浪翻腾几曾歇。

很喜欢“家国”二字。我认为“家国”与“国家”是不同的，家国是家和国的意思；而国家是由国土、人民（民族）、文化和政府四个要素组成的，国家也是政治地理学名词。在传统中国文化的理解中，国是最大的家，大家的家，君主是大家长。国亦家，家亦国，家是最小的国。国与家息息相关，密不可分。没有国就没有家，反之亦然，没有家也就没有国。所以，中国传统是“家国”，而不是法律规制的“国家”。因此，英文中的State、Country终究不能用中文“国”这一个字完全地翻译过来。

几千年来，中国传统知识分子，怀抱着家国理想。20世纪一代大学问家、思想家陈寅恪先生为我们长久怀念的原因，在于他的学问里面有一种顶天立地、独立不倚的精神，所谓“独立之精神，自由之思想”，然而他同样有着深沉的家国之情；我很喜欢他1965年写的《乙巳冬日读清史后妃传有感于珍妃事为赋一律》那首诗，其中有两句写的是：“家国旧情迷纸上，兴亡遗恨照灯前。”这两句诗是陈寅恪先生整个诗歌创作的主题曲，也是打开他著作宝库的一把钥匙。因为他的精神力量跟他的家国之情紧密联系在一起。他在很多诗里都有类似的情结。“死生家国休回首，泪与湘江一样流。”“儿郎涑水空文藻，家国沅湘总泪流。”“衰泪已因家国尽，人亡学废更如何。”这是陈寅恪先生一生精神脉络之所出处。可见，在中国传统文化中，家国情怀与其说是一种情感诉求和心灵皈依，不如说是一种生命自觉和文化承续。无论是《礼记》里“修身，齐家，治国，平天下”的价值追求，还是《岳阳楼记》中“先天下之忧而忧，后天下之乐而乐”的责任担当，抑或是陆游“位卑未敢忘忧国”的使命驱动，家国情怀是中华传统文化的宝贵精神财富，是华夏儿女最真挚的情感共识和最浓烈的精神底色。

转型期的当代中国，正需要将“国家”赋予更多“家国”的基因和属性，使我们中华民族的生存共同体从制度、道德、风尚、信仰诸方面，从语言文字、生活习惯、人际关系到文化心理，都具有“家国一体”的气质和细节，每个人都有一个温美清纯、风和日丽的“家国梦”，心中也永远“澎湃着中华的声音”。无论时代怎么变化，社会如何激荡，每个公民都应该有一方精神的家园。这才是一个国家一个民族核心价值和崛起高度的真正体现。

当下中国社会，思想观点参差多态，无法就革故鼎新达成一致的因素，主观上某些利益集团过于强大、过于顽固，不肯放弃既得利益，千方百计拖延阻挠；但最为关键的还是许多中国人骨子里的自利观念太强，缺乏相互妥协的精神。在此历史的关键时刻，只有以“家国梦”为最高原则，以家国天下为志，每一个有能力添砖加瓦或力挽狂澜的人物才不会总是各走独木桥，犹如一盘散沙，而是在互相让步中顺应历史发展之潮流，为共同的利益捐弃私利。

著名史学家孙隆基在《中国文化的深层结构》一书中，客观地指出中国文化“二人”定义“一人”的设计，他认为：中国人对“人”下的定义，正好是将明确的“自我”疆界铲除的，而这个定义就是“仁者，人也”。“仁”是“人”字旁一个“二”字，亦即是说，只有在“二人”的对应关系中，才能对任何一方下定义。在传统中国，这类“二人”的对应关系包括：君臣、父子、夫妇、兄弟、朋友。这个对“人”的定义，到了现代，就被扩充为社群与集体关系，但在“深层结构”意义上则基本未变。

孙隆基认为，当西方孩童的“自我”疆界开始浮现的阶段，也正是中国人训练孩童要融入群体的时刻。也可以说，从“人之初”开始，中国人就设计了由“二人”定义“一人”的局面，我们以“家国”为生存的本根。有着国际生活经验，同时从事历史文化研究的孙隆基如此解读“中国文化的深层结构”，并认为中国人对个人观念、身心态度、公私利益、家国关系等根本问题的认识都沉淀在这种深层结构中。他用“二人”与“一人”的文法规则来整理林林总总的中国现象：“中国文化的深层结构只是一个文法（Grammar），这个文法可以创造出佳词妙句，也可以创造出很丑陋的句子。”

我非常认同这一观点，中国文化的深层结构，造成中国人个体的不发达，所以我们需要“家国”，因为我们从来不是“一人”而是“二人”。我想起当代流行歌曲中，继承了《楚辞》以来“美人家国”的传统者，一个罗大佑，一个崔健。所谓“美人家国”，是将君王比作“美人”，写自己的苦恋；于是男女之爱（也未必限于男女）和家国之恨，交相纠结，感发出各种深远宏阔的天问，问天问地，问他问你，也问自己。

那天是你用一块红布
蒙住我双眼也蒙住了天
你问我看见了什么
我说我看见了幸福

——崔健《一块红布》

认识中国与中国人愈深，对此歌的感触就会更多。《一块红布》是可以有很多解读的，一块红布，可以当作一首爱情歌曲，也可以当作一首描述个人经历的歌曲。有人把这理解为爱情的盲目和爱情那种说不透的幸福，有人把这首歌联想为处于一个大变革之中的中国，我们的道路是前人没有走过的，所以我们也是“摸着石头过河”。你很难说这首歌是痛苦还是幸福，反正爱恨交织、情感复杂，其中“蒙眼者”与“被蒙者”之间微妙的温情关系，很难用简单粗暴的意识形态语言去解读，绝对不是简单的暴力与被暴力的关系。有人会说这是“斯德哥尔摩综合征”，是受虐狂。但是我不想用一个心理学的专有名词就给这些东西做道德审判，反而一个专有名词容易让普通读者自以为知道了本质而忽略掉其中更多细腻的感受。再说了，“斯德哥尔摩综合征”也是西方概念，对中国问题和中国社会文化心理的解读未必准确。《一块红布》这首歌正是由于寓意深刻，引起了很多人内心的共鸣，并带来异常丰富的感受，才成为中国摇滚音乐中的经典。

解下了“一块红布”的今天，在全球化以及中国社会迅猛发展的今天，中国人的安身立命问题亟须得到解决。清醒地看，近代中国文化以十分负面的形象出现，那是因为它被放置入一个由他人（西方视角）缔造的“现代”世局中，一切条件对它来说都是不利的，原来衡量它的所有标准也必然是异化的。时代在呼啸前进，这个“现代化”应该是不断被重新定义的。中国文化的“文法”规则能否在新的世局里创造出簇新的佳词妙句？为什么“家国情怀”深植于每一个中国人的心中，但今天我们许多国人又要将其弃如敝屣？可谁又能否认，家国之源、江山之娇，这就是我们的生活，这就是所有民族战士、所有仁人志士为之献身的原因。

四 倾听语灵召唤

小小的量词，是中文的关节

夜读明末才子张岱的《湖心亭看雪》，“湖上影子，惟长堤一痕，湖心亭一点，与余舟一芥，舟中人两三粒而已”，我发现其中的量词实在有味道极了。“痕”“点”“芥”“粒”这四字，使用的是以小衬大的手法。以“痕”“点”“芥”“粒”之微小，反衬雪天西湖壮美宏阔的境界。

量词中有着中国人才懂的情绪。从“江南无所有，聊赠一枝春”（陆凯《赠范晔》），到“君看一叶舟，出没风波里”（范仲淹《江上渔者》），一枝春色，一叶扁舟，二三粒人影，一盏离愁，一壶漂泊，一溪新绿，一掌月光，半壕秋水一城花，烟雨暗千家……这些都是传承在中国文化基因里，不用宣之于口的浪漫与雅致。

汉语言博大精深，用不同的量词效果完全是不一样的——我有一间房子，我有一套房子，我有一所房子，我有一栋房子，我有一排房子，我有一片房子。你品品看，区别实在太大了。用“间”搭配时，表示房子的最小单位。用“套”搭配时，强调是完整的功能齐备的房子。用“所”搭配时，往往表示比较低平的房子。用“座”“栋”“幢”搭配时，往往表示比较高大的房子。至于“排”“片”，那就是房子连片的土豪级别了。

我发现，在汉语中量词能玩出千般花样。尤其在古诗词中，量词不容轻视，仔细把玩，别有一番意味。以下试举数例：

根据下雨时的自然场景与情绪状态，可以有不同用法：一川烟雨，一蓑烟雨，一犁烟雨，一帘疏雨，四桥烟雨，千山急雨，一层秋雨一层凉……这雨下得有情有义，场场不同。

根据月亮阴晴圆缺的形态与特定环境，可以有不同用法：一片月，一弯月，一轮月，一眉月，一钩新月，一梳明月，一丸冷月，一捧江月，千山皓月，八千里路云和月……这月亮照临人间，有着变化无穷的容颜。

根据傍晚霞光的变化流动与特定场景，可以有不同用法：一道残阳，一襟晚照，一鞭残照，一带霞光，一溪夕晖，一篙夕阳，千峰夕照……这落日余晖真是百媚千红，风情万种。

在中文的修辞中，想要用恰到好处的文字表达事物的美好状态，量词实在是不可或缺的点睛之笔。量词的妙用可以让文字更加含蓄蕴藉，富有韵味。比如《红楼梦》第十七回《大观园试才题对额　荣国府归省庆元宵》，贾宝玉跟着父亲贾政和一些清客相公，走入为迎接元妃省亲而新建成的大观园，去验收这省亲别墅的建设质量，顺便给各个楼台亭榭题匾题词。大家首先来到了一个亭子，清客相公题名“翼然亭”，被贾政否定了。贾政让宝玉题名，宝玉提出“沁芳”二字，还题了下面的对联：“绕堤柳借三篙翠，隔岸花分一脉香。”宝玉的表现获得了一致好评。此处的写法，是盛赞贾宝玉才情不凡的。世人绞尽脑汁都想不出来的字句，对宝玉来说却是信手拈来，脱口而出。这个联句意境清新，巧在句句言水，却不着半个水字，用“三篙”“一脉”代而言之，雅丽蕴藉。又分别隐“红”“绿”二义，与“怡红快绿”有暗暗相关之妙。借“三篙”和“一脉”，反衬出“水深”和“溪形”，短短十四字，把水色、水质、四周环境氛围糅合在一起来写，构成一幅柳映溪成碧、花落水流红的极富诗意的画面。

再说一个量词的妙用。我发现古人很喜欢用“寸”这个长度单位，翻读古诗词，常见到“寸”字跃入眼帘，例如：

寸寸柔肠，盈盈粉泪。楼高莫近危阑倚。平芜尽处是春山，行人更在春山外。（欧阳修《踏莎行·候馆梅残》）

听风听雨过清明。愁草瘗花铭。楼前绿暗分携路，一丝柳，一寸柔情。（吴文英《风入松·听风听雨过清明》）

回廊一寸相思地，落月成孤倚。背灯和月就花阴，已是十年踪迹十年心。（纳兰容若《虞美人·银床淅沥青梧老》）

嫩绿似罗裙，寸寸销魂。春心抽尽为王孙。不分东风吹渐老，色映黄昏。（屈大均《浪淘沙·春草》）

春心莫共花争发，一寸相思一寸灰。（李商隐《无题四首·其二》）

“寸”是一指宽的长度。“寸”这个量词非常直观，伸出手指就能衡量，比“分”“厘”“毫”更容易使用，古人喜欢用“寸阴”来描述能看得见摸得着的时光，更富形象性、具体性。“寸”比“尺”小，又引申为非常微小、简短之义。此外古人谓心为方寸之地，因此，很多诗词以“寸”这个量词来搭配人之情意，比如，“寸寸柔肠”“一寸柔情”“一寸相思”“寸寸销魂”……把相思、柔情、春心用“一寸”来数量化，实在是把人的微妙情意，刻画得细腻入微，近在眼前，形象可感。

量词的信息量可以很大，让无形之物有形，有形之物更形象，量词是汉语美感的螺丝钉，还可能是一些小小的趣味，越琢磨越有意思。比如，鲁迅爱用“一匹”而非“一只”，我们熟知的《故乡》：“……手捏一柄钢叉，向一匹猹尽力的刺去……”《狗·猫·鼠》：“……看地上，躺着一匹隐鼠，口角流血，但两胁还是一起一落的。”“我的报仇，就从家里饲养着的一匹花猫起手。”《铸剑》：“果然，一匹很大的老鼠落在那里面了。”还有《兔和猫》里有“一匹大黑猫”，《花边文学》里有“几匹麻雀”，《罗生门》鲁迅译本里有“只在朱漆剥落的大的圆柱上，停着一匹的蟋蟀”。——鲁迅简直是造出了一片长满巨物的“侏罗纪世界”。我曾经以为是鲁迅的动物经验，植根于上树掏鸟下河捞鱼的顽童时期，而对一个孩子而言，那时候猫、鸟、老鼠都相对巨大，这种人生初经验刻骨铭心，而鲁迅冷面怒目的外表下，其实内在有一个顽童，终生保持着童年时期带露折花的新鲜感。

不过，后来我发现，背后原因，其实是现代汉语量词定型前，凡狗猫鱼鸟、鸡兔鼠虫，皆可用“匹”字作量词。在民国时期的其他作家笔下，也常见“匹”作为量词。据说这是受了日语（日语的很多词汇来源于古汉语，在现代汉语中反而很少用了）的影响。以“匹”做量词，在日语里比汉语里范围宽泛得多，举凡鸟兽虫鱼，皆可用“匹”来“衡量”——连蚊子、蚂蚁、蟋蟀也可以用“匹”，就更不用说老鼠猫狗了。鲁迅等旅日作家，留学日本既久，浸淫日本文化亦深，文章里留一点痕迹也是自然之事。所以，读民国时期的文学作品，读到“一匹美丽的、白色的天鹅在静寂的湖上浮游”这样的句子，千万不要觉得惊讶，其实读起来还挺有趣味的。

量词的丰富运用是汉语的一大特点，是汉语区别于其他语言的一个显著特点。中国人只是简单地用了量词，就成了一幅画、一首诗，这是任何其他语言都无法实现的。发展到现代汉语，人们还在不断鼓捣一些全新的量词用法。比如：一屁股债，一肚子坏水，可爱的小姐姐一枚……虽说为了维护汉语的规范性不要乱用量词，但语言本身就是要迭代更新的，语言创新就是不断打破所谓的约定俗成，有些事物用起量词来应该被允许有不同用法。

比如自从家里养了猫，我发现猫可能是流体的，因为猫的整个身体的关节，尤其是在颈椎的部分，骨节的软骨和韧带之间，明显要比其他动物更加柔软。猫的柔韧身躯会让它们非常爱钻入各种小容器当中，表现出极其丰富、复杂的流变行为，所以，只用“一只”作为猫的量词是多么的无趣，也不能准确描述猫具有惊人柔韧度这一真实状况。在现实生活中，猫的伸展形态千姿百态，由此猫的量词，应有一长串的可能性：一只猫（语文老师最认可的标准用法），一匹猫（比如开启疯狂生长模式的肥橘猫），一头猫（同样可用于肥硕的大猫），一摊猫（在地板或沙发上"葛优瘫"的猫），一桶猫（猫钻到桶里），一碟猫（猫躺到碟子里），一袋猫（猫钻到袋子里），一筐猫（猫钻到筐子里），一圈猫（一群猫碰头开会），一条猫（猫可以像弹簧一样拉长到一个难以想象的长度），一球猫（当猫胖成球的时候），一朵猫（当长毛猫特别蓬松的时候）……真不愧是薛定谔的猫，猫的量词就理应处于不同形态的叠加态。

今晚一口气写量词用法，纷纷扬扬写了个痛快。我发现量词就像是中文的关节，不可或缺。透过小小的量词，信息得到精准，纷繁被整齐分类，诗意、趣味也更盎然。汉语言的魅力正蕴藏在这一字字的推敲中。此刻窗外，霏霏细雨有一搭没一搭，漫天云霭一阵晦一阵明。听风吹树叶的沙沙声，静静领略古城的每一寸秋意，向小小的量词道晚安了。

从中国诗词中拈一茎白发

每次读到唐代刘希夷的《代悲白头翁》，都有不胜唏嘘之感：

洛阳城东桃李花，飞来飞去落谁家？
洛阳女儿惜颜色，坐见落花长叹息。
今年花落颜色改，明年花开复谁在？
已见松柏摧为薪，更闻桑田变成海。
古人无复洛城东，今人还对落花风。
年年岁岁花相似，岁岁年年人不同。
寄言全盛红颜子，应怜半死白头翁。
此翁白头真可怜，伊昔红颜美少年。
公子王孙芳树下，清歌妙舞落花前。
光禄池台文锦绣，将军楼阁画神仙。
一朝卧病无相识，三春行乐在谁边。
宛转蛾眉能几时，须臾鹤发乱如丝。
但看古来歌舞地，惟有黄昏鸟雀悲。

年轻的洛阳女儿面对漫天飞舞的落花生出无限感慨，由大自然的变化而联想到美的短暂和人的生命的有限。风华年月，宛转蛾眉，但青春娇颜又能保持几时？须臾之间，已是鹤发蓬乱、雪白如丝。你看那个白发苍苍的垂老之人，当年亦是风流倜傥的红颜美少年，吟赏行乐、轻歌曼舞于芳树之下、落花之前。天地之间最无情的无非时间，“年年岁岁花相似，岁岁年年人不同”，一切都如同过眼云烟，会迅速消失。往日繁华热闹的“歌舞地”，最后也只有黄昏的鸟雀在空自悲啼。末句的最后一个“悲”字，是此诗的基调。全诗的千钧重量无限感慨，全落在最后一个“悲”字上。

说起来，中国文化真是充满了时间的紧迫性和焦虑感。《论语》中，子在川上曰：“逝者如斯夫！”张九龄《照镜见白发》：“宿昔青云志，蹉跎白发年。谁知明镜里，形影自相怜。”王维《叹白发》：“宿昔朱颜成暮齿，须臾白发变垂髫。一生几许伤心事，不向空门何处销。”岳飞《满江红》：“三十功名尘与土，八千里路云和月。莫等闲，白了少年头，空悲切！”范仲淹《渔家傲》：“羌管悠悠霜满地，人不寐，将军白发征夫泪。”辛弃疾《破阵子》：“了却君王天下事，赢得身前身后名，可怜白发生！”……那么多的白发之恨，白发之叹，壮志难酬，宏图未展，惆怅失落。多少未竟之事，还在心中驰骋纵横，只可惜一梦醒来，已是白发苍苍之人！

关于白发，我读过的古诗词之中，最虎虎生风不颓废的，唯有李白。李白的《将近酒》：“君不见，高堂明镜悲白发，朝如青丝暮成雪。……五花马，千金裘，呼儿将出换美酒，与尔同销万古愁。”还有《秋浦歌》：“白发三千丈，缘愁似个长。不知明镜里，何处得秋霜？”诗中表现的情感固然亦有忧伤，但并不颓废。如果以为“白发三千丈”“同销万古愁”仅仅是由于说愁之多、愁之长，也还是停留在字面之上，更深入的理解，是这诗歌形象的充沛饱满，这才是盛唐气象真正的造诣。盛唐气象是饱满的、蓬勃的，可以夸大到“白发三千丈”时不觉得夸大，细小到“一片冰心在玉壶”时不觉得细小。如此千愁万绪，而仍然开朗明快，澎湃着一种狂放的力量感，颇有点“让暴风雨来得更猛烈些吧”的意思。这就是李白，李白的不同凡响，说到底还是因为有傲气和梦想在撑腰，他的浪漫主义来自他的英雄主义，他的英雄主义来自他的理想主义。他比凡人有更多的希望，他比凡人有更多的幻想。鬓间新长的一丛白发，抹不平的眼角纹路，世事沉浮、获罪流放的颓靡，都无法摧残他的“少年壮志当凌云”。李白即使一头白发，骨子里仍是永远的少年郎。

而现实中我们大多数人，发现鬓间新生一茎白发，就暗自惊心了，一点点压力就早生华发，如果是高度紧张状态，可能就一夜白头。在熬到白发苍苍之前，早就被生活捶打得千疮百孔，如一头垂头丧气的受捶的牛。记得诗人杜牧有诗句云：“公道世间唯白发，贵人头上不曾饶。”看似滑稽，却很严肃。白发是天让生的，是时间馈赠的，白发一视同仁，从不会饶过任何一个人。我们从孩童开始成长，经历生命的一切阶段，直至成为白发老人，直至死亡，在时间的流经中，我们同样经历这个世界的一切苦难。白发，就是我们与世界交手、与时间角力的见证。从白发初生，到白发丛生，无论各自人生历程如何千差万别，最后我们都会抵达同样的终点，就如余光中诗中所写的：“掉头一去是风吹黑发，回首再来已雪满白头。”

我发现在中国，一切都是以结果为定论的，并不太注重过程的质量。什么事情只要能够熬到白头就算成功了，就你我无别了，这叫“落了片茫茫大地真干净”。很多中国式婚姻，都是磕磕碰碰，一忍再忍，百忍成钢，忍出一个“白头偕老”。就是打成“血瓢”的夫妻也要手拉手一块长白头发，因为在中国人眼里，再悲惨的婚姻也比离婚强，这叫好死不如赖活着。至于历史兴亡、是非成败，在我们文化的评判里，常常如《三国演义》开篇那首词的论调：“滚滚长江东逝水，浪花淘尽英雄。是非成败转头空。青山依旧在，几度夕阳红。白发渔樵江渚上，惯看秋月春风。一壶浊酒喜相逢。古今多少事，都付笑谈中。”词中所抒发的是一种兴亡荣辱、王图霸业、英雄豪杰终归于空的感慨。何谓“白发渔樵江渚上，惯看秋月春风”呢？我看就是人们度过了沉浮跌宕的一生，发现平生所见皆是虚诞。一个“惯”字让人感到多少莫名的孤独与苍凉。白发渔樵，坐在历史长河边的沙滩上，看历史长河滚滚东流，此刻时间凝固了，他们以旁观者的心境，看季节的变化，看时代的更迭，尽管历代兴亡盛衰、循环往复，但青山和夕阳都不会随之改变。“青山依旧在，几度夕阳红”，永恒映衬着短暂，稳固反讽着脆弱，辽阔嘲笑着渺小，于是，“龙争虎斗漫劬劳，落得一场谈笑”。中国几千年改朝换代的历史，一场又一场连绵不断、周而复始的浩劫，不能不在人们心灵上投下浓重的阴影。对历史兴衰和人世无常的感慨喟叹，是中国民族文化最具特殊性的一点，是由文化积淀自然汇成的一条滔滔不绝的感情的河道。但是，我的疑问是：白发渔樵，就可以剩者为王？蹚过浩劫的凡人老者，就有资格审判这一切了吗？

我那么想挣脱中国民族文化中的这种老态暮气，这种“白头翁”般的沧桑感和无力感。在“无边落木萧萧下”的中国白发文学和白发视角中，我还是更向往水的力量和生命，它们奔流到海，泥沙俱下，历经沧桑，仍然没有一丝倦怠和疲惫，看不到些许的伤痕，更没有皱纹和白发，永远年轻地喧嚣着，如同新生的那一刹那。世人哪一个不是在不停地与时间的毒手进行困兽饶斗，有些倒在了时间的魔爪之下，有些还在与之不停地缠斗。还是让少年一般的水抚过我们的身体与灵魂吧！纵使时光垂垂老矣。

中国诗词的“半”之妙

在唐代有一位叫任蕃（也叫任翻）的诗人，其诗作中，写得最好的就是《宿巾子山禅寺》，那是他游浙江天台巾子峰时的得意之作。其写道：“绝顶新秋生夜凉，鹤翻松露滴衣裳。前峰月照一江水，僧在翠微开竹房。”写成后任蕃非常自得，即题诗于壁。次日南游，已离天台巾子峰一百余里时，突然醒觉昨夜之诗“月照一江水”的“一”字，实在与景不符，因为江边有高峰耸立，月色只能照到半江水而不是一江水，应用“半”字，方显出半是清辉，半是幽暗，明暗相映的变幻美景。他毅然返回改诗，待他返回时，却发现，已经被人改成“半”字了。任蕃大呼：“台州有人!”此后无人再敢于天台山题诗。只有一佚名后人，在任蕃题诗外又题了两句诗：“任蕃题后无人继，寂寞空山二百年。”

“前峰月照一江水”的确远不及“前峰月照半江水”，“半”之妙，在于巍峨挺拔的巾子峰揽去了半江的月光，使得江面上明暗虚实，相映成趣。当此新秋夜生凉之时，独自伫立峰顶望之，明暗相映的江水与月色的“天作之合”，乃大自然的鬼斧神工。半是清辉、半是幽暗的水月之境，不正是任蕃的现实人生吗?

在诗词创作中，一个字用好了，真的能具有千钧之力。今天在陕西图书馆“中华诗词长安大讲堂”，听到了中华诗词学会副会长林峰先生讲到这个“半”字之妙的诗话。不由得想到明人梅鼎祚有《半景》诗云：“半水半烟着柳，半风半雨催花。半没半浮渔艇，半藏半见人家。”全诗接连使用八个“半”字，描绘出烟雨朦胧的江畔景色，惝恍迷离，风韵别具。我发现古诗词中使用“半”字的句子真的不少：“一道残阳铺水中，半江瑟瑟半江红。”“弱柳千条杏一枝，半含春雨半垂丝。”“峨眉山月半轮秋，影入平羌江水流。”“江花何处最断肠，半在江流半在空。”“汉家萧鼓空流水，魏国山河半夕阳。”“半壕春水一城花，烟雨暗千家。”“问花花不语，为谁落，为谁开。算春色三分，半随流水，半入尘埃。”

我还想起了关汉卿创作的组曲《一半儿·题情》：“骂你个俏冤家，一半儿难当一半儿耍。”“虽是我话儿嗔，一半儿推辞一半儿肯。”男女风情，妙在一半儿一半儿的。躲避着又挑逗着，拒绝着又应允着，相反的态度搭配出了风情的效果，如此方是极尽缠绵、极尽曲折。琢磨透了，哪里还有俏冤家？想明白了，如何还会芳心乱？“半”之妙，在于一切皆在若有若无、欲隐还现中。酒饮半醺，花赏半开，最是耐人寻味。由此推论，美人要半遮面，诗歌要托物言志，中国水墨画不要撑得满满当当，而是要画一半留一半，亭台楼阁、层峦叠嶂之外，用烟水点染，一半人间胜景，一半还之天地。

半冷半暖，半悲半喜，半明半暗，半隐半显。一半在尘土里安详，一半在风里飞扬，一半洒落阴凉，一半沐浴阳光。一半在这头，一半在那头。一半在外界，一半在内心。生命如一次伟大的失眠，我们做过的、想过的一切，都处在半梦半醒的状态。

别解唐诗中的“烟柳”

有很多中国词汇颇堪玩味，比如这个词——“烟柳”。

为什么要用一个“烟”字，来形容柳树呢？“烟柳”，到底指的是柳树在早春时节叶芽黄嫩，春雨中，暖阳下，看上去一片烟雾朦胧；还是指当柳叶长得青翠茂盛之时，成片望去仿佛浓烟一片；也有人认为是指柳絮飘飞，炊烟的颜色和膨胀感与柳絮极像，柳如烟其实就是柳絮乱飞的时候造成的尘粒效果。

有很多古诗词把杨柳写作烟柳、一树烟、烟穗，等等，美在哪里呢？一个解释是说：烟，有袅袅升起的姿态和淡淡朦胧的颜色，人们认为细柳低垂、轻烟半映是极美的。初春柳树刚抽芽的时候，找一片柳树，从远处望去，你很轻易就能体会到那种如烟的感觉。堤岸之上，垂柳成行，晴光照耀，蓊蓊郁郁，袅袅婷婷，远远望去，恰似一缕缕淡淡烟霏在飘舞，如果再下着小雨，就相当于图像处理中的高斯模糊，更加突出了这种蒙蒙的烟雾感。难怪前人多以“翠柳如烟”“杨柳含烟”“含烟惹雾”等来形容柳之轻盈和春之柔美。

我觉得，在那么多的人间草木中，杨柳之所以常与“一树烟”联系，主要有以下原因：

首先，柳树生长在水边，往往成片生长，茂盛浓密，远远看上去，水汽氤氲间如一片云雾。柳如烟大多指江南美景，江南多水，春天气温升高，水汽蒸发，会增加这种视觉效果。有一个词汇叫“春烟”，春烟是指春天水泽、草木间蒸发形成的烟雾般的水汽。而“春烟”一词与杨柳常常联系在一起。例如，清代诗人高鼎《村居》中“草长莺飞二月天，拂堤杨柳醉春烟”，杨柳披着长长的绿枝条，随风摆动，好像在轻轻地抚摸着堤岸，在水泽和草木间蒸发的水汽，如同烟雾般凝集着，杨柳就沉醉在这烟雾般的水汽之中。

其次，初春柳树颜色浅淡、轻柔，呈现一种烟雾般的飘忽感。早春柳之所以颜色浅淡，在于叶子很小很小。春天柳树刚抽出新绿，你若是近看，只能看到一粒一粒的鹅黄嫩芽，但若是远看，就能体会到“烟柳”的朦胧之感。有一个中国传统色叫“柳黄”，指早春柳色。在以前，我理解柳黄是有点难度的。因为南方的柳树在春天发芽，呈现出的是嫩绿色或新绿色，直到我北上求学之后，看到早春水边的柳树，刚好冒出黄色的嫩芽，才突然明白了，这就是所谓的柳黄。柳叶稍微长出，尚还嫩黄未绿之时，成片望去所呈现的状态，仿佛轻烟笼罩树冠。雨天，浅淡的柳色与淅沥的雨雾融为一体，蒙着一层水汽；晴天，浅淡的柳色在阳光照耀下，也呈现出一种迷迷蒙蒙的质感，袅起些淡淡薄雾，古人称之为“晴烟”。

最后，也可以这么理解，古诗一般营造的是意境。柳如烟，只是一种比喻，是一种神韵之虚写，是对审美对象的远观。柳和烟都给人一种轻盈的感觉，本体和喻体在某点相似就行了。诗无达诂，意会即可。不能太认死理了，过度抠字眼，反而味儿全坏掉了。

我不喜欢将“烟柳”解为柳絮，在我心目中，烟柳不是衰柳、残柳、败柳，而是新柳、早柳、淡黄柳。一抹怯生生的柳黄，沐浴着初春温柔的阳光，晴烟漠漠，杨柳依依，可只三五天工夫，润泽柳树的那一层玉烟水汽就消失了，柳叶一天天变得金黄，变成浅绿，又变成深绿色了。当那一团鹅黄的嫩色转换为绿色，和漫空的绿云融为一体，此时的柳色，无法再焕发出欲滴欲流的水嫩、如烟如雾的朦胧。

想起韩愈的那首《早春呈水部张十八员外》：“天街小雨润如酥，草色遥看近却无。最是一年春好处，绝胜烟柳满皇都。”写这首诗时韩愈已经56岁，在古代是老人的年纪了。经历了早年的三试不第、荐举不得，中年时相依为命的侄儿过世，老年时贬官途中小女儿病亡，韩愈回到长安，这是他坎坷一生中一段相对安逸的时光。他写诗劝自己的朋友一起去踏青，看江头草色，赏长安烟柳。写下这首小诗的第二年，昌黎先生韩愈便过世了。这首诗的最后两句，通常解释为：一年之中最美的就是这早春的景色，远胜过绿柳满城的春末。烟柳之色，被解作暮春之色，浓得化不开，太过繁冗，让人压抑，远不如早春朝气蓬勃的嫩绿草色。但是，诗无达诂，烟柳在这里为何只能是贬义，为何不能解作烟柳同样也是早春之景？最是一年春好处，有三样绝胜之景物：润如酥的春雨，遥看近却无的小草，还有青青一树烟的春柳。老年的韩愈，在早春的三种绝胜之景中，追忆少年春心。浮沉半生，踏雪千程，在生命的最后阶段，他用万种柔情，书写这春雨如酥，草色若无，杨柳如烟，以衰老呼唤稚嫩，以垂暮连接新生，为什么不可以？

关于“肉夹馍”名字由来的新解

不久前，曾请到陕西著名饮食文化学者宿育海老先生莅临西安交大“学而讲坛”。在讲座中，谈到名震海内外的“中国汉堡”、西安三大名小吃之一的肉夹馍，宿育海老师说，肉夹馍这个名字的由来始终存有问题，人们常常会疑惑，这种食品的做法是“馍”的中间“夹”着“肉”，明明是“馍夹肉”，为什么非要说成“肉夹馍”呢？说法很多很多，听说《西安晚报》《陕西日报》在三四十年前还在报上展开过讨论，但讨论来讨论去，也没讨论出个名堂。

对肉夹馍的名字之谜，宿老师总结目前已有的研究，说大致分为以下几种观点：一种是“肉夹馍”则是“肉夹于馍”省略介词的结果，老百姓无须文绉绉地讲“之乎者也”，加上陕西人性急直爽，省去“于”字，叫起来便当些；一种是与陕西当地方言有关，因为“馍夹肉”听起来像“没夹肉”，为避免歧义遂改称肉夹馍；还有人说是省略了“把”字，应该是“把肉夹馍里”；也有人说这是省略了“被”字的被动句，应该是“肉被馍夹”。

我听完讲座后一直琢磨这个问题，查阅资料后还发现了一种说法：有学者认为，以往对于肉夹馍名称的分析，错误地判断了该短语的结构层次。肉夹馍不是一个“主谓结构”短语，而是一个“偏正结构”的短语，“肉夹馍”并非一个名 + 动 + 名（N+V+N）结构，而是以“肉”修饰“夹馍”的一个偏正结构，而“夹馍”则有从短语凝固为名词的倾向。

我觉得这种种说法各有各的牵强，都很难完全说服人。

倒是宿育海老师讲的一个肉夹馍的传说，引发了我的深思。肉夹馍的来历说法不多，来历传说只有一个：说是蓝田一老人去世，由于生前很爱吃肉，其子很孝，就买了许多肉煮熟放进一个大盆中，然后放进父亲的棺材内，棺材在家里放了七天准备下葬时，棺材里的人却活了，在棺材里大喊大叫，还喊着要吃肉。人们将棺材打开后，一股肉香味儿扑鼻而来。人们尝那盆中之肉，确实香气袭人，众人争先品尝，那肉一会儿就被人吃完了。这家人见亲人死而复生，料定与这肉味有关，于是又买了许多生肉，用盆中剩下的肉汤再次煮熟，其味更香。人们不但吃肉，还把肉夹在馒头中吃，后来又夹在饼中吃，于是便有了流传至今的肉夹馍。（以上引自宿育海老师《陕人陕菜》一书中《西安的肉夹馍及其文化》一文。）

我觉得肉夹馍名字的全部秘密，就在这个迄今唯一的来历传说中。我们不能光从语法结构、方言发音这些表层来理解肉夹馍的名字之谜，只有深入到文化底蕴之处才能真切理解。

这是一个关于死亡与祭祀的传说。这个故事中，一开始根本没有“馍”（无论是馒头还是饼）什么事，一直在反复描述、分析、解释的只有“肉”。这“肉”不是普通的肉，这是祭肉。为什么要放在一个大盆中？因为祭祀结束之后，祭祀用的酒肉瓜果，由人们分而食之，因此，我们将过节吃肉食称为打牙祭。在古代，天子和诸侯在祭礼之后，一般会将祭肉分赐朝廷重臣。因有很多人来参与祭祀，吃肉的人很多，所以要用大盆（古代是大鼎）盛装。为什么古代祭祀时要使用肉类？在原始采集和狩猎时代，肉食是人们拼着性命猎来的。当原始农业和畜牧业发展起来后，肉食仍极为宝贵。孟子构想的理想生活，就以 70 岁能吃上肉为重要标准，弟子拜师的礼物也不过是两束肉干，可见肉食的难得。正因为如此，肉食成为献给神灵的主要祭品。这些肉类主要来源于马、牛、羊、鸡、犬、豕等牲畜，后世称“六畜”，这些被用于祭祀的牲畜叫“牺牲”。其中最常用的是牛、羊、豕三牲。

肉夹馍之所以“肉”字放在前面，显然是要起到强调的作用，但我认为最初不是为了引人垂涎，而是代表了一种对祭肉的观念：敬畏珍重。并不是通常说的，为了突出肉的味香色浓，故把“肉”放在了前边，把“馍”放在了后边，久而久之相沿成习，而是这道小吃最初就是脤膰祭祀之后的分食，由国君或族长将祭肉分切下去之后，每人只得到一小块。肉因敬祭过祖先，具有神圣意义，得到神灵祝福，所以人们万分珍惜，以面饼配食之。在这里，何者为主，何者为次，是很清楚的。肉才是第一位，馍不过是烘托，所以，当然是叫“肉夹馍”，这就是等级，这就是秩序，这就是礼制。“馍”永远不可能僭越“肉”。就如与王羲之并称“二王”的王献之，书法成就再大，也得排名在其父之下。

对脤膰祭肉的享食是肉夹馍之核心。西安是周秦汉唐故地、十三朝定都的文化厚土。一代又一代的国君，各种烦琐的宫廷礼仪，朝祭、夕祭、日祭、月祭、神祭，在重大祭祀活动结束后，国君向大臣赏赐脤膰礼。民间也有各种消灾纳福的祭祀仪式 / 活动，上供后撤下来的供品叫“神余”。祭祀结束之后，为使尽可能多的人分享到胙肉，就要将大块肉分切成小块，人们以面饼配食之。因为祭肉经过了祖先神灵的歆享，便有了神圣的意味。分享祭肉，便是分享祖先神灵的赐福，当然具有超乎一般的意义。如今，清明祭祖仪式中，仍有在祭祀结束后分享祭过的贡品的仪式，或许就是分享祭肉之礼的遗风。所以说，得到神灵的庇护、祖先的保佑是肉夹馍的文化传统所在。食用肉夹馍的文化传统背后是来自精神信仰的支配力量。食用肉夹馍在人类学意义上就是吃圣餐。

有西安的朋友给我上过一课：馍要九成面粉加一成发酵的面粉，烤成“铁圈虎背菊花心”状，黑黄白参差斑斓，才酥，才脆，才香，才嫩，才配得上腊汁肉；吃肉夹馍须得横持，才能吃出连脆带酥的鲜味，不辜负好馍好肉汁。我觉得，这也符合享食脤膰祭肉的仪轨。因为祭肉是红肉，在古代，不同级别的祭祀所用牺牲是不一样的：天子祭祀社稷时牛、羊、豕三牲全备称为太牢，诸侯祭祀只有羊、豕，没有牛，称少牢。既然祭肉是红肉，配上烤成“铁圈虎背菊花心”状、黑黄白参差斑斓的面饼，最能突出中间夹的这一汤水淋漓的厚墩红肉。西安腊汁肉的腊汁是由三十多种调料精心配制而成，使用陈年老汤，因此所制的腊汁肉与众不同，色泽特别红润，是不折不扣的红肉，力求彰显红色。正宗的横持而食的吃法，讲究从两侧咬起，其实是惋惜喷香浓郁的肉汁，务求不浪费点滴。横持而食，可使腊汁肉肉汁充分浸入馍中，不致流出；如果直接从馍中心咬起，肉会从两侧挤出，这肉可是源于祀神祭祖，实在是大不敬。

今天与宿育海老师相聚于尚寨嫽扎咧面馆，这家店牌匾是陈忠实写的“嫽扎咧”，旁边是高建群题写的对联“一个蒸馍一碗面一方传承出蓝田，原上厨子原先味原来粮食自尚寨”。在我们埋首于巨大老碗吃燃面时，谈到了肉夹馍名字的各种说法，当时我说出“祭肉说”这个不太成熟的个人观点。宿老师鼓励我以文记之，于是就这么写出来了！

肉夹馍千百年一直占据着中国西北名吃的前排位置，身在陕西不尝一尝，实为一憾！吃的时候，一口咬下去，面香与肉香互为烘托，交融在一馍，气味芬芳，肉质软糯，只要尝过便难以忘记。大口食之，真为人生一小欢愉。如果你再深入思考一下，“肉夹馍”的名字由来，初作者是专门为了突出“肉”于前的，其背后可能有一个与脤膰祭肉相关的、“以肉传史”的文化人类学体系，每吃一口都是在消灾纳福，带来好运，你会不会觉得滋味更浓郁醇香了呢？

现代汉语的语感

有一个听起来很玄的词，叫作“语感”。到底什么是语感？你可以笼统地说，是一种比较直接、迅速地感悟语言文字的能力，但具体表现又是什么呢？为什么有些人语感能力好，有些人语感能力差？语感真的存在吗？如果存在又该如何培养这种感觉？

我们通常所说的语感，我认为实际上指的是隐性的语言知识，也即语言中更精微深厚的内在部分。语感是一种经验色彩很浓的能力，包含着理解能力、判断能力、联想能力等诸多因素。一个人如果对某种语言有语感，他就能快速、敏锐地抓住语言文字所表达的真实有效之信息，感知语义，体味感情，领会意境，而且还能捕捉到言外之意、弦外之音。而语感能力差的，接触语言文字时，在运用惯常的分析理解手段之前，仅能领略其所承载内涵的一鳞半爪，甚或曲解其意，难得言辞之要领。

这里我以张爱玲为例，说一说现代汉语的语感。首先来读一段张爱玲的文字：

> 众人低声说笑着，榴喜打起帘子，报道：“二奶奶来了。”兰仙云泽起身让座，那曹七巧且不坐下，一只手撑着门，一只手撑住腰，窄窄的袖口里垂下一条雪青洋绉小帕，身上穿着银红衫子，葱白线镶滚……三角眼，小山眉，四下里一看，笑道：“人都齐了，今儿想必我又晚了！怎怪我不迟到——摸着黑梳的头！

谁教我的窗子冲着后院子呢？单单就派了那么间房给我，横竖我们那位眼看是活不长的，我们净等着做孤儿寡妇了——不欺负我们，欺负谁？”

是不是立刻就能读出一种《红楼梦》的韵味？张爱玲的语言风格如此独特，可以说她不和任何其他现代作家相似，倒是比较接近《红楼梦》。事实上，张爱玲是有意和新文学拉开距离的，她对欧化的语言和教化的内容不感兴趣，宁可向以《红楼梦》为代表的明清小说回溯，向市井色彩和通俗化靠拢。张爱玲的作品语言以及由此生成的文体风格，介乎新旧雅俗之间，既有“古典小说的根底”，又有“市井小说的色彩”。所谓“古典小说的根底”，在相当大程度上表现为浓郁的“《红楼梦》风”。除了《红楼梦》，张爱玲对《金瓶梅》《海上花列传》等旧小说都有浓厚的兴趣，也在作品中或多或少留下了它们的印迹。当然，如果只是将旧小说模仿得惟妙惟肖，也还是没有出路的。张爱玲最基本也最足以构成特色的，还在于在她笔下旧小说情调与现代趣味的统一。

1939 年 8 月，张爱玲因战乱持伦敦大学成绩单入读香港大学，为了全力学习英文，一度有三年不曾用中文写东西。1941 年底，珍珠港事件爆发，香港沦陷，港大也因此停课。1942 年 5 月张爱玲离港回到上海。在香港沦陷后感受到的“战争的残酷和人类无谓的执着”，对张爱玲有着“切身的、剧烈的影响”，她回到上海后“脱胎换骨”，从此开始她的文学创作。张爱玲作为职业作家的写作正是从英文起步的，比如《更衣记》《洋人看京戏及其他》等散文名篇都是用英文写就，后又译为中文；而且她的英文文章在英文刊物《二十世纪》上发表后也得到了极高的评价。既然英文水准已经到烂熟地步，英文的文法及表达方式当然不会在中文写作里全然消失。当然，张爱玲英文写作训练的痕迹及西化的文字感觉，可能在她的散文作品中表现得更突出一些。比如这一篇名为《我的天才梦》的散文：

生活的艺术，有一部分我不是不能领略。我懂得怎么看《七月巧云》，听苏格兰兵吹 bagpibe（注：苏格兰风笛），享受微风中的藤椅，吃盐水花生，欣赏雨夜的霓虹灯，从双层公共汽车上伸出手摘树巅的绿叶。在没有人与人交接的场合，我充满了生命的欢悦。可是我一天不能克服这种咬啮性的小烦恼，生命是一袭华美的袍，爬满了蚤子。

1940 年，张爱玲以散文《我的天才梦》参加《西风》三周年纪念征文，获第十三名荣誉奖，并获学校两项奖学金。当时的张爱玲尚为香港大学一年级的学生。这篇一千三百字的散文，被张爱玲视作自己文学生涯中的处女作。此文虽尚不及张后来的作品来得老辣，但用语之精警，初现端倪，如末一句“生命是一袭华美的袍，爬满了蚤子”，已成人所共知的名言。我觉得当时张爱玲的汉语造诣已是极为成熟的，并且清楚展现了独特的文字和语言风格。细细品读，中文流丽至极，绝无翻译腔，但文章的情调以及结构章法，依稀带有英国小品的风致。

事实上，张爱玲正是对中国旧小说和西方现代小说的不同情调进行了调和，在似乎相反相克的艺术元素的化合中，找到了自己的那一种独特的调子。语调、语气、语感，一旦成熟了，捕捉到了，作家的语言风格也就有了，也就有了人物，有了小说。能在小说里贯穿一种特有的语气或者语感，那一定是一个找到了自己风格的作家。记得我当初第一次读张爱玲小说和散文，那种激动得说不出话的感觉！那种被裹挟其中浮沉奔流却找不到出口的感觉！在那种不由自主的跌宕起伏中，你甚至会迁怒于张爱玲——她表达得那么好，简直过分！我从未读过如此色彩鲜明、光彩夺目、轻盈灵动、情感饱和度很高的文字，许多地方的用词奇险、意外但又合情合理，用这样的语言写作，无疑需要底气，需要才华。张爱玲的文字风格那么强烈，辨别度那么高，随便读到一个句子，你就可以一眼就能辨认出来，因为那种独特的张氏语感与个人气息，就像一截毛发足以鉴定一个人的基因。

我钦佩张爱玲对事物的逼视与穿透力，纤细入微的感官体验，自如与滑翔之美，然后是精致和深邃。不期而至的绝妙句子，恰如其分的断裂和模糊，水银一样的语感、节奏、形状，随心所欲的急停、陡转……她对每句话的使命都非常敏感。她总能让一句话把该负担的含义全部担起来，即使偶有闪失，后面的句子也总能及时补上。我有时觉得语感是一种作家寄寓其中的呼吸、一种声音、一种节奏、一种连绵不绝的起伏，就像呼吸的长短，或歌唱时的吐息。每个人都有自己的腔调，世间本有着千腔千调。某种意义上说，当我们阅读，我们是在“听”著者留下的声音。但此时，蕴含于文字的已不尽是字面意义上的声音，它同时容纳着著者的思索、情感、记忆和想象，形成了一种内化的韵律。

语感从科学的角度讲，就是掌握了某种语言的“深度模式”。在一种语言中浸润得深入长久，才有资格进入它的内部，感知它的种种微妙和玄奥、温度与韵味。像张爱玲这样投入中西语言河流中畅游和泅渡的人，经年累月下的语言经验往往比常人更加契合模式。虽然中西文化背景不同、语感不同，但进入两种语言的“深度模式”的人，自然能找到那种将之糅合的方式。

现代汉语的语感，缩结着中西文化的不同曲调。真正优秀的现当代作家和诗人，都善于用文字来作曲。他们会控制语句的长短，安排恰到好处的停顿，选择读音最谐律的词汇，由此呈现出一种有意义且动听的文字。语感是在长期的语言实践中形成的对语言文字敏锐、丰富的感受领悟能力，极少有可以概括成条文的规律。洞察和把握一种语言的奥秘，没有什么咒语，时间是最重要的条件。与某种语言耳鬓厮磨、朝夕熏陶，浸润既深，到了一定的时候，语言中的神秘和魅惑，便次第显影。有如窖藏老酒，被时光层层堆叠，然后逐渐老熟，终成了味醇、温厚、回甘的好酒。

现代诗歌的节奏

好的文字，其中必然有色彩的流动、触感的质地和节奏的召唤，是眼耳鼻舌身意的丝丝撩动。什么叫好的语感？我觉得其中起码包括节奏感。在现代语言的意义上，是长句与短句、口语和书面语交错使用的节奏感，节奏拿捏得当，张弛有度，起伏跌宕。

古典诗歌的节奏，依据语音学的完备严密的逻辑，构成了更加科学的一套节奏模式。古典诗歌的节奏单位是"音步"，等于乐曲中的"乐节"。古诗对每个"音步"内的每个字，都有一定的发音要求，即平仄声的安排。几个音步构成诗行，紧邻的诗行之间形成鲜明的对称和对比，这和音乐上的对位法极其相似。古典诗词在形成这一套模式以后，沿用了一千多年，历久不衰。

汉语新诗从二十世纪初诞生，至今还在探索前行的路上，起码还没有从语音方面形成自己新的节奏体制。但现代自由诗在语言方面，也是有一定节奏感的。区别于古典诗词的"音步"这个包含着语音学因素的名词，新诗的基本节奏单位，也就是读诗时可以略为停顿一下的基本语言单位，比较流行的说法称之为"音顿"。由于顿数有规律地变动，读起来，仍然让人感到有鲜明的节奏，有回环往复的美感。因为自由诗的行数与顿数完全自由，简直是千人千面，毫无规律可循，所以目前汉语新诗并无严格的格律形式，也无法从形式上来加以分类，只能从情绪的节奏感上来略加分别。例如激烈、愤慨、轻快、急促的感情，与沉重、咏叹、庄严、淡远的感情，其句子内部的语音停顿节奏明显是不同的。

比如下面这首诗：

斯人　　昌耀

静极——谁的叹嘘？

密西西比河此刻风雨，在那边攀援而走。

地球这壁，一人无语独坐。

仅仅三行，节奏上长短句结合，急促和舒缓并行，写出了“此”（中国大西北）与“彼”（大洋彼岸）以及内心与世界交融的大宇宙，透析出坚忍沧桑、不畏孤寂的品行。如此磅礴笔力，李太白在世也不过打个平手，而那种俯仰天地的沉郁顿挫，又有屈子、老杜之风。这首诗朗读起来，不同节奏在诗中交错运用，句式有伸缩变化，全诗流动着一种时急时缓的韵律感，大开大合、大起大落。让人感受到诗人情感的兴发与起落，如此真实而饱满，富于速度和力度。全诗的语言配合着情绪的流动，在跳跃、奔腾、起承转合中构成了一种乐曲般的节奏美。

新诗作为“五四”诗体解放的产儿，乃是背叛传统汉语诗歌的“逆子”。“五四”先驱出于要改变几千年形成的根深蒂固的“诗国”面貌的良好愿望，对既有诗歌规范采用了“推倒”的简单化方式，在一片废墟上竖起新诗的猎猎旗帜。在格律方面，新诗将以前追求诗的外在韵律（音调节奏），变为追求诗的内在韵律（情绪节奏）。但是，区分诗与其他体裁的一个主要标准，就是诗具有鲜明的节奏感。真正的好诗不能徒有诗形，止步于韵律的人，很难写出好诗。当年胡适提出的关于新诗体节的“自然节奏”“自然和谐”，也因过于宽泛而难以把握。从当时直到今天，汉语新诗坛仍处于茫然无序之中。

不过，只要有语言存在的地方，就会有相应节奏的存在。古代汉语有节奏，现代汉语也会有节奏。宇宙万物都在不断地运动、变化，运动的形式，都是有节奏的。大至昼夜的递变、海潮的涨落、月亮的盈虚、寒暑的交替，小至人体的脉搏、呼吸、劳动与休息、生与死、静与动，甚至行路、吃饭时脚前后移动、手左右摇摆、嘴上下咀嚼，无不表现为有节奏的运动。汉语新诗虽然没有严格格律，但也不能说没有一定节奏。朗读不同现当代诗人的诗作，依然能感受到他们各自呼之欲出的口形、嗡嗡颤动的声带，就如听大自然中各种善于鸣叫的禽鸟，其鸣声的频率、旋律、节奏各不同。

我觉得理解一首诗，其本质意义首先是：听见它。文字通过我们的耳朵进入，出现在我们眼睛的前面，消失在沉思默想之中。读一首诗，就是用我们的眼睛去听；去听，就是用我们的耳朵去看。我们读一首诗或听一首诗的时候，我们难道不去闻一闻，尝一尝，或者摸一摸文字吗？所有这些感觉都是思维的形象。为了体验一首诗，我们必须理解它。为了理解它，我们必须听见它，看见它，思考它——把它转化为一个回声。一个个音节的震荡，向四周荡漾开来，回声袅袅不绝。朗诵一首诗，不仅有旋律、节奏、结构，而且有声音之高下、强弱、长短、清浊，这一切都是用来表达对诗歌之理解的。诗人的心态、情绪、意境，只有朗诵的时候最与之接近，最能体会。

我们得承认，相比于古代诗歌，确实有不少汉语新诗因为缺乏韵律美，只能凭借语言艺术的高度行走在诗集中间，缺乏音乐的滋润使它们无法在空气中畅游，无法让身体跳跃起来震颤大地。今天的很多新诗诗人已经找不到那种经验了，就是在写诗时，感觉自己是一件幸运或受难的乐器，诗找到自己，逼迫着诗人以各种和声、复调、合奏和变奏展现它。

什么是有质感的文字

互联网在贡献大量新词和新文本的同时，也导致了汉语在语体、风格、质感等方面的退化。这种退化的直接后果，就是拖垮了当代文学，把它变成当代文化体系中较虚弱的部分。

什么是有质感的文字？我觉得是层次感，精细与微妙。凡是耐得住咀嚼的东西，一定是层次分明且微妙的。质感，某种程度上来源于复杂。

比如，形容某支口红的颜色，极富品位的时尚名媛章小蕙，她的说法是："像法国文艺片女主角没化妆的唇上的自然暗红，或是刚接吻后的双唇颜色。"这种又有情景感又有使用感受的描述，最是动人。其丰富精微，对比时下人们现在形容唇色是"吃土色""斩男色""高潮红"，我发现这个世界真的从未停止下沉，正沉向越来越粗陋的状态。最有美感的唇色一定是有故事的，不一定是口红刚刚上嘴的样子，有的人习惯抿一抿，有的人喜欢用指腹晕染边缘使它服帖，而被爱吮吸过的嘴唇微微红疼，真是香艳美妙得让人浮想联翩。一支物质化的冷冰冰的口红，因章小蕙的描述而变得妩媚动人起来。有种扑面而来的罗曼蒂克，如熟透的玫瑰，有点褪色，又满不在乎，像个忽明忽暗的华丽旧梦，一如巴黎女郎的随性率真。

质感，是细看很有细节，有自己的特质，而不是流俗的千篇一律。质感，是真真切切地感受生活、感觉事物，如同人间第一次的诞生，而不是经由他人或习俗来提供间接生活经验。有时候，常见的事物，大概是因为太普通、太惯常了，很容易产生审美疲劳，如此一来，你便体会不到事物的质感，熟视无睹，麻木不仁。例如，二十四节气是古人参破万物的秘籍，但由于太过熟悉了，我们很少注意到节气的质感。像“清明”，气温转暖，万物清明，每个人都知道它，但却不是每个人都能体会到，这两个字自古以来，是怎样在一颗种子身上连接着天地。大地生气旺盛，天空湛蓝清新。清明的得名，不仅缘于万物此时的生长清洁明净，也缘于这一时期的太阳也是清新的太阳，流转于这一时期天地之间的阳气，也是清新的阳气。漫山遍野，千山万川，五颜六色的烂漫野花开得奔放，池塘边呱呱叫的青蛙活像蹦蹦跳跳的孩子，青翠的树林深处传来的是各种鸟的鸣叫。呼吸着雨后初晴的带有泥土气味的空气，一切都是那么清亮透明，你在清明雨中奔跑，在彩虹下呐喊，感受大自然洋溢天地的清气，才会真真切切感受到，古人以“清明”二字描绘这个时节的质感与力道。

这是一个讲求速度的年代，多少东西都是形式大于质感，用完即弃，快速消费，品质粗糙，经不起细细打量。在这浮躁功利里，人们都变得没有耐性，随意地应付各种关系，懒散地去爱，不考虑未来。质感来自在细微之处投入的时间和精力，看似没有实际价值的美好想象与有质感文字，在现实中正在衰落。

甲骨文迎向数字时代

2022 开年最“火”的文化 IP 之一，是古老的甲骨文。国家图书馆联合阅文集团推出“甲骨文推广公益项目”，以甲骨文呈现的新年关键字在社交平台刷屏传播，从甲骨文开始的文字长河展览在天津惊艳亮相，为甲骨文创作的 60 篇微小说集结上线，用甲骨文更新的网络文章节收获热评……

甲骨文是汉字的源头和中华优秀传统文化的根脉，是迄今为止中国发现的年代最早的成熟文字。说到甲骨文，不禁想起了一段辛酸往事，那是在中华文明面临灭亡的时刻，距离现在并不遥远——19 世纪晚期。当时的政局、当时的国土、当时的民心，就像盘子出现了一条条很大的裂缝，盘子里的文明之水眼看很快就要全部漏光。

就在这时，1899 年的秋天，在北京有一个人发现了甲骨文。这个人叫王懿荣，中国近代金石学家、鉴藏家和书法家，时任国子监祭酒，是当时国家最高学府的掌门人。他因通晓医术在鹤年堂抓药时，买到一种叫龙骨的药材，对其上面的图形文字进行研究，并通过山东古董商人范维卿大量收购。王懿荣是一位研究中国古代钟鼎文的金石学家，他意识到这些龟壳和动物骨头上的刻写，应该是非常遥远的古人占卜用的一种记录，他将甲骨文所处的朝代断为商代。王懿荣对甲骨文字的最初判断，被后来的研究所证实。这一发现轰动中外学术界，把汉字的历史推到公元前 1700 多年的殷商时代，王懿荣成为甲骨文研究的奠基人。但他还没来得及研究，命运就发生了巨大的转折。1900年，侍郎李端遇与王懿荣被任命为京师团练大臣，参与京城防守事宜。八国联军攻入北京，李鸿章与八国议和，皇帝与慈禧出逃。王懿荣作为一个负责防卫事务的长官，不愿意成为八国联军的俘虏，遂书绝命词，东直门被攻破失守后，他回到北京东城区锡拉胡同的自宅，服毒投井以殉国，终年55岁。相信在他去世前肯定有很多不舍，最放不下的也许就是他书房里的那一堆甲骨。甲骨文的突然发现，就是在这样风雨飘摇、血迹斑斑的时刻。王懿荣是发现、收集和研究甲骨文第一人，国际上把他发现“龙骨”刻辞的1899年作为甲骨文研究的起始年。这一重大发现，重新唤起了中国人关于自己民族的文化记忆。

似乎有一个神秘的声音在启示这块多灾多难的土地：你们不该这样灭亡，你们应该去听一听童年的声音。而那童年的歌声，正是来自甲骨文。甲骨文的发现，不仅标志着中国有了将近四千年有文字可考的历史，而且为研究殷商历史提供了极其宝贵的资料。甲骨文的发现，其后直接开启了对安阳殷墟的发掘，其重要性可以同古希腊的特洛伊遗址的发现相媲美，并形成了甲骨学和殷商考古这两门全新的学科。文化记忆的唤醒，往往由一种发现激活全盘。倏忽百年，回望历史，大浪淘沙，风雷激荡，家仇国难，炮火弦歌，其间回响着的嘶哑而悲壮的呐喊，叠印着的踉跄而执着的足迹……由甲骨文所开启的中华古代记忆的唤醒，如同一缕倔强的童年歌声，从惊心动魄的民族至暗时刻中升起，告诉我们这伟大文明命不该绝。

作为毕业于中文系、每天都要阅读和写字的人，我对这一个个鲜蹦活跳的汉字，有着一腔发自肺腑的深情。我觉得汉字是世界上最神奇的文字。

汉字是象形字，象形就是图画，每一个汉字都是一幅完整的画。例如，“间（閒）”字画出了一幅生活场景：两扇门的门缝中有一个月亮，表达的景象是夜晚，皎洁的月光从门缝中透入。“夺（奪）”字表示的是鸟展翅欲飞，“寸”就是右手，整体表示手里抓着的一只大鸟一下子飞走了，其蕴含的特征义是“失落，离开”。“吕”字取象于人体，画的是一节节脊椎骨相连的样子，其特征就是“相连”，先民从人体脊椎骨的形象联想到其他具有同类特征的事物：他们把一节节铺排下来的屋檐叫作“梠”，把成片的野生谷子叫作“稆”，把一户户人家构成的里巷叫作“闾”，把人跟人结伴叫作“侣”。通过一个个汉字，我们可以穿越到古人的生活情景中，看看他们是如何认识世界的。你有没有觉得汉字是有表情的？中国人从小在描红簿上学写字，就是在领会一种种人生境遇和情绪：如“笑”，就是笑脸；“哭”，就是哭脸；“死”字有一种雄赳赳的感觉，但绝不是慷慨前往的，那开步走的姿态很生硬、很憋屈，有一种瞻前顾后的矛盾感。汉字是一幅幅活生生的图画，在一种文字的原始形态中，世界的一切，包括它的滋味、色彩和特质，都已包含在其中。每一个汉字、每一个词语都是一幅画、一个故事。每个字和词的构造与变化，都体现着古人认识世界的思维印记，承载着先民独特的认知模式。

与其他文字比较，汉字的形态非常特别，由五类笔画构成。汉字由点线搭建，按天地中分东西平衡、阴阳相契、八方均衡的原理布局，是力学的祖宗，也是哲学的始祖，是世界上最神奇的文字。按力学原理，唯一只有汉字既可以躺下，又可以站起来。凡是汉字，有上面一横下面一横的，都告诉我们，上面那一横叫作顶天，下面这一横叫作立地。做人就要顶天立地，堂堂正正。

汉字有音乐性。汉字有平、上、去、入四声，四种声调，根据汉字的这四种声调，以及双声叠韵这些规律，可以在汉字的排列组合中追求音韵美，也即声韵调的配合。汉字的音乐性产生了中国人的读书方法——吟诵。吟诵是一种介于诵读与歌唱之间的汉语古典文学作品的口头表现艺术方式，既遵循语言的特点，又根据个人的理解，依循作品的平仄音韵，把诗中的喜怒哀乐，感情的起伏变化，通过自己抑扬顿挫的声调表现出来，突出其中的逻辑关系、思想情感，比普通朗诵要深入、充分得多，是一种细读的、创造性的、回味式的读书方法和表达方式，是文学、音乐、语言的综合体，是我们中华民族宝贵的非物质文化遗产。

每一个汉字不仅有独立的音、形、义，还有背后的“义”，具有独立的生命。如“武”就是“止戈”，即“阻止战争”。“命”就是“人一叩”，即趴在地上叩首于万物，懂得敬畏才是“命”。“尽”是一只手拿着刷子在刷洗器皿，表示饮食已尽，以此表示终尽之意。“福”在甲骨象形文中，是一个人抱着酒坛祭祀，酒是粮食之精华，古时最珍贵之物，要奉献出来，因此“奉献”才是“福”。“教”在甲骨文中，右边的“文”中原有一个“心”字，因此从本质上来说教育就是“以心灵感应心灵的过程”。人的心灵是一个极其宽广、复杂、多变的世界，教师面对着性格迥异、不断发展变化的学生们，他的教育应该是一个全面的、立体的、持续的过程，在这个过程当中最关键要走进每个学生的心灵。“好”在甲骨文中，是一个母亲抱着一个小孩，说明中国文化的价值观发端于亲情——这有别于西方源于上帝、提倡个人主义的价值观，后者是“霸道”文化，而中国文化崇尚“王道”，讲究天时地利人和。汉字的表意也是多义的，许多汉字在漫长的使用过程中，被赋予了好几层意思。例如在汉字里，神奇的“味”字，似乎永远都充满了无限的可能性。除了舌之所尝、鼻之所闻，在中国文化里，对于“味道”的感知和定义，既起自于饮食，又超越了饮食。

汉字具有整体性，因为中国思维方式是整体的，从一开始，中国人研究的就是整体的天地，研究的是连绵不断、其小无内、其大无外的道和气，所以中国人从来没有把事物拆开成部分来看待。人睁开眼睛，所看到的也是整体的人、动植物、山水、房子、车子等复杂多变的形象，而不是被分化的原子、分子。汉字虽然可以拆分为偏旁部首，但理解一个汉字必须整体理解。汉字是中国先民与外界交往的形象认识凝聚，既抽象又具体地完整体现了中国人对世界的认识。

记得美国麻省理工学院语言学荣誉教授、语言学家、哲学家诺姆·乔姆斯基（Noam Chomsky）提出过一个关于人类的语言起源的著名假说，他说："或许很久以前某些灵长类动物在到处闲逛，突然间，可能是受到某种奇异的宇宙辐射过后，产生了一些随机突变，它重组了灵长类的大脑，在里面植入了一个语言器官。"虽然这番描述过于文学化，但他仍坚持"和包括语言在内的其他跟演化有关的神话故事相比，这可能更接近于事实"。在中国文化中，从来都认为语言的起源不是微不足道的，而是来自天地的神性启示，人类自此觉醒。在距今约5000年的轩辕黄帝时代，文字开始出现。传说轩辕黄帝命令大臣仓颉造字，仓颉就发明创造了文字。传说中仓颉生有"双瞳四目"，他"观奎星圜曲之式，察鸟兽蹄爪之迹"，创造出了代表世间万物的各种符号。他给这些符号起了个名字，就叫作字。《淮南子·本经训》载："昔者仓颉作书而天雨粟，鬼夜哭。"仓颉造字，惊天地，泣鬼神。人发现了字，字泄露了天机。字把鬼神吓哭了，使天地为之一惊。我觉得无论如何神化都不为过，文字的创立是历史长河中的一件大事。至今汉字仍然是给出神性的，用一个神字旁（示），诸神在矣。汉字到今天有神字旁的字还有100多个，那就是一百多位活着的被日夜供奉在汉语中的神灵啊！

汉字为中华民族的繁衍和发展、为中华文明和中华文化的保存和传承做出了不朽的功绩。古汉字中包含着文化传承，从中可以看见古代人的基本观念、生活方式、劳作方式、社会心态，等等，其中还涉及自然界的许多知识。我们不能忘祖。14亿中国人住在不同的地方，但有一条线把他们凝聚起来，那就是汉字。

关于半个多世纪以来的汉字繁简之争，我的观点是，从整个文字的趋势来看，所有文字都是删繁就简，越来越简化，从历史、理论来看都是这样。现在有学者借传统文化复兴的热潮，呼吁恢复繁体字，那是逆历史潮流而动。联合国的原始文件里80%用英文，15%用法文，4%用西班牙文，剩下的1%里面有俄文、阿拉伯文、中文。1%都不到，怎么跟英文竞争呢？

所以还有简化的空间，想办法让世界都能接受，才能真正发挥作用。从汉字出海、走向全世界的角度而言，现代汉字简化得可能还不够。我想21世纪后期可能对汉字还要进行一次简化。全球化时代到来，需要有与过去不同的世界观。过去从中国看世界，现在要从世界看中国。这个视角一转换，一切事物都要重新认识。不能简单粗暴地认为简体字把中国文化彻底摧毁了，简体字和繁体字都类属中文，简体中文使用方便，这恰恰是一种进步。汉字简化是历史必然，汉字从金文、篆书一直延续到现在，简化是大势所趋。文字的变革和传承并没有冲突，不是所有人都能看懂甲骨文，才能拯救华夏文明，你看看欧美又有多少人能看懂古老的拉丁文？

对于当下网络语言乱花渐欲迷人眼、不断颠覆传统汉字的用法，不必那么恐慌，将其视作洪水猛兽，作为活化石的汉字，又不是今天才遭遇巨大挑战，而是汉字屹立到现在，已经历了历史上无数的淘汰与挑战。互联网在贡献大量新词和新文本的同时，的确导致了汉语在语体、风格、质感等方面的巨大变化，但也意味着汉语迎来了迭代更新、凤凰涅槃的大时代。当下社会热点五花八门、实时更新，我们如何做才能在快速进步、变化万般的时代里，始终保持汉字汉语的表现力和生命力？当然是与时俱进，与伟大的时代一起奔腾。

在2022年开年之际，国家图书馆联合阅文集团推出甲骨文推广公益项目，让古老的甲骨文和活力澎湃的网文组成CP，让蕴含祖先造字智慧的古老文字能以生动、有趣的方式走到大众中间，继往开来，生生不息，是一件好事。文字乃一种文明之载体，若文字消失，则此文明也便消散。古人视文字乃神物，对其十分尊崇，甚至认为文字中藏着天机、命运。在今天，最初由甲骨文记叙的中华文明，的确一脉相承走到了21世纪、走到了数字时代，语言的共同化、文体的口语化、汉字的简便化、注音的字母化、传播的数字化、术语的国际化，才是通向未来、走向世界的中国语言发展道路。

母语与父语

口语，日常口头交谈时使用的语言，属于或适于日常会话的通俗语言。书面语，人们在书写和阅读文章时候使用的语言。

在中国古代，口语与书面语之间的差异是非常明显的。即使先秦时期《诗经》中的“十五国风”浅白易懂，本身源自民间，大多猜测与当时的口语应该差距较小，但是，也不能说当时的口语就完全与书面形式相同，尤其是诗歌，毕竟有节律押韵的问题，当时的诸国百姓怎么可能一张嘴就出口成章、朗朗成韵？所以，《诗经》中的“十五国风”多半是黄河流域经过文人润色后的民歌谣曲，可以说是介乎口语与书面语之间的语言。

从西周初年分封诸侯到秦始皇统一六国，七八百年间各地语言文字出现了很大分化，唯有统一语言文字，才能有效管理如此庞大的国家。秦王朝作为中国古代第一个统一的封建王朝，嬴政不仅建立起强大的中央集权，而且统一了文字、度量衡，彻底结束了自东周以来各国纷争、分裂的局面。其中“书同文”的政策，正是针对当时各国的“言语异声”。也就是说，从秦开始，书面语就和六国的口语甚至和咸阳城以外地方的口语都脱节了。书面文字统一，使得以汉字为载体的中华文化的传播有了基本的条件，历代统治者都将“书同文”作为治理国家的重要措施，“正名”“制名”作为“书同文”的一部分，都是为了统一书面语。中国历史上经历过秦皇汉武、唐宗宋祖等统一时期，也经历过春秋战国、六朝、五代等分裂阶段，而始终保持国家之统一和文明之延续，与“书同文”的理念和举措有着重要关系。

古人十分明白，文字是人为制造的，自然也可以通过人为改变以达到统一；但口语是自然形成的，试图通过口耳相传的方式实现不同方言的统一，显然是不可能的。大一统国家要求的是“书同文”，也就是书面语的一致性，因为这有利于交流与统治，但从来没有要求过“语同音”，因为在古代这不可能做到，到了现代社会，普通话的普及率虽然超过 70% 了，但在农村和民族地区普通话普及率还是很低的。因为各地方言不一，也永远不会一致，因此汉语书面语与口语从来都不一致，也永远不可能一致。从古到今，对于我们这个民族来说，言白分离几乎是历史的必然。

汉字是象形文字，本身虽然不以音符为唯一造字手段，但是仍然采用了声符造字。汉字中有大量的形声字，本身就意味着造字阶段汉字与口语语音存在一致性。但汉字和拼音文字相比具有一个独特的优势，就是即便语音改变，也无须改变字形。汉字与口语有所关联却并不死板挂钩的造字方式，正是它超越单纯的象形文字和单纯的拼音文字的地方。语言文本的价值就在于更大的覆盖面、更稳定的信息体系。语言文字就像货币是商品价值的一般等价物一样，是信息的一般等价物。作为流转和传播工具，语言文字必须要准确稳定、覆盖面大。汉字正是适应了这一基本要求。因此，我们很容易解释这一现象：中国在这样山地比例很大的区域，却形成了统一的国度，欧洲在那样平原比例更高的区域，却四分五裂，冒出了无数种同源语言。拼音文字以音符为唯一造字手段，与语音高度挂钩，无法做到言白分离，因此在语言分歧破碎的基础上，分裂自然成了欧洲社会的历史常态。

我们中华民族既然以言白分离为代价，达成了源远流长的文化共同体、民族大一统，也就意味着，每个中国人其实有两套语言体系，一套是口语，以语音为载体的语言形式，一套是书面语，以文字为载体的语言形式。两套语言形式既有关联又彼此分离。从语言的起源和发展来看，口语是第一位的，书面语源于口语，是第二位的。从语法角度，口语比较简单、非正式，主要以短句子为主；而书面语比较严谨正式，句子结构比较复杂，句子偏长，复合句较多。口语是听的语言，书面语是看的语言。口语在生活的洪流中变化无常，有其特定语境和约定俗成的使用习惯，同时又随机组合，不断创化，原汁原味，野腔野调，我们都是在不知不觉中习得和运用。而书面语是口语的成熟阶段和经验总结，一种保留下来经过筛选、提炼和雕琢的表达，听懂、看懂书面语不容易，为了听懂、看懂书面语，我们必须要阅读、学习、接受社会教化。学会口语我们要出生一次，学会书面语我们必须再出生一次。前者是母语，后者是父语，母语让人拥有自然生命，父语让人拥有社会生命。

五四运动以来的新文化运动，就是用民间口语和外来翻译语将已陈词滥调的中国书面语进行再创新。“有甚么话，说什么话”，“话怎么说，就怎么说”，胡适身体力行尝试口语化的新诗写作，“变得很自由的新诗”，就是在提倡很自由地说真话，写口语。1920 年，胡适新诗集《尝试集》的初试啼声，在一片荒芜中树起了新诗的旗帜。

新诗作为“五四”诗体解放的产儿，乃是背叛传统汉语诗歌的“逆子”，“五四”先驱出于革故鼎新的良好愿望，采用了“推倒”的简单化的方式。除了格律，充满诗意的炼字、炼句、语境、意象等也被一起“推倒”了。几乎在一张白纸上诞生了新诗，一切都回到了小孩学步的幼稚状态。这种在“短时期内猝然实现”的新诗，使凝聚中国人几千年审美感知的诗性语言在一夜之间发生了变化。至今，中国新诗已走过了百年历程，但依然不是成熟的民族语言形式，大众还是喜欢唐诗宋词多于现代汉诗新诗，很多人觉得新诗单薄、松弛，缺乏质感，不复古诗的那种精致细腻。新诗拥有了生长于这个时代的口语的滋养，获得了母语的生命力，但是，还需要有文化意蕴的、值得长久琢磨的书面语的滋养，也就是父性的语言锻造。这个过程是艰难的，没有个一两百年估计完成不了。新诗依然还在路上。

21世纪互联网时代的“网言网语”也是如此，“网言网语”可以说是一种介乎口语与书面语之间的语言，兼有口语与书面语两类语言的特点。在即时反馈的社交媒体中，大家的网络发言多是围绕着一个话题，有一种特定的情境，彼此都明白的东西大可不必绕弯弯，于是“网言网语”有着简洁、明快的特点，词汇多通俗、时尚，句子多比较简短，而这也正是口语的风格。虽然网络语言是以书面形式表现出来的，但无论是从交际领域还是从语体风格来看，都更接近于口语语体而迥异于书面语体，我倾向于认为网络语言属于口语语体。在互联网生态中，“网言网语”是公共言论广场中公共议题的一部分，网友之间彼此只能看到文字，而非面对面地交流，如果真要有话好好说，以理服人，就必须要有充分的、富于逻辑的阐述。公共讨论议题通常也比较复杂，亟需书面语的逻辑讲理辨析，但网络口语化的生态环境却没有培养出网友这样说理的能力，争论最终往往变成了一地鸡毛，变成了情绪宣泄，变成了站队和骂架。1994年5月17日，中国通过一条64K的国际专线全功能接入国际互联网，正式开启了互联网时代，世界排山倒海而来，中国也翻越长城走向自身波澜壮阔的国际化运动，迄今整整30年。30年征程的网络语言，与走过百年的汉语新诗一样，在历史长河中还是弹指一挥间，依然是不成熟的、尚在路上的民族语言，此时已经解决了母语问题，但尚未解决父语问题。

哪怕汉语经过了新文化运动的加持，还有百年的语言现代化进程，包括21世纪以来的互联网高速发展，它的文白分离程度相比其他历史时期也只是变小了，但依旧存在。现代是双语言时代，二战后独立的新兴国家在语言工作上要面对两项任务：一方面要建设国家共同语，另一方面要使用国际共同语。日常生活和本国文化用国家共同语，国际事务和现代文化用国际共同语。中国的双语言问题更复杂一些：在国际语境，指会说中国话，又会说英语，这是国际双语言；在国内语境，指会说方言，又会说普通话，这是国内双语言；在语言构成上，指既会生动活泼的口语（包括“网言网语”），同时也会精密准确的书面语表达，这是语言内部的双语言。

中国人已经逐渐实现了百年来的理想：语言的共同化、文体的口语化、汉字的简便化、注音的字母化、语文的电脑化、术语的国际化。但是，我们也要看到，千锤百炼的成熟现代汉语的最高形式——现代书面语，依然在历史的艰难生成过程中。精确用词，正确组合，大胆创新，既能表达意思，又能获得审美愉悦的现代汉语，既有丰富的节奏和合适的语气，又有灵动的连接和起承转合，这样的精美汉语依然是相对匮乏的，在日常生活中的广泛传播和被人接受，依然是相对不足的。现当代中国还缺少炉火纯青的遣词造句的语言大师，他们能够如莎士比亚那样对早期现代英语词汇的形成和发展做出无人可及的贡献，使嬗变中的民族语言的词意和句意得到扩大，使其表现力得到前所未有的拓展。

在我们这个口水横飞、诗意和美感匮乏的年代，一个人要使尽洪荒之力，让其语言创造顺应并超越他所处时代的语言表现，这当然是很难很难的事。汉语是形象与情感的语言，在唤起共鸣方面比较强，若所涉及观念在交流双方头脑里既已存在，汉语就能用极为简练的词句完成表达，比如“山川异域，风月同天”“青山一道同云雨，明月何曾是两乡”，短短几句，就以措辞之优雅、情感之充沛，给善意营造了一种良好的文化氛围，让人感受到随物而至的人道主义精神。但是，身处复杂巨系统的现代社会，当需要用一个稍稍复杂的结构来表达新观念时，传统汉语就往往显得笨拙而不精确了，歧义陷阱多，且不容易处理。看看当下网络表达的种种词不达意，围绕热点话题的种种是非纠缠，就知道还要走过多少道路、翻越多少山河，才能抵达父性的语言，抵达成熟致密的现代汉语书面表达。优秀的汉语的样例是什么样的？我们以一句杜甫诗为例，“感时花溅泪，恨别鸟惊心”——情感、词句和意义都非常明晰，既能表达意思，又能获得审美愉悦，既有口语的清新，又有书面的文雅，同时又合律，充满了写作者对语言的控制力，写出这个才算真本事，这一定不是野腔野调可得之，而必然是刻意训练与努力提炼的结果。“李杜文章在，光焰万丈长”，我们21世纪的“杜甫”“李白”还跋涉在中国语文现代化的道路上、民族伟大复兴的道路上。

是的，最美妙的、最出类拔萃的现代汉语，还隐藏在瞬息万变、聚散不定的口语背后，仿佛繁星点点的苍穹藏在浮云后面一般。我隐约看到它们的萌芽，那些浸透着强烈情感力度的形象，那些幽暗的闪光和奇异的线条，时而流动，时而停顿，正像熔化的金属尚未找到一个模子。

讲一口古色古香的母语

在英语中没有 Chinese（中国语）的说法，只有 Mandarin 和 Cantonese 的说法。Mandarin 指的是普通话，也就是北方话的代表，其词源自葡萄牙语 mandarim（满大人），意思就是指那些满洲官员所使用的语言。Cantonese 指的是南方话的代表之一——粤语。

粤语是一种历史悠久的语言，它在岭南地区盛行已有两千两百年以上的历史，已经是一种自成一格的语言。全球每年都有 90 多种语言在消失，也就是说，每一种语言都有可能会消失。没有使用者，就会消失，语言发展得不健全，就会被取代。但是粤语能经历两千多年的历史，至今还在广泛地应用着，依然屹立不倒，可见粤语是完善的，经历得起时间的考验的。在秦代之前，岭南地区被称为南蛮。这是百越族人居住的地方，“百越”乃汉语音译，又写作“百粤”，是古代南方土著的自称。百越又通百粤，所以，岭南地区的语言又被叫作粤语。在岭南地区，粤语沿珠江各支流散布，可以分做六个区：西江 / 珠江、浔江 / 郁江、北流江 / 南流江、南江 / 鉴江、漠阳江、潭江。所以，粤语并非只有广东人在使用，珠江各支流的百越地区都有粤语流布。

另外，粤语也不只是粤人的古语，而是原来黄河流域夏朝的古老语言。自上古时期，居于岭南地区的百越部族与居于中原地区的华夏族人，和平杂处，相互通婚，逐渐形成一种混合语形式的原始古粤语。唐朝灭亡后，燕云十六州沦陷达四百年之久，宋朝时期，北方再次沦陷，以致中原人逃至岭南地区，这是最后一次拉近粤语和中原汉语距离的时期。现代粤语仍能比较好地对应宋朝早年官方修订的《广韵》发音，但难以对应元朝及以后的中原汉语发音。所谓“北人避胡多在南，南人至今能晋语”。清代学者陈沣认为，广州音最切合隋唐音，最方便阅读古文。他著《广州音说》一书，说：“盖千余年来中原之人徙居广中，今之广音实隋唐时中原之音。”

而北方自唐末以来就长期由契丹、女真（满）、蒙古等民族统治（主要是阿尔泰语系），所以北方话也就难免被阿尔泰化，从而丢失了大部分汉语方言所具备的特征，还带进来某些其他民族口音。北方话的声调只有四声：阴平、阳平、阴上、阴去。而古汉语的声调分为八声：阴平、阳平、阴上、阳上、阴去、阳去、阴入、阳入。而粤语不单单完整保存了八声声调，而且还在阴入、阳入中间分出了一个中入，从而变成九声声调。北方话的所谓轻声，实际就是声调丢失，这种现象是母语无声调的满族和蒙古族人留下的特征，还有北方话中的儿化音非常多，也是其他方言所没有的。在中国七大方言中，古色古香的粤方言，有着大量原汁原味的古汉语词汇和用法，如“企”（站）、“渠”（他、她）、“晏”（晚）、“悭”（节省）、“冇”（没有）、“俾”（交给）、“睇”（斜视），等等。——瞧这简洁至极的古汉语用法，现代粤语仍然有较高使用单音词的倾向。如果你对比香港电影的粤语版与国语版，你就会发现用普通话译制粤语电影时，常常有删减语言内容的现象。原因是粤语用十个音节就能说明的话，普通话非得用十五六个音节以上，盖因粤语保留了相当多的古词古义，极其凝练。

身为两广人，以前真是对普通话没有什么好感啊。因为从小到大，从家庭到街市，从学校上课到电台广播，从流行的粤语歌到粤语影视节目，我这株树苗，就是生长在岭南之南的粤语环境中。我的多个中学同学现在均是电台粤语主播，我大学毕业时如果不是因为考研成功，也就回南方进入电视台或电台做粤语主播了。在我成长的年月，普通话的推广还没有那么普及，我那些或儒雅或风趣或博学或温柔的中小学老师，无论讲数学化学物理地理历史还是语文，都是一口地道的粤语，那么亲切而可爱。如果粤语没落，我们的生活方式也会随之而改变，我不能想象现在那些只能用普通话授课的南方学校、主要用普通话播音的南方电台和电视台是怎样的，我的同学们应该也和我一样不适应。在城市景观日新月异、文化旧貌急剧变为商业新颜、全国千城一面的今天，粤语几乎成了岭南地方文化的最后立身之处。近二十年来，随着市场经济的发展、城市化进程的加速，新移民、“新客家”大量涌入，北方文化迅速渗透和浸染，使得岭南文化的发展空间萎缩，无形中加剧了粤语圈的文化焦虑。因为粤语不仅仅是交流的工具，更是一种情感上的认同和亲近，正是这种情感维系着岭南人的“根”意识，失去母语将会导向我们某种意义上的集体失忆或魂飞魄散。

其实，粤语使用人数众多，目前广东的粤语使用人数大约有 6700 万，广西的粤语使用人数大约为 2500 万，香港 700 万，澳门 55 万；泰国 500 万，新加坡和马来西亚 500 万，美国和加拿大 200 万，全球有 1 亿以上人口使用粤语。粤语不仅是岭南文化的载体，而且是维系华人华侨感情的纽带，并且是连接广东与港澳以及东南亚华侨的重要桥梁。从这个意义上说，在全国范围内，几乎已没有什么方言的影响力可以和粤语媲美。

文化的多样化及其自由竞争，恰恰是中国文化几千年来能够不断自我更新升华的原因，其缘由是在一种主导主流文化衰落后，常常又有新的地方性文化注入新鲜因子，激发其内在活力。所以孔子说：“礼失而求诸野。”可以理解为其实说的是“礼”在当时的中心地区衰败后，可去偏僻边缘地区寻找，那些地方也许保存有，并反过来反哺中心地区。近代最典型的例子是清朝的所谓“中兴”，其实是湘楚文化拯救的，因为中心地区早已衰败。20 世纪初的国民革命发源于相对边缘的岭南地区，并依赖海外华侨的支持，也符合这一历史规律。中国历史观里有一种循环观，所谓三十年河东，三十年河西，我的理解是每一种地方文化都会有它辉煌的时刻。这就是我坚决反对“推普废粤”的原因。

我的家乡，那个北回归线上的南方小城，终年如夏，常绿不凋。南国之春，永远没有北国来得让人惊心。没有绿柳拂窗，没有白杨飞絮，没有云蒸霞蔚、香阵冲天的满城花开、一路花雨，草木生命从严冬的封杀中破壁而出，在二十四番花信风中集体漫溢和喷发。然而，南国也有春天，南国的春天铿锵有声。“粤江二月三月来，千树万树朱花开”，见过硕大的木棉花吗？每当春来，木棉花开，先是鼓起小孩拳头大的花蕾，继而放声大笑一般绽开红艳艳的五枚肥硕花瓣，黄嫩嫩的五柱花蕊简直可以同金色的阳光连线。远远看去，一团团、一簇簇在枝头争妍斗艳、竞相开放，犹如一团赤红的火焰，熊熊燃烧在有如火炬的枝头。轰轰烈烈，堂堂正正，英风豪气，鼓涌而出。岭南生命的象征，非它莫属。春天母亲的第一胎，非它而何？木棉花坠地作响，犹如英雄挥戈溅血。记得小时候上体育课，很喜欢在自由活动时趁老师不注意，偷偷跑到木棉树下去捡那些木棉花，厚朴朴、沉甸甸的大花朵，可以直接把它当毽球踢！岭南百越民族，能在被称为蛮夷之地的恶劣环境中生存下来，凭的就是这一股不服输、能吃苦、百折不挠的精神。“落叶开花飞火凤，参天擎日舞丹龙。”“浓须大面好英雄，壮气高冠何落落！”民性多偏于倔强，练就顽强拼搏的精神，能别于中原文化以独立，如木棉那么热烈，那么奔放，那么傲骨铮铮，那么不同凡响！

“你好早晨！食咗饭未啊？咿，咁啱嘅！去边度吖？李小姐，你唔好客气。你点解冇打电话俾我？琴日冇见到佢，即系话佢冇嚟。俾我谂下先。你有冇搅错架？先生唔该借歪啲。就咁喇，听日至倾喇。敢样做，梗系唔得啦……”如今只有在梦中，或是打电话给家里老父母时，才有机会说下粤语了。虽然身为人民教师，普通话资格考试也拿到了一级乙等，但思维方式尤其是潜意识里仍然是粤语思维，可我已无法用最亲切的语言与周边环境深入交流了。在港台文化风光无限的年月里，粤语歌曾走进大街小巷，风靡全国，时至今日，粤语歌曲的风潮也从未远去，那些饱含着粤语文化、岭南历史的歌曲仍在时空的某个角落被反复唱响。希望粤语不要像满语一样，作为一个曾经强盛的王朝的官方语言，不过百年时光就已快灰飞烟灭。就像地域文化一样，参差多态才是方言应有的面貌。如果语言丢失了，地域文化也就不完整了，我们就无家可归了。

语灵的召唤

日本民间有着大量关于妖怪的传说，这大概与身处岛国的日本人心理上的种种不安全感与对大自然的未知感有关。我发现日本有大量来自中国的妖怪，中国佛教里出现的妖怪日本基本上都有，还有魁魃、水虎、九尾狐等中国民间妖怪，当然大多数中国妖怪在日本模样会有点变化。日本妖怪中有一种叫“语灵”，也叫“言灵”，是指一旦说出口或写成文字，那“事项”便具有自己的生命，会自己往“目的地”前进。“语灵”没有形体，不是什么具体的神怪，在日本却有近乎神祇的尊崇。“语灵”类似于梦枕貘《阴阳师》里安培晴明所说的“咒”。安培晴明认为万物都是一种咒，物体存在是因为“有了名字”，名字便是一种“咒”。例如你看见鬼，青面獠牙面目可憎，其实是“鬼”这个字在你心中结下的“咒”，你所见的不过是你心中的东西，所以人们所见的鬼都不一样。桌子椅子也是因为“咒”而存在，但所见却是一样的，因为在心中已一样了。不只是所见，人的一切感觉，都是内心“咒”的反映。

“语灵”很有意思，大概是对语言和名字的一种尊崇吧？在东方的思想里，名字不单规定了“本质”，赋予了属性，还是某种期许与预言。记得小时候，老人常常和我们说，独自夜行时，身后有人唤你名字切不可回头回应，否则就会被摄去魂魄。说是民间认为通过名字可以定位到一个具体的人，这人有着名字赋予的独一无二的属性。宫崎骏动画电影《千与千寻》中，汤婆婆强令千寻改名，并让她忘掉自己原名，就是一种残忍的剥夺，是为了使千寻忘记自己，迷失自己。当“荻野千寻”四个字在空中拆散成“小千”时，我们知道，千寻在原来世界的身份“荻野千寻”已经被剥夺了，她不得不在异世界以“小千”生活下去。自此汤婆婆就有了对小千支配和控制的能力。而小千要做的便是找回自己的真名，找回自我。

在中国，文字之创生，本来就是一个惊心动魄的神秘故事。中国文字起源于仓颉，是神对人类的最大恩典之一，是天神给人的最珍贵的恩赐。《淮南子·本经训》记载：“昔者仓颉作书，而天雨粟，鬼夜哭。”文字传给人类之时，引发了“天雨粟，鬼夜哭”的异象，可见文字的力量非同小可，具有惊天动地的神奇内涵。因为文字深藏造化的奥秘，可以洞悉万物，包括隐形的精灵的形态，有了文字之后，“造化不能藏其秘，故天雨粟；灵怪不能遁其形，故鬼夜哭”。造字的仓颉生有异相，头上长着四只眼睛。何故？只有生有四目，才具有跟神明沟通的本领，“仰观奎星圜曲之势，俯察龟文鸟迹之像，采乎众美，合而为字”。可见在中华民族的传说中，文字之源起，就是天启神授，文字具有彰显造化、召唤灵怪之力。

今天我们身处文字泛滥成灾的时代，作为当代人的我们，早已被科学祛魅的我们，还要认定文字可以成精的话，我觉得只有两种情况——

一是源自生理器质层面的读写障碍症。这是一种特定的语言障碍，源自对文字解码能力的不足。这是一种神经心理功能的异常，在轻重不同的程度上影响了将近10%的人口。在读写障碍者眼中，文字可能会变形，会跳动，他们眼中的文字，可能是一片混乱，难以分清字距及行距；可能看到的每个字都是“解体”的，文字解体为部首跟偏旁分离，甚至支离破碎为每个笔画向四周飘散零落；一页纸上的文字可能会聚成一个圆球，中间的字很大，边上的字很小，边上的字看不清，整个像一个滚来滚去的圆球。他们所看到的文字，还可能漂浮在纸面上，像在水面上一样起伏不已；或者文字突然像从纸面消失了，像“钻”到纸里头去，时而又像从纸面蹦跳出来……从科学角度来说，这是双眼视物不够精准、大脑与小脑的讯息传达出现障碍所致，但对于切身感受这种现象的人来说，如同文字成妖，是“语灵”在作祟。

二是世间的文字如果要粗略地划分，似乎也可以分成两类，一类是大众流通型的文字，一类是仓颉造字型的文字。前者语通句顺，可以世间流通，但无奈才气和积累都不足，毕竟格局先天受限，距离“伟大”二字永远差了那么一点火候。后者则是人类文字的精灵，是文学天赋的挪亚方舟，那种字里行间流露出的对语言掌控的游刃有余，那种整个作品展示出的神奇语感——一个一个文字仿佛是活的，一个一个都深情饱满，流光溢彩，妙不可言，让人不禁感叹这就是人类思想和文学的神迹。世间的确存在如同精灵附体般的文字，那些撒豆成兵的字，一一站起来，沉睡的意象站起来，让人一见倾心，恋恋难忘。好的文字有着水晶般的光辉，仿佛来自星星。立地成精的文字，可以打败时间和空间，一经产生便具有恒久的生命力。当你与这样的文字相对，好像被丝绒包裹起来似的，好像有人在安抚着你的心似的——你如同和一个心灵、一个人，在温柔地相处着，拨动了心底的一根弦，抖落了一生中缠绕不清的那些爱欲、失去、记忆和梦想……

在那些深不见底的文字里，有着窃窃私语的精灵。它们有的喜阴，有的喜阳，有的滚烫，有的清冷，有的诡谲，有的质朴……它们各有习性。它们有不同面目：有的让人五脏俱焚，辗转难安；有的让人肃然起敬，像林中见鹿，不敢大声喧哗，只觉此刻甚好，只想沉浸其中；有的光洁得如同卵石，柔滑得如同丝绸；有的则如尖利长矛直刺人性至暗处。这些文字如持有咒语，一经念动，阅读的人便失去理性的判别力，除深坠其中别无他法。有些事物早就消失了，但经文字可以重生。有些心灵如同荒原，但经文字可得救赎。当一个人在生活中无处可遁的时候，这些成精的文字可以提供一处庇护所，让人穿梭在现实与虚构之间，跟随文字去经历未曾经历的无限人生。看不见的“语灵”作祟于人，似乎和人流下的眼泪一道，成群结队地飞离了眼前时空，把人径直带往了另一个世界，直到人在异世界里游历多时，南柯一梦，突然觉醒，它们才乌泱乌泱地钻回散落一地的书籍中。

每一种文明的灭亡都有多种等级。土地的失去、庙宇的毁坏，还不是最高等级的灭亡。最高等级的灭亡是记忆的消失，而记忆消失的最直接原因，是文字的灭亡。中华文明是特例中的特例。人类最早的四大古文明中只有它没有中断，不仅遗迹处处，而且来自洪荒上古的文字精灵，至今还活在世上，绵延不绝，构成了一个庞大的记忆系统。汉语是世界上最柔软、最富于诗性的文字，汉语与世界的关系是爱抚的关系，汉语温润无比。在中国，所有对汉字敏感的人，应该都与汉字“语灵”相遇过、纠缠过。当“语灵”作祟，所有的惊心动魄，都在一个人的范围内完成，别人看着风平浪静，其实，和沉浮文字的相搏，真不知是劫还是喜。花魂成灰，白骨化雾，河水自流，红叶乱舞，人生有限，妖生无尽，当有限的人生和无尽的妖生互相纠缠，可能是爱意，也可能是恨意，或立地成佛，或立地成魔。

谁说文字只是用来温和地描述现实，它也可能威力无穷，因为它能够重塑现实，这就是“语灵”的力量。有时我总是被一个声音所困扰，我的一切书写似乎必须和这个声音相协调，也许这就是神秘“语灵”的召唤。它要我穿越风，从海的蓝中撷取伟岸的胸襟；它要我穿越雨，承受那些花开花落的忧伤；它要我把笔画写得工整而又清晰，放在樱花伴雨的缤纷里，放在柳絮纷飞的和风里；它要我在静谧的时光里，默默地蛰伏，耐心等待那从尘埃中升起的心意……

整体知觉的写作

明晰的思考，清楚的逻辑，是创作好文章的诀窍，但要兼顾艺术灵性的话，还需要其他的特质。例如，比思考还快的眼睛，或是对文字特性——一个个美丽汉字的音调、精粗、气味、色彩，乃至其历史底蕴的感受。这代表着对整体情况拥有完全知觉的某种能力。综合这些特质，甚至能够在语言和文章之上完成一个更大、更持久的整体。这种说不清、道不明的“整体的知觉”，和诗人们常说的“宇宙感觉”，或许也有共通之处。

说到拥有这种“整体的知觉”的例子，我觉得现代女作家萧红极为典型。萧红的一生过得兵荒马乱、狼狈不堪，逃婚、怀孕、死婴、遗弃、萧军、鲁迅、战争、端木蕻良、香港、骆宾基、浅水湾……她颠沛流离，四处飘零。她走到了那么远，走到了大海边，走到了天涯海角。把萧红放到中国现代文学史里，现代文学史就被她染红了。萧红是现代文学史上最深的一道伤，但她有天才般的才华，且一生不受束缚。

我最喜欢萧红的自传体小说《呼兰河传》，她的才华总是在字里行间不经意地、不可遏制地溢出来。她笔下的故乡、小城、祖父的园子、东二道街的大泥坑子、纸扎铺子、秋天里河边搭起的野戏台子、四季轮回里活的那些人……全都如野草丛生一样，鲜活又蓬勃。萧红是靠直觉和本能行事的人，而不是靠头脑和理智。一开始被萧军撺掇着写作，萧红没找到自己的题材，不过东一榔头西一棒槌的，什么都试着写写，写的时候，脑子里可能还想着时代、战争、革命什么的这样一些大词汇，而这并不是她擅长的，可是，一旦触及她的小城、小街、街坊邻居，她就活了，膨胀的情绪，带动着她的倾诉，在字里行间，不顾一切向前奔流。

关于幼年，关于亲人，萧红的感情是如此澎湃，那文字是如此离披杂乱，没有章法。响亮的大白话、童话般的语言，力透纸背的婉讽，也许应该叫作悲悯，许多东西混合在一起，毫不专业，却自然天成、天衣无缝。我们读很多人的文章总是笑着笑着就哭了，但是读《呼兰河传》总是哭着哭着就笑了，因为你总能发现萧红即使在描写最苦涩悲惨的人生时，也忍不住透漏出一点不服输的天真和浪漫。翻开《呼兰河传》，通篇是梦呓般的、完全的口语风格，颠来倒去，远离逻辑和理性。叙述时贯穿始终的绝望、恍惚、虚无，和落实到细节上的一种或连她自己也未察觉的真切喜悦，两者如此奇妙地混融在一起。萧红从不控制自己的情绪，也没有控制的迹象，文字中的她，既蛮横又可爱。她奇特的感觉和不按牌理出牌的表达也许才是她对文学的贡献，那就是赤裸裸的自我，她生命的本来面目。

《呼兰河传》写于萧红人生的最后阶段，写完不久萧红就病逝于香港。萧红她从30岁的地点起飞、逆行，飞过20年的光阴，降落在童年的院子里。这部小说里的萧红，大概只有五六岁或者七八岁，在祖父的园子里天真烂漫，摘黄瓜，往天空洒水，追蜻蜓，追蝴蝶，踢飞祖父的菜籽，把韭菜当作野草一起割掉，把狗尾草当作谷穗留着，为了吃上烤鸭子，就把鸭子往井里赶……这部小说的写作，可以说是萧红从自己的大困境里起飞，以书写完成对自身困境的摆脱，以书写实现自己的人生终极价值。为什么远隔大半个中国、数十年光阴，人生最后阶段的萧红，要以“精神还乡”的方式回到“祖父的园子”？因为对于她来说，祖父的园子，不只是儿时玩耍的地方，更是终生的精神家园。这正是我最喜欢萧红的一点：她至死都保持了她少女的天性，她的淳朴和自然，她目光投向万物时如初生儿一般新鲜而好奇的那一瞥。

我曾经有过一个设想，就是萧红能否活得稍稍像样一点？答案恐怕是否定的，原因并不仅在于她生逢乱世（乱世之中，人生的广阔翻飞、人性的复杂多样，当然远不是我们这个时代的人所能设想的），而且在于她身上有一团火，她把自己投入了这团熊熊燃烧的生命之火。她若不是早逝，恐怕也会马不停蹄，继续折腾，走在路上想家，一俟回了家又想上路。她的生命就像满满一盆水泼出去，任由它自己在大地上流啊流。走在路上的她，把自己全然地、奋不顾身地交给了这个世界。她整个身心都打开了，每个毛孔都在呼吸，触觉、听觉、味觉、嗅觉，自己、世界全连成一片了……

我想，所谓“整体的知觉”，大概就是这种把自己整个搭进去写的状态。那是一种全身心沉醉进去的心流状态，那是作者自己的一种美感告白，是把自己的个性挥洒到极致，天然成就的一种写作的典范。一个自我与文字混融一体的生命，从不粉饰，从不深思熟虑后再确定。之所以动荡不定，是因为这特定的生命本身具有那么多不能确定、转瞬即逝的痛苦、喜悦、迷惘、爱欲，所以，只有携带这唯一的生命横冲直撞，绝对忠实之，头破血流也在所不惜。

我是多么渴望也拥有这种写作状态，即使我也希望自己的人生具有普通人生那种简单、稳定的温暖，不要大起大落，不要死去活来，感性和理性兼具，但是，在这个和平的年代，在一张平静的书桌前，我还是以别人难以理解的激情，一夜又一夜，流连于暗夜，献祭于缪斯。写吧写吧，不然对不起沸腾过并随即凝聚于身边的历史，对不起流淌在心间的万般感受，对不起眼前光怪陆离的幻象，对不起耳畔万般变化的音符。

那种感觉，就如萧红当初说过的“你说我的生命可惜，我自己却不在乎。你看着很危险，我却自己以为得意。不得意怎么样？人生是苦多乐少”。这就是最贴切的描述吧。

什么是整体学习能力

我特别羡慕七岁之前的小孩子，他们正是开始主动亲近世界的年龄，用新鲜的眼光打量这个世界，并且产生无穷的疑问和好奇。然后，在前面等待他或她的，就是长达十几年的学科教育，一种对好奇心最不友好的教育模式，真正枪林弹雨都杀不死的小孩是有的，但并不多见。此后，他或她很难再回复到七岁前的那种状态，就是带着永无穷尽的好奇心、绝不预设立场的包容态度以及融合的视野去看世界的那种状态。

其实每一个孩子都是天才！我常常敬畏于那些小小人儿的元气充沛、天机洞开。儿童起初天门未合，神识未染，自然形象和社会意气都是直接进入心神。七岁之前的儿童具有一种神奇的随时下载的能力，天然吸收所见所闻，可以说是随见随动、随听随记，几乎不用消化地吸收，立即就可以活学活用。走路，是看着学的，说话，是听着学的，游泳，扔到水里几下子就会扑腾了。其实，自然界的动物也是如此，鹿一生下来就摇摇晃晃地能站了，这不是分步教学、分析力学后才掌握的。人是万物之灵长，人类的大脑高度发达，吸收能力更强，几乎任何小孩，都能毫无口音地掌握当地语言，但是，等到长大后，再学习其他语言就会有口音，说明长大后元气削弱，天机洞开的关键期已倏忽而过，后天的各种习染影响了一个人的天然学习能力。他开始进到学科式教育里，所有的知识都被划分成不同学科的分支，高度模块化、阶段化，这些被割裂的知识在孩子眼中毫无联系，是一个个孤立的、碎片化的、跟生活关系不大的事实，而不是完整、生动、可感知的世界。更进一步地，孩子不得不被动地跟随着整齐划一的学习进度，把这些孤立的知识填充到大脑里。一个整体学习的浑然时代宣告结束。

中国特定的教育方法叫作“修身学”，强调的是“内取之于身，外取之于物”，除了读书学习，更重要的是体悟学习。外界的知识或形象，通过体悟和运用，和人结合为一。古代祖先们通过自己的修身，验证到了人的生命是宇宙的缩影，是天地的集合，信息是全息性的，所以很多的文化内容都诞生在自己的身体之内、身心之中。因此，身感心悟、心脑并用，是中国式的教育方法。人之初，“性本空”，在人的成长中，一切都被有意识、无意识地习得，以往我们过分强调有意识的知识教育，却忽略了最为根本与庞大的无意识习得与实践，只看到肉眼看得到的有相，而看不到肉眼看不到的无相。自从民国开始，中国教育方式就被西方统一了。这么多年来推行工业化的西方教育方式，按部就班，分阶推行，早期教育儿童消化多少就教多少，根本不知道孩子的吸收力有多惊人，因而造成儿童高速成长中的大脑空白化，完全浪费了儿童初期的自然意识混化能力。

甲骨文中的“教”，右边的“文”中原有一个“心”字，现在的汉字经过几次重要的演化之后，那个“心”看不见了，因此从本质上来说教育就是“心灵感应的过程”。而人的心灵是一个极其宽广、复杂、多变的世界，因此教育应该是一个全面的、立体的、持续的过程，无时不在，无处不在，无人不教，无事不教，时时、处处、人人、事事，都是教育过程。

中西方教育各有优缺点，其本质区别在于思维方式。西方思维方式是机械式的，也就是说，是一个零件一个零件发明，然后组装出越来越复杂的机器。原子论也是这种思维的体现，就是物质是由最简单的点组成的，物理学家的目的就是寻找这种最基本的点，目前的终极就是“上帝粒子”。这种思想反映到语言和教育领域，就是从26个字母开始学，由简到繁。而中国传统思维方式是整体式的，也就是说，一开始，中国人研究的就是整体的天地。研究的是连绵不断、至小无内、至大无外的道和气，所以中国人从来没有把事物拆开成部分来看待。人睁开眼睛，所看到的也是整体的人、动植物、山水、房子、车子等复杂多变的形象，而不是被分化的原子、分子。每一只鸟学习飞行，都不是从数学和力学开始学的，而是仿照其父母和外界输入信息直接学的。婴儿成长的头几年，就是混元整体吸收外在信息的时期，那时他根本不是分辨的时期，浑浑噩噩的心性毫无辨别地吸收和模仿事物的信息。

所以，承载这种思维方式的中国文化，尤其是汉字，与西方 26 个字母搭建组合的语言文字完全不同。汉字的确是世界上最奇怪的一个符号系统：它是语言，它又不是语言；它是图画，它又不是图画；它是书写，它又不是书写。它直接呈现自己，并不用替代来再现，完全是一种联结万物的整体性思维。中国的经典，内容也是包容天地寰宇、万事万物变化道理的，这是中国文明与其他文明的本质区别，甚至是优越于其他文明的特点。记得以前看过一篇文章，有人认为，汉语如果不对外开放，就会变成语言化石，并且还认为，汉语世界的文化创造力太差，中文可看的东西太少。这话真令人泄气，我并不认同。汉语怎么是化石呢？古汉语根本没有死，它只是通俗化了，演变成了现代汉语，而当代中国人读距今几千年的古汉语也没有太大问题，大致都能懂。我们的孩子完全可以透过唐诗宋词中那些美妙的汉字所开拓出的境界，领略古人的感情、感觉和思绪，那些美妙的意象在我们心里营造出如此澄澈明媚的境界，正是这个文字世界维系着华夏民族的情感认同。要享受如此好的人文景致，于字里行间品味古人的心绪，只需要凝神静思，于吟诵玩味中感知真意。慢下来，再慢一点，放松心情，让珠玉般的汉字直接跃入心灵。我永远捍卫汉字，撒豆成兵的汉字。几千年往事如烟，而一声召唤，汉字中沉睡的意象，立刻会生动地站起来。这是我的最美丽的母语，不可能成为化石、枯竭灭绝的汉语。

在今天，努力学习英语的人，永远都赶不上英语的膨胀速度，因为各种新现象新物品新概念的井喷，让英语不得不组合出更多的新增语汇来表意交流。汉语当然也在不断增长，但没有英语的膨胀速度快。因为汉字是体现整体性的，是人与外界交往的形象认识凝聚，而且分门别类，部首出现率高、意义明确，字与事物的联系灵活广泛，所以汉字就既抽象又具体地完整体现了中国人对世界的认识，并给予了精练有力的表达。而想用简单的26个字母来表达世界，必然是低效率的、无联系的、死记硬背的。自然界绝对没有出现像机器似的按照零件拼装的生物，任何生物都是整体地出现的。所以，我觉得丝毫不用担心，汉字文明即使遭遇危机也会安然渡过。要知道，对于人类历史而言，一种文化的转型嬗变，也许需要一两百年时间都不为过，所以，只要中国人依然讲汉语并使用汉字，那么源自西方的那些工业制度，包括工业化、模块化的教育制度，都终有一天要被怀疑，并提出应对或补充的文化方案。因为在中国文化中，人与大地的关系是“顺其自然”“知足常乐”“大块假我以文章”。大地上的中国人，从小的教育方式就是学习以天地万物来拟象取意的汉字，在儿童时期就开始整体地吸收学习，加上各种修身实践的混化，为长长的一生建立丰富圆满的参照系。

我们和我们的孩子们所接受的学科式教育体系，诞生于两个世纪前的大工业时代，如今在21世纪的呼啸前进中，人类正在迈入一个史无前例的全新时代。移动互联网、大数据、人工智能、基因编辑，这些名词背后，代表着人类习以为常的生活方式、价值观念和生物学属性都会被颠覆。我们必须要在对世界的综合认知的基础上，将知识融会贯通，形成对世界多元角度、跨越学科的立体认识，才能在这个全新的时代里适者生存。整体学习能力，能帮助我们和我们的孩子们建立对世界的全景认知，更好地应对未来的挑战。

创造一个个名字

在西安，上一瞬还觉这个城市太现代，下一秒就可能会被带入另一个时空。书院门、大皮院、粉巷、洒金桥、朱雀路、东市、西市、骡马市、大差市、鸡市拐、案板街、炭市街、盐店街、甜水井街、下马陵街、火药局巷……总有一个名字，让你梦回悠远旧时光。钟鼓楼转转，兵马俑走一遭，未央宫遗址望望，乐游原赏秋风，吟一句“夕阳无限好，只是近黄昏”。华清宫里，重温《长恨歌》，或是观骊山晚照。去兴庆宫，赏一丛泛着冷香的秋菊，路过一座重檐宝顶的叫沉香亭的亭子，你忆起当年曾有君王美人、诗仙名臣欢聚于此，“沉香亭北倚栏杆”。

这些街巷建筑、遗址遗迹，它们的名字已经远不是标识地理位置的符号，而是千百年来的历史沉淀和文化遗产，它们犹如夺目的明珠，镶嵌在西安这座文化厚重的古都之中，成为一笔非常珍贵的地方文化财富。“朱雀桥边野草花，乌衣巷口夕阳斜。旧时王谢堂前燕，飞入寻常百姓家。”即使旧时王谢早已烟消云散，野草茂盛，遮没亭台楼阁，朱雀桥和乌衣巷的名字，却依然在时光之流里，难以磨灭。这些老地名，“近取诸身，远取诸物”，或因人命名，或因事命名，或因景命名，或因物命名，就那样静静躺在地方志册页上，就那样生动吟诵在人们的口耳里。这些老地名，若铺在地图上，则错落有致，锦绣千里；若绽放于舌尖，则素朴诚挚，雅富诗意。它们是打开故乡秘密仓库的钥匙，也是挽救远去生活方式的咒语。老地名如果死绝了，乡愁也就奄奄一息了。

到底谁是这些地方最初的命名者呢？世界在最初的时候，万物还没有名字，提到的时候尚需用手指指点点。后来，开始有了某个命名者的灵机一动。命名者是改变了世界的人，他们不一定是君王，是权势者，是时代翻手为云、覆手为雨的人，可是，“大江东去，浪淘尽，千古风流人物”，历史在某个拐弯处，就无情地席卷了一众君王与权贵，一如杜甫所说的“尔曹身与名俱灭，不废江河万古流”，而命名者的历史遗产却长久保留了下来，老地名沿用至今。不仅老地名，还有很多很多的名字，我们今天能够使用都是拜前人之赐。前人花了一万多年努力去命名世间的每一样事物，例如一头山林中的走兽，一座架设在河道上的桥梁，一种暧昧的情绪，甚至是某种风暴的形态。这样逐渐形成语言才构建了人们的所有经验，只有在共同使用“词典”也即名字合集的情况下，我们这些不肖后人才能完成一种共晓共通的交流。

看梁文道的《我执》，里面提到万物都有自己的“真名”，即抓住事物本质的名字。如果知道一个事物的“真名”，那么你就可以指认它、召唤它。什么东西一旦被命名，它们就瞬间被照亮了。有名的它们与从前无名的它们，从此完全不同了。天不生命名者，万古长如夜。荒野寂寂，万物无名，期待有人终于前来，为它们安立名字。

比如“丝绸之路”这个名字，一经产生就石破天惊，从此成为连接中西方的古代商贸通道的一个标志。“丝绸之路”的名称，其实是德国学者的“发明”。1877 年，德国地质地理学家李希霍芬在其著作《中国》一书中，把从公元前 114 年至公元 127 年间，中国与中亚、中国与印度间以丝绸贸易为媒介的这条西域交通道路命名为“丝绸之路”，这一名词很快被学术界和大众所接受，并正式运用。数千年来，游牧民族或部落、商人、教徒、外交家、士兵和学术考察者沿着这条中西方交流通道四处活动，但在李希霍芬之前，这条通道从未获得过命名和指称。这是一个既具有学术内涵、同时又极其美丽的名字，仅仅听到“丝绸之路”的名字，就能想象到这样一个画面：孤独的商人行走在荒无人烟的地带，直到已知世界里最偏远的地方才停歇下来。这是一条如春蚕吐丝一样绵绵延伸的通道，让人们跋涉竞逐在这条通道上的重要动力，是贸易运输对西方世界来说美丽到不可思议的丝绸，或者说如丝绸这样来自中国的具代表性的货物。随着时代发展，“丝绸之路”成为古代中国与西方所有政治经济文化往来通道的统称。同时，由“丝绸之路”这个名字延伸出一个集群：有西汉张骞开通西域的官方通道“西北丝绸之路”；有北向蒙古高原，再西行天山北麓进入中亚的“草原丝绸之路”；有长安到成都再到印度的山道崎岖的“西南丝绸之路”；明朝还有从广州、泉州、杭州、扬州等沿海城市出发，从南洋到阿拉伯海，甚至远达非洲东海岸的海上贸易的“海上丝绸之路”；等等。这真是有意思啊！从叫什么名字开始，后来，有了一切。凭借一个词的力量，东西方的人们频频回顾历史，重新开始生活，或者说，过往的生活得到了重新解释。

从外在万物的名字，再说回到与我们肉身浑然一体的、我们自己的名字。我们每一个人来到这世间，自然都是有一个名字的——一个别人呼唤我们时，我们抬起头或飞奔着去答应的名字。当然，有些人行走江湖有很多名字，有些人则渐渐被剥夺了名字。我们的曾祖母、曾外祖母、太姥姥、外太姥姥，她们都是没读过什么书的家庭主妇，她们有自己的名字吗？她们的名字，似乎在很久以前就失去了作用。“喂”“妈”“奶奶”“外婆”，是她们更长久的称呼。她们的历史，淹没在家庭的琐碎里。在族谱上，找不到她们。所以，乐观一点吧，想想百年之前，甚至几十年前，还有好多女性没有名字呢，现在已经发生了多么翻天覆地的变化。即使今天女性的生存环境还有许多不尽如人意之处，但要承认在时间轴上，相对于中华五千年历史来说，性别平等的社会进步，已经很大很大了。

我们携带着各自的名字在世间奔波一生，人生活在社会上，会沾染上很多杂质，名字也是。没有人可以做到讨好所有人，做对所有事，每一个名字都不免会渐渐蒙上岁月尘灰，毁誉交加、众说纷纭。总有一天，我们会卸去名字，抹除背景，回到我们本来的纯净和自由，我们的名字将随着时光渐渐远去。除了极个别人的名字会被时光保留，大部分人都会重新成为无名之物，成为自然中的一棵树、一株草。青苔长到我们唇上，且淹没了我们的名字。

我们的生命其实是有限的，我们这辈子不是要换取名利、换取财富，这些都是带不走的。成功是我们做出了什么事情，让多少人获益，而这件事情使我们的名字附着在上面。例如，王之涣写了“白日依山尽，黄河入海流。欲穷千里目，更上一层楼”，他的名字就和这一首诗附着在一起，他已经留名一千多年，肯定还可以继续留名下一个千年。很少有人记得唐代宰辅和节度使的名字，但唐诗人人都读，相形之下，“古来将相皆寂寞，唯有文者留其名”。想起杜甫晚年用一首《偶题》表达他对诗歌创作的见解，这首诗带有总结性质，其开篇即为“文章千古事，得失寸心知”。正如诗圣所说，文学创作的确是关乎年代久远的事情，有可能是“不朽”的“千古事”。因为，在命名者的笔下，可能会诞生一个个诗化且光荣的名字，这些名字可以穿越岁月而历代流传。在最初的最初，有什么东西触动了命名者，他们举起手，指向天空，然而一掠而过的“它”早已消失不见了。不知道离去的是什么，于是命名者想用文字来挽留，想为“它”取名字。连缀起几个长长的句子，那是谁也喊不出的名字，这些名字如此光亮而新鲜地到来，如同人间第一次的诞生——我希望这成为我写作的借口。

呼唤某个名字

落叶完成了最后的颤抖
荻花在湖沼的蓝睛里消失
七月的砧声远了
暖暖

雁子们也不在辽敻的秋空
写它们美丽的十四行诗了
暖暖

马蹄留下踏残的落花
在南国小小的山径
歌人留下破碎的琴韵
在北方幽幽的寺院

秋天，秋天什么也没留下
只留下一个暖暖
只留下一个暖暖
一切便都留下了

这是台湾诗人痖弦的一首名诗《秋歌——给暖暖》，每当寒意笼罩，默诵这首诗，心头便渐渐暖和起来。在这首诗中，落叶、荻花、砧声、雁子、秋空、落花、山径……通篇秋天的声、色、光、影，营造了一种空阔、萧瑟又寂寥的氛围，大量的修饰词语——最后的颤抖、辽敻的、残踏的、破碎的、小小的、幽幽的，渲染出浓厚的深秋气息。那个淡远清凉的秋天，那个令人孤寂伤感的秋天，为何让诗人如此怀念？读到最后，你才终于明白了，原来一切皆源于那个秋天有个名叫“暖暖”的存在。“暖暖”是谁？或者说“暖暖”是什么？从文本中我们无从掌握其形貌，更不要说只言片语。那只是一个被一遍遍呼唤的名字，美丽得让一切黯然失色的名字。

就副标题“给暖暖”来看，“暖暖”似乎是诗人深情怀念的一个人（恋人、友人、亲人）或物，“暖暖”是这个人或物的名字。或者“暖暖”什么都是，是每个人心中最隐秘、最纯洁、最令人向往的一份情怀。或者“暖暖”压根就不是什么，如果“秋天”象征时光的消逝，那么“留下”的“暖暖”，也许寓意时光沉淀下的某种永恒，“暖暖”只是一个象征。全诗篇末，“只留下一个暖暖/一切便都留下了”，堪称点睛之笔。这首诗非常适合诵读，让“暖暖”的名字在你唇舌间回荡。在万物凋零的秋天，静静看着流光飞舞，熨帖在你身边的，是那风中的一声声呼唤，惹得心中一片绵绵……

我们都有过这样的经历，很想很想某人某物的时候，会静静、轻轻呼唤其名字。而对这名字的呼唤，有一种奇异的作用力，给我们以温暖，给我们以抚慰，甚至让我们沉溺其中，忘记一切。到后来，那已不仅仅是一个名字，而是如同一个符咒，一旦发出那声呼唤，生命将震荡出一个连一个的回音，朝向那个呼唤集中，那呼唤既是来自生命，同时又无止境地超越它。那呼唤，在唤某人某物，更在唤我们自己。

万物之初，本没有名字，更无标准形态，人将狗叫成狗，于是狗就成了狗，人将马叫成马，于是那个样子的生物就成了马……荒野寂寂，万物无名，期待有人终于前来，为它们安立名字。当世界被我们命名并呼唤其名字，是因为我们向外发现了自然，向内发现了自我的深情。“写下你的名字，凭借一个词的力量，我重新开始生活，我生来是为了认识你，为了呼唤你的名字。”我们乐于给每一条河、每一座山取一个温暖的名字，陷入恋爱的我们，会乐此不疲地给对方制造无数昵称，每天千万次地呼唤。

生命中总会有一个名字，深深雕刻进我们的身体。当你企图遗忘和摆脱的时候，这个名字像破土而出的竹笋一样，不管不顾地从你心灵的土壤里顶出来。那是输入法默认打出来的名字，那是你无意识喃喃呼唤出来的名字，那是脑海里第一个跳出来的名字，那是拿它一点办法也没有的名字。那是舌尖上翘，从上腭往下轻轻滑落在齿上，那么美好地呼喊出来的名字。

在无依无靠的时刻，在孤独如海的时刻，在悠悠的长夜，用很低的、含糊不清的声音呼唤着一个名字，一遍又一遍地。仿佛呼唤了就会来一样，即使远隔一个辽阔的太平洋。被充满痛苦地呼唤，被洋溢快乐地呼唤，那个名字活在时光之流中，不可磨灭。一声一声，声声如雨珠坠荷般圆润而忧伤，这是一个幸福的时刻。这是弹奏的诗行，内心深处最柔软的声响，每一个字都如魔灵的手指，拨动我们的脑神经纤维和灵魂的琴弦……

我们都有属于我们各自的“暖暖”的名字。

只要你仍记得我的名字

从 2017 年起，NASA（美国国家航空航天局）给一些太空工程项目配套了一个非常浪漫的服务——面向全世界的公众开放报名，把你的名字送上太空。登记成功后，申报者会获得一张非常有仪式感的“登机牌”，上面写有他的名字与唯一编号，还可以打印留作纪念。2018 年，洞察号带着 240 万人的名字，抵达了火星。——这一波神奇的策划，想想都让人觉得激动！宇宙广袤寂寥的氛围，的确适合安放各种浪漫梦想、奇思异想。正因为人类的多情，遨游太空才有了这么辽阔的美感：我们的名字被蚀刻在微芯片上，随着探测车一起前往橘红色的火星，也许，我们名字的抵达，就代表着我们对宇宙浩渺远方的抵达。

区区一个名字，对我们来说有什么意义?

最初的最初，天地还是新开辟的，许多东西都叫不出名字，不得不用手指指点点。后来，万物一一被命名。一旦它们被命名，它们就有了归属，有了顾盼，有了呼应。人类给万物命名，呼唤它们。人类相信，万物都有自己的“真名”，如果知道一个事物的“真名”，那么就可以召唤它、驱使它。法师呼风唤雨撒豆成兵，就是用风雨真正的名字来指挥它们。我遥想大地上的先民，夜深之际，从大河之侧或山岗之上，观看古老的星星。他们从阴影里的洞穴走出，观看这些散布的小小亮点，那时，他们还没有学会叫出它们的名字，也不会排成星座。但是，他们中间最具智慧的长老，经过一夜又一夜的观测，从满天星斗的混乱无序中看出了秩序，为头顶上东西南北的星辰一一命名。从东方苍龙、南方朱雀、西方白虎，到北方玄武，从此，我们这些后人，世世代代生活在四神兽的守护之下。二十八星宿的璀璨星图高悬，闪耀的星辰一一有了它们的名字，不再需要用手指指点点“这一颗”“那一颗”。

大地上的所有事物，一种植物，一种岩石，或一种酒，都渐渐有了名字，有了始于土地且久存于土地的事物之名。我们每个人呱呱坠地来到这个世界，也都被赋予了一个名字。年少时，我们对自己的名字特别敏感。因为青春期是从懵懂走向成熟、从依赖走向独立的成长必经之路，向外我们探索世界的未知域，向内我们总是过分关注自身，所以，那个时候名字与肉身浑然一体，有什么事，真是草木皆兵。后来，我们长大了，工作了，日子久了，人管人，名归名，练得互不干涉，唰一声翻过，看别的去。我们知道自己必将以这个名字为标签，行走于世。不知从哪一天起，一个别的名字，一个美丽的名字，悄悄侵入了我们的生命，并且在我们的心灵深处安营扎寨。轻轻地呼喊这个名字，一声一声，这是一个幸福的时刻。这是蛐蛐弹奏的诗行，这是内心深处最柔软的声响。

我们在这样的时刻，会觉得万物多情，自来相亲，也想如诗人海子那样，“给每一条河每一座山取一个温暖的名字”。那种感觉，就像漫游于野地，摘一朵不知名的小花，触摸它的柔软，想知道它的身世来历、有没有一个美丽的名字、是否与爱情有关。如果不识它的芳名，干脆用我们自己的方式来呼唤它。好像一经呼唤，它在某种意义上就归属于我们了。恋爱中的人们，总是乐此不疲地给对方制造昵称，每天千百次地呼唤。一声呼唤，万般柔情，涌上心头。

记得看过一个小故事，名曰《爱情历程》：老茶客对小茶客说，何为爱情历程他举例加以说明。譬如你太太同你刚认识时你叫她李素芬，关系进了一步就改叫素芬，接过吻后叫芬，上了床叫芬芬，蜜月时就芬芬心肝肉肉儿混叫，生过孩子又还原为芬，人老色衰叫素芬，闹离婚时指名道姓叫李素芬，法院判决后又回到最初的李素芬同志。这是爱情的全过程。小茶客点头称是。

也许万物皆有真名，唯独爱情不可能有。爱情唯一不变之处，就是它总是在变。你怎么有可能抓得住它的本质呢？不过，即使爱情历程是从“李素芬”又回到“李素芬”，总好过从未有过名字。以前那些张氏陈氏王氏的年代，那些在大地上活过一辈子又默默湮灭的女人们，她们有过名字吗？

你说，你的脑海里第一个跳出来的名字是什么？谁是你心里静静轻轻呼唤的名字？如果这个名字的主人问我：“多年以后，如果我在一片遥远的旷野眺望，在彼此名字也听不真切的大风里呼唤你，你会不会如约前来？”我说：“会。”只要你仍记得我的名字。哪怕是我的小名儿呀！在我儿时一向飞奔着去答应的名字——那时，还是个小女孩，无忧无虑，沉浸于嬉戏，偶尔从一大堆野草野花间抬起头来，痴痴仰望那无尽辽阔的、好像才开辟的天地。

你说，你的名字会被世间的谁在心中幽幽呼唤，甚至不在今生今世，而是隔着无尽的时间的长河？你是否相信，具有创造力的美丽之物，其价值是永恒的，那些好东西都绝不会消失，因为一切好东西都永远存在，它们只是像冰一样凝结，而有一天会像花一样重开。透过如雾的光阴之隔，会有某个人或某些人，那么渴望与你成为隔世的知己，即使你早已人死灯灭，世易时移。

在纵笔文字中突围

有人问我，为什么这么辛劳，每天写写写不停？我的回答是，这只是一种个人的在世修行，纯粹只为悦己。如果在分享的过程中有人喜欢，那么我将之视为一种肯定和鼓励。即使乏人关注，如荒烟蔓草之地，或被视为异类，如荒岛上的鲁滨孙，那又有什么关系呢？

这一切仅仅是因为我热爱汉语，汉语是世界上最柔软、最富于诗性的语言，汉语与世界的关系是爱抚的关系，汉语温润无比。我是使用汉语的炎黄子孙，不仅不愿看到汉语在我手上枯萎，还希望经由我的举动，能够在文字间掀起重重波涛，以我的点滴之力拓展汉语那波澜壮阔的浩瀚之海。

文字是有性别的，或阴或阳；也有质感，或软或硬。远如苏东坡和柳永。前者"须关西大汉，执铁板，唱'大江东去'"，后者"只合十七八女郎，执红牙板，唱'杨柳岸，晓风残月'"。近如鲁迅和徐志摩。《记念刘和珍君》："真的猛士，敢于直面惨淡的人生，敢于正视淋漓的鲜血。"《再别康桥》则"我挥一挥衣袖，不带走一片云彩"。文字各有气分，所以我并不羡慕别人，更不会邯郸学步，只愿放声地唱一首自己的歌。

心灵的迷人远在皮囊之上，我的文字可以比我的身体显得更年轻、更有朝气、更富有弹力，因为文字被赋予了想象的双翼，它可以无视时间与地点，起飞，穿越。而这副身体，却背负着尘世的命运，柔肠百结。文字比身体更为柔美，因为它是来自灵魂的舞蹈。而身体只是灵魂招摇于世的一片衣裾，只是紧紧握于手中却无力阻止其流走的一把沙砾。

在文字的抚摸中，我想如风一样自由、如水一样柔软，只要不是发自内心想写的东西，我都写得不太好，在文字的自由王国中，我注定这一生无法“听将令”写“遵命文学”。万千组合、变化流转的文字变换，可为一杯清茶，可为一壶烈酒，可为温柔的牛奶，可为童真的果汁，可为苦口的药汤，可为混合百味的鸡尾酒，指尖缤纷，触手成春，纸上氤氲海市蜃楼，书罢满眼镜花水月。不要桂冠，不慕帝王，不求闻达，我愿意永远自由自在。

文字有活文字与死文字之分。被某种明确、单一、预先设定的“看法”所拘囿的是死文字，有所谓的套路，看到开头即可推知结尾，没有不可预知的生长性和流动性。带着发现、探索、冒险意味去掘进的是活文字，如同一个十字路口而非一条直通通的小径，有一种透明和纯净的品质，如同在人间的诞生。贴近观察的各种对象，不预设某种主观判断，尊重生命的本来面目并任其自言自语，整个叙述便会轻松自如、清澈见底。不再滞重、坚硬和梗阻的文字，才会获得动人的旋律感，流丽畅快自然，长驱直入。我觉得好的文字应该有着水晶般的光辉，仿佛来自星星，生动真切地呈现“感觉”——视觉、听觉、味觉、嗅觉、触觉，直见性命。文字在纸面上跳动，双手按上去，还是按不住。死的文字则如同在市场流通中被反复使用的、油腻腻的、沾满污渍的钞票，与人有隔。虽然能力有限，但我愿意将自己的时间精力奉献给为这个世间创造一点活文字。

人类历史上存在的任何艺术，无论是文学、音乐、绘画还是舞蹈，归根到底，都来自作为生命力自然迸射的感性冲动，这是一种情感狂欢的体验。当你在万籁无声的深夜，在纵笔文字中突围，从现代文明构造起来的单调生活中进行心灵的突围，你所领略到的那种创造性的快意，是不是别的世俗幸福所难以比拟的？既然如此，又怎能轻言放弃？在我们日渐疏远文字的当下，我还愿意继续从事这一工作，因为我坚信，人类所具有的对文字的理解力，心无旁骛地深度阅读时所产生的丰富的联想，不应该这么轻易地流失掉。

愿始终对这个世界充满好奇，并尽自己的努力解释这个世界，这包围着我的特定时空的具体存在，广泛的、细部的、有渊源的、无根据的。并用文字这面镜子反射出来。未经省察的人生不值一过，而思维的真正塑形，必须以文字来托举和浮现，思维混乱则文字散乱驳杂，思维清晰则文字简洁有力。以文字的排列组合方式，可以真正完成对这个片段化、零散化、复杂化的经验世界的缝合。未经文字记录的人生不值一过！我坚信，经过文字记录，这一生才有证据，一旦形诸文字，我们度过的时光便不会白白消逝。

生命就是在一阵黑暗与另一阵黑暗的间歇中度过的。幸福不过是悲剧中的偶然间歇。

只有文字能解救、能释放、能再现潜伏在我们体内的激情，让我们在这无情的世界和摧毁一切的时光通感中得到安慰。

其实每个人都可以写诗，只要你听从心灵的战栗。

每个人都不是孤岛，透过文字的海，我们会得以相逢。

文字中的美人

《诗经》写美人，爱用比喻手法，比如《卫风·硕人》一诗描写贵族女子庄姜的淑女之美，“手如柔荑，肤如凝脂，领如蝤蛴，齿如瓠犀，螓首蛾眉，巧笑倩兮，美目盼兮”，堪称开启了后代写美人的先河。屈原写《山鬼》“既含睇兮又宜笑，子慕余兮善窈窕”，显然就是受《卫风·硕人》及《周南·关雎》“窈窕淑女，君子好逑”的启发。白居易在《长恨歌》中写大唐美人杨玉环，有“温泉水滑洗凝脂”“回眸一笑百媚生，六宫粉黛无颜色”等句，也是化用了《卫风·硕人》的“肤如凝脂”“巧笑倩兮，美目盼兮”。寥寥几句，美人形神兼备。不需要肢体上的大动作，光是一笑，风神气韵已镇住全场。

后世写美人的名句，还有宋玉在《登徒子好色赋》中写“东家之子”之美丽的“增之一分则太长，减之一分则太短；著粉则太白，施朱则太赤”，以及曹植《洛神赋》赞宓妃之美的“翩若惊鸿，婉若游龙。荣曜秋菊，华茂春松。髣髴兮若轻云之蔽月，飘飖兮若流风之回雪”。曹雪芹在《红楼梦》中写警幻仙子“纤腰之楚楚兮，回风舞雪”，基本上就是曹植形容洛神的翻版。而写林黛玉“两弯似蹙非蹙罥烟眉，一双似泣非泣含露目”，也是借了西施故事和《诗经》典故，以及《楚辞》的流风遗韵。

有没有发现，这些美人的描写，仅仅是大致的轮廓和印象，眉目服饰之类都极其模糊，总让人捉摸不定。同时，真正的文学高手，总是擅长于营造一种超凡的梦境一样的东西，通过感官的升华，来反衬女性的魅力。

真正的美，其实是无法形容的美。写美人，若是直接写脸或身材如何如何，少了想象力，也就失去了无穷韵味。这就是文字中的美人，幽远而神秘，触不可及，只在字里行间。书中自有颜如玉，当这美人冉冉走来，有时候只需要寥寥数行。

比如《红楼梦》中的黛玉："两弯似蹙非蹙罥烟眉，一双似泣非泣含露目。态生两靥之愁，娇袭一身之病。泪光点点，娇喘微微。闲静时如姣花照水，行动处似弱柳扶风。心较比干多一窍，病如西子胜三分。"只是寥寥几句，便叫人再难忘记这个清丽柔弱的苏州美人。《红楼梦》写人有一个特点：以形传神，淡写轻描。书中对林黛玉的表象，应该说写得最不具体，只是做了一般的勾勒，对她的头发、皮肤等，一概略而不谈，但黛玉"两弯似蹙非蹙罥烟眉，一双似泣非泣含露目"的神韵却让人历久难忘。张爱玲指出，《红楼梦》前八十回"通部不提黛玉的衣饰"，仅有两次约略写到，也是没有时间性的，由此她提出《红楼梦》作者的用意："世外仙姝寂寞林"应当是一种缥缈的感觉，不一定属于什么时代。写黛玉就连面貌也几乎纯是神情，唯一具体的就是"薄面含嗔"的"薄面"二字。通身没有一点细节，只是一种姿态、一个声音。

张爱玲完全能够领会这一诀窍。令无数读者倾倒的白流苏，就是以"慢条斯理绣着一只拖鞋"的模糊面目出场的，后来临镜自照也多是着墨写身材肤色，关于眉目样貌，只有两句话："脸庞原是相当的窄，可是眉心很宽。一双娇滴滴，滴滴娇的清水眼。"令人马上联想到林黛玉初次出场的风神气度，也是没有详细描写，只有感性点染，形象显得十分缥缈。而在后来的香港之恋中，关于白流苏的容颜，也只有"月光中的脸，那娇脆的轮廓，眉与眼，美得不近情理，美得渺茫"这几句淡笔轻描，但白流苏这个人物的独特性，却经由外在的"形"（形状、言谈、行为）向内在的"神"（精神、气质、个性）推进了。这就是张爱玲继承《诗经》、《楚辞》、宋玉、曹植、曹雪芹的文学传统的"凌波微步、罗袜生尘"的写法。

这种写人“遗貌传神”的特点，的确是中国古典小说艺术的民族特色，不求逼真地刻写，而是追求曲折之情和以形传神之美，以及“若隐若现、欲露不露”的含蓄之味。

我们很难想象林黛玉的具体形貌，但心里都有那样一个风流灵巧且婀娜的倩影，如文学家何其芳总结的那样，林黛玉已成为弱不禁风、多愁善感、才高气盛的少女的“共名”。我们也很难想象白流苏的眉宇面目，但她浸染洋场氛围而又蕴藉东方情韵的形象，又是多么鲜明地出现在读者的想象之中。至于沈从文写湘西山村偏僻的一角，情窦初开的十五岁少女三三，少女的身影隐没在水车、磨坊、溪水、山田和堡子之间，恍如一个清凉的梦境，读者就连三三的面目也见不到。沈从文只写了在磨坊外的小树林里“常常有三三葱绿衣裳的飘忽”，三三的葱绿围裙上“扣了朵小花”，还有三三的母亲说三三“你去照照镜子，脸睡得一片红”，不过并没有镜子让我们看到三三的脸。小说中只通过三三母亲的眼写了一笔“母亲走在三三的后面，看到三三苗条如一根笋子，拿着棍儿一面走一面打道旁的草”。我们喜欢沈从文写的三三，却不能看见她，这就是梦一般无法捉摸的美丽。

我们都知道沈从文一生的苦恋是他的妻子张兆和，因为她在家排行第三，沈从文唤她“三三”，别致温暖的小名，念起来柔软得如同在耳边低声呢喃。在他们一生中多少次的生离岁月里，沈从文在家书里一遍又一遍地唤着她的小名儿“三三……三三……”。家书的开头总是：“三三……想你可太苦了……”沈从文在小说中对三三的描摹，其实正是他眼中完美的张兆和的再现。他最初写作《三三》的要旨，也是塑造一个被美化的少女形象，将自己爱的三三写进书里，成为文字中一个更完美与灵动的三三。其实不只是三三，《边城》中的翠翠，《长河》中的夭夭，这些活泼俏丽的形象中都带着几分张兆和的影子。这些山村少女被山泽溪水浸润着，被自然的灵秀包裹着。她们鲜活而灵动，活泼而可爱，有着浑然天成的美，让人不自觉把她们想象成世外桃源中的精灵。三三是被人情和水土养育着的少女，也是沈从文爱着的三三。三三是人间理想，也是沈从文的理想。湘西乌托邦存活在沈从文的笔下，乌托邦里的三三存活在沈从文的心间。那一帧帧关于爱和自然的剪影至今鲜活生动、清澈明净。

文字中的美人，不能写太多细节，点到为止，留足够的想象空间比较好。特别是外在描写，只要从她的神态、姿容、性情、举止、言谈下笔，寥寥几笔，点到即止，再加一点环境描写或他人的反应来侧面烘托就够了。正如李白所说的“美人如花隔云端”，一览无余就没有美感了。爱情是世界上最容易产生炫目美感的事物，但有时，也只是因为隔着距离，才会格外吸引人。“所谓伊人，在水一方。”我看过描写美女印象最深刻的，不是那些动辄好几百字的精工素描，而是汉代李延年的“北方有佳人，绝世而独立。一顾倾人城，再顾倾人国。宁不知倾城与倾国。佳人难再得”，表现佳人之美，竟然用令人生畏的“倾城”“倾国”之语，真是出人意表！但如果不是这样夸张，又何以显出这位佳人惊世骇俗的美好风姿？还有乐府诗《陌上桑》中秦罗敷的美，“行者见罗敷，下担捋髭须。少年见罗敷，脱帽着帩头。耕者忘其犁，锄者忘其锄。来归相怨怒，但坐观罗敷”。对美人的外貌是不着一字，但伊人的气息依然如花香浮动，四处氤氲。借助于旁观者的目光，读者似乎也亲眼目睹了罗敷的面容体态、天人之姿。寥寥数行不动声色，汹涌文字翻起涟漪，这就是文字中的美人啊！这风姿美得让人心驰神往，余情绻缱，这神韵美得让人回首顾盼，愁绪萦怀。

她“摘花不插发，采柏动盈掬，天寒翠袖薄，日暮倚修竹”。

她“罗衣何飘飘，轻裾随风还，顾盼遗光彩，长啸气若兰”。

她“一枝红艳露凝香，云雨巫山枉断肠，借问汉宫谁得似，可怜飞燕倚新妆”。

她哭泣的时候，“玉容寂寞泪阑干，梨花一枝春带雨”。

她道别的时候，“最是那一低头的温柔，像一朵水莲花不胜凉风的娇羞”。

她以花为名，活在文字中。

她时隐时现像轻云笼月，浮动飘忽似回风旋雪。远而望之，明洁如朝霞中升起的旭日；近而视之，鲜丽如绿波间绽开的新荷。

她如洛水上的神仙宓妃，惊鸿一现，顷刻间就化作了烟波。我们只能“恨人神之道殊兮，怨盛年之莫当”，“悼良会之永绝兮，哀一逝而异乡”。在神光离合中，幻影才是永恒的美。合上了书，我们只能为美之精灵一时消失隐去光彩而怅然若失，爱而不得，触不可及，只留遗憾。

人世间的美人，终不免被时间辣手所摧折。而留在文字中的美人，不会因岁月流逝而褪色，在优美的诗词中，她们容貌永存，岁月永存。